Wenn nichts ist, wie es scheint

Angelika Godau

5.

Dirk-Laker-Verlag

www.dilav.de

1. Auflage 2021

Originalausgabe
Veröffentlicht im Dirk-Laker-Verlag
Dirk Laker, Bielefeld 2021

Lektorat: Dirk Laker
ISBN: 978-3-940627-32-2
Printed in EU

Danksagung

Menke recherchiert im Jahr 2019. Noch trägt niemand eine Maske oder hält Abstand. Ich bin ganz neu in Zweibrücken und kenne noch nicht viele Menschen. Umso dankbarer bin ich den wenigen, die ich kennenlerne, dass Sie mir ihre Einwilligung geben, sie in diesem 5. Menke-Band agieren zu lassen. Nur ihre Namen, denn ihr Handeln ist natürlich rein fiktiv und ausschließlich meiner Fantasie entsprungen. Auch erwähnte Örtlichkeiten musste ich hier und da ein bisschen verfälschen.

Da ich mir sehr viel Mühe gebe, Logikfehler in meinen Büchern zu vermeiden, lasse ich mich immer von Experten beraten. Egal, ob es sich um einen Polizeieinsatz, die örtlichen Hierarchien oder die Arbeit in einer Tierarztpraxis handelt.

Dafür möchte ich mich ganz herzlich bedanken bei:

Anke Meeuw, Tierärztin

Irene Köcher–Stumpf, Tierärztin

Bernhard Benz, Polizeiarbeit und Zuständigkeiten

Dunja Hermann und Sabine Klein, Korrekturlesen und Ideenschmiede

Meinem Ehemann, Uli Godau, für Aufzehenspitzenlaufen, wenn ich an einer Formulierung gefeilt habe.

Auch den erwähnten Gastronomen und Hoteliers meinen Dank für die Einwilligung, sie in meine Story einbauen zu dürfen.

Und nun wünsche ich Ihnen viel Spaß mit Menke in Zweibrücken.

PROLOG

Verstohlen schaute er sich um, bevor er eines der sorgfältig präparierten Fleischbällchen aus der Tasche zog, um es hinter einem Baum zu deponieren. Für Menschen fast unsichtbar, aber für Hundenasen keine Herausforderung. Ein Tier würde den Leckerbissen finden und gierig verschlucken, so wie es seiner Natur entsprach. *Happs und weg* lacht er, drehte sich aber sofort erschrocken um. Erleichtert atmete er auf, als er niemanden sah, der seine Worte hätte hören können.

Er war allein an diesem frühen Sonntagmorgen. Das Landesgestüt lag in tiefer Stille, noch ruhten die Pferde und kein Wiehern drang durch die geschlossenen Türen nach außen. Auch von den lärmenden Saatkrähen war nichts zu hören. Sie schliefen ruhig in ihren Nestern, hoch oben in den Kronen der mächtigen Platanen. Erst kurz nach Sonnenaufgang würden sie, als hätten alle auf ein Zeichen gewartet, zusammen unter lautem Gekrächze auffliegen und als schwarze Wolken den Himmel verdecken. Wo sie die Tage verbrachten, blieb ihr Geheimnis, aber sie kehrten tagein tagaus kurz vor Einbruch der Dämmerung wieder zurück. Hunderte von schwarzen Vögeln schafften es innerhalb von Minuten, ihr Stammnest zu finden und zur Ruhe zu kommen. Jetzt, zu dieser frühen Stunde, ließ nur der Schwarzbach ab und an ein gurgelndes Geräusch hören, fast wie ein Kichern, ansonsten nichts als Stille und Frieden.

Nicht mehr lange, dachte er, *dann wird sich das ändern*, griff erneut in seine Tasche und legte ein weiteres Fleischstück ganz nah an einem Baum ab. Mit der Vorbereitung hatte er sich große Mühe gegeben, Cuttermesser, Krampen, kleine Nägel und spitze Glasscherben vorbereitet und sortiert. Nun steckte in jedem der Häppchen etwas davon und würde seinen Zweck nicht verfehlen.

Egal, ob der Hund den Leckerbissen im Ganzen runterschlucken oder vorher zerkauen würde, am Ende brauchte sein Halter den Tierarzt. Nur der konnte röntgen, endoskopieren, operieren, und versuchen mit seinem ganzen Können das Leben des Tieres zu retten.

Natürlich war sein Tun nicht unbemerkt geblieben und man wusste längst, dass in Zweibrücken jemand Köder auslegte. Es war schon angezeigt worden und auch die Presse hatte ausführlich darüber berichtet. Noch war er ein Phantom, wurde als Hundehasser dargestellt, als Psycho, dem es Freude machte, Leid über Mensch und Tier zu bringen. Das hatte ihn geärgert, weil es Unsinn war. Ihm ging es überhaupt nicht um die Hunde, und auch ihre Halter waren ihm gleichgültig. Trotzdem musste er auf der Hut sein, denn sollte man ihn erwischen, würde das üble Folgen für ihn haben, vielleicht sogar sein Leben in Gefahr bringen. Wie sollte er einer aufgebrachten Menge erklären, dass er so hatte handeln müssen. Wer würde verstehen, dass diese Frau Strafe verdient hatte, und die Hunde nur Mittel zum Zweck waren. Und selbst wenn, diese Welt war komisch, vielleicht sogar verrückt, denn verletzte jemand ein Haustier, einen Hund oder eine Katze, war das unverzeihlich. Bei Rindern oder Schweinen sahen die Menschen das weniger eng, deren Leid kümmerte sie kaum. Erst Eddy hatte ihm darüber die Augen geöffnet, und seither aß er kein Fleisch mehr. Eddy hatte ihm erklärt, dass die Menschen kein Recht hatten, ihre Mitgeschöpfe zu töten, um sie zu essen. Eddy hatte aus ihm einen besseren, einen besonderen Menschen gemacht. Dass ausgerechnet er nun Tiere leiden lassen musste, war für ihn ein Widerspruch gewesen, er wollte es nicht, und wäre froh gewesen, einen anderen Weg zu finden, aber es gab keinen. Das hatte er lange nicht verstehen können und es hatte heftige

Diskussionen darüber gegeben. Am Ende hatte er Eddy aber zustimmen müssen.

Als er den Herzogplatz erreichte, wandte er sich nach rechts, ging über die kleine Brücke, vorbei am Bismarckdenkmal, dass seit über 120 Jahren Wind und Wetter, zwei Weltkriegen und Umquartierungen trotzte und gerade wieder einmal die Gemüter der Bevölkerung erhitzte. Er nickte dem Patina-bedeckten, ehemaligen Reichskanzler zu, weil er sich ihm auf eine seltsame Art verbunden fühlte. Er war wie Bismarck, der seine Ziele gegen alle Widerstände durchzusetzen gewusst hatte. Schnell und ohne sich noch einmal umzuschauen ging er über die Gestütsallee zurück zum Parkplatz gegenüber der Festhalle. Es war gerade 05.10 Uhr und damit höchste Zeit, zu verschwinden.

-1-

Ich schlug die Augen auf und hatte für einen Moment keinen Plan, wo ich war. Die Sonne fiel durchs Fenster und ein Blick auf mein Smartphone zeigte mir, dass es erst sechs Uhr war. Sechs Uhr morgens, Sonntagmorgens. Ich ließ mich stöhnend in die Kissen zurückfallen, um weiterzuschlafen, hatte aber die Rechnung ohne Alli gemacht. Alli, mein Dackel mit dem Herzen eines Löwen, den mir vor drei Jahren eine Exfreundin geschenkt hatte. Mit vollem Namen hieß er Alligator vom Trifels, und sein Stammbaum war lang und eindrucksvoll. Ansonsten war er eben ein Dackel: Charmant, stur, verfressen und zur Selbstüberschätzung neigend. Meine Ex hatte behauptet, er sei wie ich, nur darum habe sie ihn gekauft. Nicht nur wegen dieser Behauptung war ich damals wenig begeistert über das Geschenk gewesen, aber Alli wäre ja kein Dackel, hätte er es nicht in Windeseile geschafft, mich um alle vier Pfoten zu wickeln. Jetzt konnte ich mir ein Leben ohne diesen Hund überhaupt nicht mehr vorstellen, ganz abgesehen davon, dass er mir schon aus vielen brenzligen Situationen herausgeholfen hatte.

Wer mich noch nicht kennt, ich bin Detlev Menke, Winzersohn aus Herxheim, Porschefahrer, Dackelbesitzer und Privatdetektiv im schönen Bad Dürkheim. Momentan befand ich mich in Zweibrücken, der Herzogstadt an der Grenze zum Saarland. Eine alte Schulfreundin hatte mich um Hilfe gebeten und ich war dieser Bitte aus mehreren Gründen gern nachgekommen. Zum einen war ich in Dürkheim mittlerweile bekannt wie der sprichwörtliche bunte Hund, was für einen privaten Ermittler nicht immer vorteilhaft ist. Zum anderen hatte ich einen heftigen Streit mit meiner ebenso schönen wie klugen Freundin, der taffen Oberkommissarin Tabea Kühn, gehabt. Dass wir uns stritten war nicht ungewöhnlich, aber dieses Mal war es ernst, das konnte nicht einmal ich übersehen. Sie hatte mir vorgeworfen, ihr die Luft zum Atmen zu nehmen, sie zu vereinnahmen, zu bevormunden und noch einiges mehr. Ich fühlte mich ungerecht behandelt und wehrte mich heftig, unterstellte ihr Karrieregeilheit und Emanzengehabe. Als mir aufging, dass ich ein weiteres Mal über jedes Maß hinausgeschossen war, war sie weg. Sie hatte nicht einmal die Tür geknallt, sondern langsam und leise hinter sich ins Schloss gezogen. Das war kein gutes Zeichen und die WhatsApp, die sie mir am nächsten Morgen schickte, bestätigte alle meine Befürchtungen. Sie ließ mich wissen, dass sie nicht bereit sei, unsere Beziehung so weiterzuführen. Ich sei nicht kritikfähig, hätte mein Machoverhalten nicht abgelegt und daher brauche sie erst einmal Abstand, und zwar eine ganze Weile. Ich solle die Zeit nutzen, über ihre Worte nachzudenken.

Ich widerstand meinem Impuls, sie umgehend anzurufen und ihr zu erklären, dass sie meine Absichten völlig falsch verstanden habe, rief stattdessen meine Schwester Wiebke an. Meine große Schwester, zu der mein Verhältnis in den letzten Jahren sehr viel besser geworden war und die ich schon öfter um Rat gefragt hatte. Wie immer nahm sie auch dieses Mal kein Blatt vor den Mund. Kaum hatte ich meine Geschichte zu Ende erzählt, lachte sie und sagte trocken: „Du bist einfach ein Idiot, Deti. Ein charmanter zwar, aber eben doch ein Idiot. Deine Tabea ist anders als die Frauen, mit denen du dich früher so umgeben hast. Sie spielt in einer ganz anderen Liga, ist ernsthafter, erwachsener, könnte man sagen, aber auf eine gute Art. Sie weiß, wer sie ist und sie weiß, was sie will. Davon abgesehen hat sie einen sehr anspruchsvollen und auch anstrengenden Beruf, den sie ernst nimmt. Sie hat nicht immer um 17. 00 Uhr Feierabend und manchmal muss sie sogar am Wochenende arbeiten, an deinem Geburtstag oder an Heilig

Abend vom Tisch aufstehen, um zu einem Tatort zu fahren. Das solltest du doch am besten wissen, verdammt noch mal. Sie kann dann keinen Mann gebrauchen, der rumjammert ..."

„Ich habe überhaupt nicht rumgejammert", hatte ich sie empört unterbrochen, aber Wiebke hatte nur kurz abgewunken und weitergeredet.

„Vielleicht nicht direkt, aber du hast ständig irgendwelche Pläne gemacht, gemeinsame Urlaube geplant, immer wieder von Heirat und Familiengründung gesprochen. Du warst so sehr darauf fixiert, dass dir völlig entgangen ist, wie das für Tabea gewesen sein muss. Sie konnte immer nur *vielleicht* sagen, *mal sehen, wenn ich keinen Dienst habe,* usw. Und dass sie dir mehr als einmal gesagt hat, dass eine Heirat für sie noch nicht infrage kommt, das weiß ich zufällig genau, ich war mehrfach dabei."

„Ja sicher", hatte ich eingeräumt, „aber was ist denn so schlimm daran, dass ich sie heiraten will? Ich dachte immer, Frauen freuen sich, wenn man ihnen einen Antrag macht?"

Meine Schwester hatte die Augen verdreht und stöhnend erwidert: „Genau das ist dein Problem, Deti. Du hast nicht den leisesten Plan, was Frauen wollen. Ich weiß nicht, ob es dir schon mal aufgefallen ist, aber wir leben nicht im 19. Jahrhundert. Die Ehe ist nicht mehr alleiniges Ziel von Frauen. Heute haben die Berufe, anspruchsvolle Berufe, machen Karriere, also alles Dinge, die für euch Männer schon immer selbstverständlich waren. Geht das nicht in deinen sturen Schädel rein?"

Ich hatte noch so einiges dagegen gesagt, immer wieder betont, dass ich Tabea ja gar nicht bevormunden wollte und einengen schon gar nicht, aber Wiebke hatte nur den Kopf geschüttelt und am Ende gesagt: „Ich kann Tabea verstehen, du kapierst wirklich überhaupt nichts" und war gegangen.

Frustriert und gekränkt wollte ich trotzdem noch einen weiteren Versuch mit einem männlichen Gesprächspartner starten und hatte Sand angerufen. Der Sandmann, Kollege von Tabea und lange Zeit nicht mein bester Freund, hatte in gespielter Verzweiflung die Hände in die Luft geworfen und gefleht: „Bitte, bitte verschone mich mit der Frage, was Frauen wollen. Ich bin seit Jahren mit einer verheiratet, aber ich glaube nicht, dass ich weiß, was sie wirklich will. Ja, ich bin mir nicht einmal sicher, ob sie das selbst immer weiß. Ich glaube, darüber zerbrechen sich seit Adam und Eva die Männer den Kopf, oder vielleicht interessiert es sie nicht genug? Keine Ahnung, ehrlich gesagt. Weißt du, meine Frau ist wirklich toll, ich liebe sie, daran besteht für mich kein Zweifel, aber wie oft sie schon gesagt hat: *‚Du verstehst mich einfach nicht',* kannst du dir nicht vorstellen. Also, erwarte von mir keinen Rat, was du tun sollst. Ich weiß es nicht. Im Zweifelsfall das, was sie will, aber möglicherweise machst du genau damit den größten Fehler."

„Du meinst, wenn ich jetzt gar nichts mache, sie einfach in Ruhe lasse, so wie sie es will, könnte sie darüber auch wieder sauer sein?", hatte ich mich verblüfft vergewissert und Sand hatte nur genickt. Danach hatten wir über Fußball gesprochen, ein Thema, mit dem wir uns beide sehr viel leichter taten.

Das war jetzt drei Tage her. Ich hatte Tabea nicht angerufen, ihr keine Mail, keine WhatsApp und schon gar keine Blumen geschickt, sondern mich in Schweigen gehüllt. Auch von ihr hatte ich nichts gehört und das nagte gewaltig an mir. Ausgerechnet in dem Moment, wo ich drauf und dran gewesen war, sie anzurufen, hatte mein iPhone sich gemeldet und der Klingelton versetzte mir zusätzlich einen Stich. Immer wieder hatte ich davon gesprochen, ihn zu ändern, weil *Knockin' On Heaven's Door* mich einfach zu oft abrupt geweckt hatte. Getan hatte ich es nie, bis ich eines Morgens von „Der Mond ist aufgegangen", geweckt wurde.

„Du wolltest doch einen ruhigen und leisen Klingelton?" Am anderen Ende war eine kichernde Tabea gewesen, die das wissen wollte und sich vor lauter Vergnügen fast an ihrem Kaffee verschluckt hätte. Daran musste ich denken, als es jetzt klingelte, auch wenn ich den aufgegangenen Mond zwischenzeitlich gegen *Perfect* von Ed Sheeran getauscht hatte.

Es war Hella Labrius, Inhaberin einer Tierarztpraxis in Zweibrücken, die sie nach ihrem Veterinärmedizinstudium mit ihrem Vater zusammen führte. Nach dem üblichen Smalltalk: *Wie geht es dir, was hast du gemacht, bist du verheiratet, hast du Kinder usw.* stellte sich heraus, dass sie sehr genau wusste, was ich machte und dass sie mich aus genau diesem Grund anrief. Sie brauchte einen privaten Ermittler.

„Weißt du", ihre Stimme klang traurig, „ich hatte heute den dritten Hund auf dem Tisch, der es nicht geschafft hat. Es ist zum Kotzen, man versucht alles, um das Leben des Tieres zu retten, und es reicht dann doch nicht aus. Oft ist es zu spät, die Verletzungen zu gravierend oder es sieht am Anfang ganz gut aus, dann gibt es eine Infektion und am Ende verliert man doch. Und die Verzweiflung der Besitzer muss ich auch ertragen. Das geht ganz schön ans Eingemachte, kann ich dir sagen. Ich würde was drum geben, dieses Schwein endlich zu erwischen. Klar, wir haben das angezeigt, die Presse hat darüber berichtet und in den sozialen Medien wurde mehrfach gewarnt, aber gefasst wurde er bisher nicht. Es ist immer das gleiche, die Typen sind alle gleichgestrickt. Ein feiges Pack, das sein tödliches Futter irgendwo hinschmeißt, dann unerkannt und ungesehen wieder verschwindet. Was ist, hilfst du mir?"

Eigentlich hatte ich keine rechte Lust, aber dann fiel mir ein, dass Tabea Abstand wollte und auch, wenn in Bad Dürkheim nicht täglich ein Mord geschah, bestand doch die Gefahr, dass wir uns über den Weg laufen würden; daher sagte ich zu. Ich packte einen Koffer, aufmerksam beobachtet von Alli, der wohl Sorge hatte, ich könnte ohne ihn verschwinden und rief noch kurz meine Mutter an, um ihr mitzuteilen, dass ich für einige Zeit in Zweibrücken arbeiten würde.

„Ich habe es schon gehört, mein Sohn, du hast Streit mit deiner Tabea", unterbrach sie meine Erklärungen. „Wie konnte das denn wieder passieren, sie ist doch so eine nette Frau."

War klar, der Lieblingssatz meiner Mutter fand in jeder Situation Anwendung, egal, um was es ging. Ebenso klar, dass sie mal wieder davon überzeugt war, dass ich daran Schuld hatte.

„Darüber möchte ich jetzt nicht reden, ich wollte dir nur sagen, dass ich einen Auftrag in Zweibrücken habe", versuchte ich abzulenken, wusste aber schon, dass ich sie damit nicht aufhalten würde.

„Weglaufen war noch nie eine gute Idee", überging sie denn auch meine Erklärung. „Walter hat auch gesagt, dass du dazu neigst, immer zu schnell die Flinte ins Korn zu werfen. Ihr müsst miteinander reden, Junge, glaub mir, das ist immer der beste Weg, Missverständnisse auszuräumen."

„Sagt das auch Walter oder kommt dieser gute Rat von dir?", versuchte ich es mit Sarkasmus, aber der prallte an ihr ab.

„Das findet Walter auch. Wenn wir Differenzen haben, dann reden wir darüber, und zwar so lange, bis wir uns einig sind. So macht man das, wenn man erwachsen ist. Junge, du musst doch ..."

„Also, Mama, du weißt Bescheid. Wenn was sein sollte, du hast meine Handynummer. Ich melde mich, wenn ich zurück bin."

Ich liebe meine Mutter, ehrlich, aber mir war jetzt nicht nach Ratschlägen zumute. Ich nahm Koffer und Alli, schloss meine

Detektei ab, stieg in meinen Porsche und machte mich auf den Weg in Europas Rosenstadt.

Es war früher Nachmittag, als ich die Autobahn verließ, und vorbei an einem riesigen Outlet-Center, auf dessen Parkplätzen sicherlich 3.000 Autos dicht an dicht standen, Richtung Stadt fuhr. Ich passierte den Rosengarten und die Rennbahn und erreichte kurz darauf, von meinem Navi geleitet, Hellas Adresse. Ich parkte den Porsche unmittelbar vor der Tür, ließ Alli raus und spazierte mit ihm den Randstreifen entlang, um ihm die Möglichkeit zum Pinkeln zu geben. Davon machte er ausgiebig Gebrauch; es schienen eine Menge Düfte vorhanden zu sein. Dann ging ich zurück und klingelte an der Praxis. Der Summer öffnete mir und aus dem hinteren Teil kam schnell eine attraktive Frau gelaufen.

„Deti? Ach, wunderbar, dass du da bist. Hast du schon etwas gegessen? Wie war die Fahrt? Hast du es gleich gefunden? Oh, ist das dein Hund? Der ist ja knuffig, wie heißt er denn?“

Erschlagen von so vielen Fragen auf einmal, blieb ich stehen und überlegte, wo ich mit den Antworten anfangen sollte.

„Ich weiß, ich weiß, ich rede zu viel“, kam mir Hella zuvor und lachte über meinen verwirrten Gesichtsausdruck. „Das legt sich, mach dir keine Sorge, ist nur am Anfang so, wenn ich noch etwas nervös bin. Also, schön dass du, äh, dass ihr da seid, herzlich willkommen.“

„Hallo Hella“, sagte ich, beugte mich vor, um sie rechts und links mit Küsschen auf die Wange zu begrüßen. „Das ist Alli, mein Dackel. Alli, das ist Hella, eine alte Schulfreundin von mir“, alberte ich, um die befangene Stimmung etwas aufzulockern. „Hallo Alli“, spielte sie mit, „freut mich, dich kennenzulernen, aber das ‚alte‘ nehme ich deinem Herrchen übel. Ist der immer so uncharmant?“

„Frag mal meine Freundin“, nickte ich resigniert, „auch wenn ich das jetzt wirklich nicht wörtlich gemeint habe, das mit dem alt.“

„Schon klar, habe ich auch nicht so aufgefasst. Also, hast du schon was gegessen? Vorschlag, wir gehen irgendwo hin, wo man draußen sitzen kann, essen eine Kleinigkeit und ich erzähle dir alles, was du wissen musst."

„Einverstanden", stimmte ich zu, „vorher müsste ich mir aber noch ein Hotel suchen. Ich bin jetzt erst einmal auf direktem Weg zu dir gefahren."

„Du brauchst kein Hotel, ich habe ein Gästezimmer, in dem kannst du wohnen und Alli passt da auch noch rein."

„Perfekt, wenn das kein Problem für dich ist, ich hasse Hotels."

Eine viertel Stunde später saßen wir in Valentins Biergarten - in der Nähe der Rennbahn - und unterhielten uns angeregt. Die anfängliche Befangenheit war verflogen, wir frischten Erinnerungen auf, lachten über lange zurückliegende Ereignisse, dann wurde Hella ernst und kam auf den Grund meines Hierseins.

„Wie ich schon gesagt habe, macht seit einiger Zeit ein Hundehasser unsere Stadt unsicher, die ansonsten eher für Rosen und Pferde bekannt ist, als für Tierquälerei", begann sie. „Mehrere Hunde sind bereits unter Qualen gestorben und weitere schwer verletzt worden. Alle Tierärzte der Stadt und der Umgebung sind in Alarmbereitschaft, jederzeit darauf vorbereitet, erneut ein Opfer dieses Irren behandeln zu müssen. Natürlich ist mehrfach Anzeige gegen Unbekannt erstattet worden und sowohl die *Rheinpfalz* als auch der *Pfälzische Merkur* haben ausführlich berichtet und Hundehalter gewarnt, aber es vergeht keine Woche ohne mindestens ein neues Opfer. Es ist einfach furchtbar." Hella hatte Tränen in den Augen und als sie bemerkte, dass ich sie verwundert ansah, nickte sie und sagte: „Meinen eigenen Hund konnte ich auch nicht retten, er gehörte zu den allerersten Opfern. Nele, ein Labrador, gerade mal ein Jahr alt." Sie griff nach ihrem Bierkrug, nahm einen tiefen Schluck, stellte ihn heftig zurück auf den Tisch und wischte sich mit einer energischen Geste die Tränen weg, die jetzt über ihre Wangen liefen. Danach stieß sie aus tiefem Herzen hervor: „Verdammte Scheiße, dieses verfickte Arschloch muss zur Rechenschaft gezogen werden!"

„Sehe ich auch so", stimmte ich zu. „Ich könnte kotzen bei der Vorstellung, was die Tiere gelitten haben müssen. Ich glaube, wenn Alli durch so einem Schwein etwas passieren würde, ich wäre zu einem Mord fähig."

„Das würde vielleicht etwas zu weit gehen", lächelt Hella, wurde aber gleich darauf wieder ernst. „Die Polizei ist informiert, aber was kann die schon tun? Die können nicht hinter jeden Baum einen Beamten stellen. Bisher wissen wir nicht einmal, ob der Typ die Köder nicht einfach aus dem Auto wirft, oder vom Fahrrad schmeißt. Im Grunde genommen wissen wir gar nichts, außer, dass es Hackfleischbällchen sind, die er mit diversen Gemeinheiten präpariert. Neben Rattengift, Cuttermessern und Glasscherben haben wir bislang Nägel und Krampen gefunden. Zwei Hunde, bei denen es so aussah, als wären sie gerettet, starben im Nachhinein an inneren Blutungen, ausgelöst durch untemperiertes Glas. Das siehst du manchmal auf dem Röntgenbild nicht. Der Dreckskerl geht auf Nummer sicher; der will, dass die Hunde daran sterben."

„Gibt es irgendeinen Hinweis darauf, dass es ein Mann ist", wollte ich wissen, „oder ist das nur eine Vermutung?"

„Bauchgefühl, vielleicht auch Instinkt oder schlicht Vorurteile", erwiderte Hella. „Niemand weiß es. Es könnte genauso gut eine Frau sein, auch wenn ich das einfach nicht glauben will."

„Na ja", widersprach ich, „Frauen können ganz schön brutal sein, das kannst du mir glauben. Ich habe davon in letzter Zeit eine Menge kennenlernen dürfen. Gehen wir also davon aus, dass wir keine Ahnung haben, ob der Täter männlich oder weiblich ist. Einverstanden?"

„Ja, sicher“ nickte sie und nahm erneut einen tiefen Schluck. „Was wir wissen ist, er oder sie scheint bestimmte Tage und bestimmte Wege zu bevorzugen. Bisher wurden Köder ausschließlich in der Innenstadt, also rund um den Rosengarten, den Exe und die Rennbahn gefunden. Bis auf eine Ausnahme, da sah es so aus, als hätte der Hund es in Homburg aufgenommen. Das Tier hat überlebt, und bei der Operation wurde eine Rasierklinge gefunden, die seinen Darm perforiert hatte, sonst nichts. Es könnte also gut sein, dass es sich nicht um den gleichen Täter gehandelt hat.“

„Du meinst, es laufen gleich mehrere derart kranke Typen hier rum?“, fragte ich konsterniert und Hella nickte.

„Ich weiß ja nicht, wie deine Erfahrungen so sind, aber ich persönlich bin der Meinung, dass die Menschheit immer verrückter wird. Keine Ahnung, warum, aber es vergeht doch kaum ein Tag ohne eine solche Giftköderwarnung. Ich meine, klar, viele Menschen tun alles für ihre Haustiere, Es sind Familienmitglieder, die gehegt und gepflegt werden, um die man sich liebevoll kümmert. Das ist okay, und manche tun auch zu viel des Guten. Sie vermenschlichen ihre Tiere derart, dass es schon fast tierschutzrelevant ist. Hunden wird das Fell gefärbt, man lackiert ihnen die Krallen, besprüht sie mit Parfüm und trägt sie in der Handtasche spazieren, damit sie nur ja nichts tun, was Hunde nun mal tun. Das ist das eine Extrem, und dann gibt es die, die Hunde hassen und sie mit präparierten Ködern aller Art vernichten wollen oder Katzen mit Luftgewehren abknallen, weil sie vielleicht ihr Geschäft in ihrem Garten verrichtet haben. Extreme natürlich, aber sie nehmen zu, auf beiden Seiten. Wie sieht es aus, nimmt Alli Fressbares vom Boden auf oder Leckerchen von Fremden?“

„Äh, beides, würde ich sagen. Er ist unglaublich verfressen, wird bei meiner Familie oft von Gästen gefüttert, und wenn er unterwegs einen stinkenden Knochen findet, sagt er auch nicht nein", lachte ich. „Du wirst es nicht glauben, aber einmal hat er sogar ein menschliches Ohr gefunden und ich hatte echt Mühe, ihm das wieder aus den Zähnen zu ziehen." (Im Wingert lauert der Tod)

Hella schüttelte ungehalten den Kopf.

„Das ist überhaupt nicht witzig, weißt du das nicht? Genau das ist der Grund, warum so viele Hunde an diesen Scheißködern sterben. Ein Hund muss lernen, so etwas anzuzeigen, aber nicht zu fressen."

„Nicht zu fressen?", wiederholte ich ungläubig. „Wie soll ich ihn denn daran hindern? Außerdem ... hast du mir nicht erzählt, dass auch dein eigener Hund ... ich meine ..."

„Ja, leider und darum ist es mir auch so ernst damit. Nele war noch jung und sie war ein Labbi. Verfressen ohne Ende, aber auch verspielt und unglaublich neugierig. Ich habe mit ihr trainiert, unterwegs nichts aufzunehmen, was ich nicht freigegeben habe, aber, nun ja, es roch wohl einfach zu verlockend. Es ist meine Schuld, ich hätte besser aufpassen müssen, aber dein Alli lebt noch, und du musst das trainieren, unbedingt. Ich werde dir heute Abend zeigen, wie das geht und dann müsst ihr das üben. Jeden Tag, an vielen verschiedenen Orten und dann muss das aufhören, dass wildfremde Leute ihn füttern, das geht einfach gar nicht."

„Aha", sagte ich, leicht angefressen, weil sie mir vorschreiben wollte, wie ich meinen Hund zu behandeln hatte. Passte mir gar nicht, schließlich hatte sie mich hergebeten, um ihr zu helfen, nicht umgekehrt.

„Sorry, wahrscheinlich denkst du gerade, dass ich mich um meinen eigenen Kram kümmern soll und dir nicht gute Ratschläge erteilen, stimmt's? Aber du kannst mir glauben, wenn du deinen Hund sterben siehst, nur weil du nicht aufgepasst hast, dann werden dich später deine Schuldgefühle nicht schlafen lassen. Also, sei nicht beleidigt, sondern tu, was ich dir sage."

Bevor ich etwas erwidern konnte, kam die Bedienung mit Wurstsalat und Bratkartoffeln, und wir vertieften uns eine Weile schweigend in unser Essen. Natürlich versuchte Alli etwas abzustauben, hüpfte, tanzte und fiepte, das volle Programm. Da alle seine Bemühungen von Hella ignoriert wurden, traute ich mich auch nicht, ihm etwas runterzureichen. Ihre Worte hatten mich verunsichert.

„Also, wenn du gern einen so aufdringlich bettelnden Hund hast, darfst du ihm natürlich was von deinem Essen abgeben, das ist kein Problem. Ich meine, abgesehen davon, dass stark gewürzter Wurstsalat ungesund für ihn ist", unterbrach Hella grinsend meine Überlegungen.

„Nee, lass mal, ist schon gut, er frisst ja auch viel lieber Saumagen", erwiderte ich, bemüht nicht beleidigt zu klingen.

Allis Ernährung war tatsächlich oft, na, sagen wir mal, suboptimal. Darüber hatte es schon so manchen Disput mit Tabea und Wiebke gegeben. Vor allen Dingen im Sommer bekam er oftmals Dinge, die er besser nicht bekommen sollte. Saumagen zum Beispiel. Da er ihn bisher aber immer gut vertragen hatte, ihm auch Pommes und Leberknödel keine Probleme zu bereiten schienen, hatte ich nie die Notwendigkeit gesehen, ihm diese Vergnügen zu verwehren. Schließlich war auch er ein Pfälzer, die brauchen das zum Leben. Als wir dann fast gleichzeitig unser Besteck auf den Teller legten, begriff auch mein Hund, dass er leer ausgehen würde und stimmte ein enttäuschtes *Wuhuhuuuuu* an. Er war ernsthaft empört. Das kannte er nicht von mir. Zumindest eine Kleinigkeit bekam er immer ab.

Hella sah verblüfft auf den schimpfenden Dackel und schüttelte amüsiert den Kopf. „Na, der hat dich aber wirklich gut erzogen.

Gib's zu, du hast jetzt ein mega schlechtes Gewissen." Sie wartete ab, bis ich zustimmend genickt hatte, dann sagte sie: „Hunde sind aber nun mal keine Menschen. Wenn es um Futter geht, sieht jeder zu, dass er das, was er hat, auf dem schnellsten Weg in den eigenen Magen befördert. Teilen ist da nicht vorgesehen, außer bei Elterntieren ihren Welpen gegenüber. Hast du mal versucht, deinem Hund einen Knochen wegzunehmen?"

„Was? Nee, nur ein Ohr. Wieso, ich meine, warum sollte ich? Ich nehme ihm nichts weg, was er hat, das gehört ihm."

„Und wenn es etwas Ungenießbares ist? Giftig oder gespickt mit Glasscherben, was dann? Darf er es dann auch behalten, weil es ihm gehört und du ihm nichts wegnehmen möchtest?"

„Jetzt hör aber auf, das ist doch Quatsch. Es gibt einen Unterschied zwischen einem Knochen, den ich ihm gegeben habe und Gift oder so was ..."

„Ja, für dich gibt es den, aber für deinen Hund doch nicht. Der würde energisch protestieren, möglicherweise unter Einsatz seiner Zähne. Er weiß nicht, dass es zu seinem Schutz ist. So was muss trainiert werden, Detlev. Echt, mag sein, dass du mich für übervorsichtig, hysterisch, oder für schlicht bekloppt hältst, aber glaub mir, ich weiß, wovon ich rede. Ich sehe es in meiner Praxis einfach zu oft, was passiert, wenn Hunde elementare Dinge nicht lernen. Und im Augenblick bin ich zusätzlich ausgesprochen sensibilisiert. So, jetzt müssen wir fahren, ich will Elfie nicht so lange allein lassen."

Ich kam nicht dazu, sie zu fragen, wer Elfie war; sie stand schon auf und eilte auf den Parkplatz zu. Als ich sie kurz vor meinem Porsche erreichte, sah ich, dass sie wieder geweint hatte und legte schnell meinen Arm und ihre Schultern. Sie wehrte ab und sagte gewollt burschikos: „Lass gut sein, ich entwickele mich noch zur Heulsuse, aber Nele war so ein quicklebendiger, junger und zu allen freundlicher Hund. Dieses kranke Miststück hat keine Ahnung, was es da anrichtet."

„Vielleicht doch", überlegte ich laut. „Vielleicht ist es genau das, was der will. Vielleicht geht es ihm gar nicht in erster Linie um die Hunde, vielleicht geht es ihm um die Halter. Um deren Trauer und deren Schmerz. Was, wenn der Typ geplant vorgeht? Also genau weiß, wer, wann, mit welchem Hund wo langgeht und danach seine Köder verteilt?"

„Unwahrscheinlich" antwortete Hella langsam. „Gerade in der Rosengartenstraße, der Wittelsbacher Allee, also rund um die Rennbahn, sind jeden Tag unzählige Hundehalter mit ihren Vierbeinern unterwegs, da ist es reiner Zufall, wen es trifft."

„Kann sein, aber was, wenn er zum Beispiel genau weiß, dass gewisse Leute immer sehr früh morgens, oder aber spät abends diese Wege gehen? Würde das die Menge nicht deutlich einschränken? Ich meine, er nimmt einfach ein paar tote Hunde in Kauf, um sein eigentliches Opfer zu treffen, sozusagen als Kollateralschaden. Könnte das sein? Wann bist du denn immer mit Nele gegangen?"

Ich sah Hella an, dass es in ihrem Kopf ratterte. Dann zuckte sie die Schultern und sagte: „Na ja, es stimmt schon, ich bin immer, also zumindest unter der Woche, Punkt halb sieben mit Nele gelaufen. Sie brauchte Bewegung, um dann bis zu meiner Mittagspause schlafen zu können. Mittags habe ich sie nur im Garten rumtoben lassen, und nach Praxisschluss bin ich meist rausgefahren, damit sie nicht immer die gleichen Wege laufen musste. Es wäre also schon möglich, dass mich jemand beobachtet hat. Ich meine, falls deine Theorie stimmt und es sich um einen Racheakt am Halter handelt und es nicht einfach ein ganz gewöhnlicher Irrer ist, der Hunde hasst."

„Da wir es nicht besser wissen, nehmen wir es erst mal als Arbeitshypothese und dann sehen wir weiter. Hast du unter deinen Patienten vielleicht jemanden, der dir nicht wohlgesonnen ist, mit deiner Behandlung unzufrieden war, dir Rache geschworen hat oder so was?“

„Na ja, es kommt natürlich schon mal vor, dass Patienten glauben, ich hätte einen Fehler gemacht und es kommt auch vor, dass ich tatsächlich Fehler mache, aber Rache geschworen hat mir deswegen noch keiner. In letzter Zeit gab es auch keine dramatischen Behandlungen oder so was, außer die beiden Hunde, die ich wegen aufgenommener Giftköder behandelt und verloren habe.“

„Sind beide gestorben? Wie haben die Besitzer es aufgenommen?“

„Ja, Keks, ein Jack Russel, war schon tot, als er gebracht wurde. Die Besitzer waren geschockt, haben mich gebeten, ihnen einen Tierbestatter zu nennen, das war's. Wir haben uns völlig normal unterhalten, sie wussten auch, dass ich meine Nele verloren hatte und wir haben uns gegenseitig getröstet. Der zweite Fall, ein Mischling namens Micky, hat noch gelebt, starb aber, bevor ich mit meiner Untersuchung fertig war. Er muss den Köder am späten Abend aufgenommen haben. Die Halter sind schlafen gegangen und haben erst am Morgen bemerkt, dass mit ihrem Hund was nicht stimmt. Sie riefen gegen halb sechs an. Ich bin sofort in die Praxis gefahren und fast gleichzeitig mit ihnen dort eingetroffen. Micky blutete aus Fang und Anus und war ohne Bewusstsein. Es war einfach zu spät. Da war vor allen Dingen die Frau sehr verzweifelt und hat sich lange nicht beruhigen lassen, aber auch sie hat mir keiner Vorwürfe gemacht.“

„Hm, in welchem Zeitraum sind diese Hunde verstorben, also auch deiner?“

„Das war alles in der vorletzten Woche ... warte mal, also, Nele ist am siebten August am frühen Nachmittag gestorben. Ich bin sicher, sie hat diesen Scheißköder bei unserem morgendlichen Gassigang aufgenommen. Sie war anschließend bis zum Mittag allein im Haus und als ich kam ... na ja, es war zu spät, ich will dir das nicht alles im Detail erzählen. Keks kam dann genau eine Woche später und Micky am nächsten Tag. Die beiden könnten also tatsächlich einen zeitlichen Zusammenhang haben, Nele eher nicht. Ich kann mir nämlich kaum vorstellen, dass innerhalb einer Woche kein einziger Hund weitere, dort versteckte Köder gefunden hat."

„Könnte es nicht sein, dass du nur nichts davon weißt? Ich meine, es gibt doch sicher noch andere Tierärzte hier in Zweibrücken?"

„Ja, das stimmt natürlich, ich weiß von mehreren Hunden, aber nach zeitlichen Zusammenhängen müsste ich meine Kollegen noch mal befragen. Das dürfte kein Problem sein, auch, ob es auffällig viele tote Krähen gegeben hat, werde ich fragen, denn die könnten ebenfalls was von dem Zeug aufgenommen haben, sind ja Allesfresser. Aber jetzt lass uns bitte erst mal fahren, sonst wird Elfie sauer."

Hella wohnte in unmittelbarer Nähe der Praxis in der Erdgeschosswohnung eines Zweifamilienhauses. Ich parkte auf ihre Anweisung hin erneut vor der Praxis und wir gingen die wenigen Schritte zu Fuß.

„Komm rein", forderte sie mich auf, nachdem sie die Haustür aufgesperrt hatte, „aber pass auf, dass Elfie nicht auf Alli tritt."

Bevor diese Warnung meine Gehirnwindungen passiert hatte, kam etwas Dunkles auf mich zugeflogen, zwei Riesenpranken legten sich rechts und links auf meine Schultern, zwei Reihen beachtlich weißer Zähne blitzten auf, und eine sehr lange, sehr feuchte Zunge wusch mir das Gesicht.

„Das ist Elfie", hörte ich entfernt die Stimme von Hella und war sicher, dass sie sich gerade köstlich amüsierte.

Zwischenzeitlich war es mir gelungen, diesen Hund von der Größe eines Ponys dazu zu bewegen, seine Pfoten wieder runter auf den Boden zu stellen, ohne Alli unter einer zu begraben. Den schien der Größenunterschied nicht sonderlich zu beeindrucken, jedenfalls bemühte er sich bereits eifrig darum, Elfies Hinterteil zu erreichen, um es ausgiebig zu beschnüffeln. Leider gibt es Dinge im Leben, die auch mit ausgefeilter Technik nicht zu lösen sind, und alle seine Bemühungen endeten kurz über Elfies Knien.

„Wie in Gottes Namen bist du auf die Idee gekommen, einen Irischen Wolfshund ausgerechnet Elfie zu nennen?", fragte ich in die unbekannte Tiefe der Wohnung hinein, in der Hella verschwunden war.

„Wieso nicht?", kam von Ferne die Antwort. „Du hast es doch gerade erlebt, sie kann fliegen wie eine Elfe, darum heißt sie Elfie."

Zwischenzeitlich war es der Elfe offenbar aufgefallen, dass ihr neuer Verehrer sich redlich abmühte, alles Wesentliche über sie zu erfahren, ohne sonderlich erfolgreich zu sein. Einen Augenblick sah es so aus, als überlege sie angestrengt, dann knickte sie grazil ihre langen Beine ein und begab sich in Bauchlage. Alli überschlug sich fast vor Begeisterung, denn jetzt hatte er das Ziel seiner Wünsche unmittelbar vor der spitzen Dackelnase.

„Ich hoffe deine Elfie ist nicht gerade läufig, ansonsten wäre es vielleicht besser, du kämest mal zurück, um Schlimmeres zu verhindern", rief ich etwas unsicher, aber da stand Hella schon in der Tür und lachte: „Keine Panik, sie ist nicht heiß, ansonsten wäre es vermutlich bereits zu spät und nicht mehr zu verhindern. Tiere sind da erfinderisch, wie du siehst."

„Ich verstehe! Wo ein Wille ist, ist auch ein Gebüsch“, lachte ich und guckte fassungslos auf meinen sabbernden Dackel.

„Meinst du, du kommst für eine Weile hier allein klar? Ich muss noch für zwei Stunden in die Praxis, ich kann den Urs nicht alleine lassen und mein Vater ist zurzeit am Gardasee im Urlaub“, wollte Hella wissen, aber es hörte sich nicht wirklich wie eine Frage an.

„Na klar“, antwortete ich schnell, „das ist doch kein Problem, lass dich von mir bloß nicht stören.“

„Tue ich nicht! Komm mit, ich zeige dir noch schnell dein Zimmer und das Bad. Gegen 19 Uhr bin ich wieder hier. Du kannst dir schon mal überlegen, was du heute Abend gern unternehmen möchtest.“

Ich packte meine mitgebrachten Klamotten aus, ging ausgiebig duschen und legte mich dann, nur mit einem Handtuch ums Wesentliche gewickelt, auf das Bett. Dass ich einschlafen würde, damit hatte ich nicht gerechnet. Aber ich wurde tatsächlich um 19. 15 Uhr von einer lachenden Hella geweckt. Wie ertappt sprang ich auf, das Handtuch trennte sich von meinen Hüften, und ich stand splitternackt mitten im Raum.

„Ist das ein Anmachversuch?“, fragte Hella amüsiert, anstatt peinlich berührt den Raum zu verlassen.

„Quatsch, nein“, beeilte ich mich zu versichern, während ich nach dem Handtuch griff, um es mir erneut um die Lenden zu schlingen. „Muss an der vielen frischen Luft liegen, die macht müde. Außerdem habe ich die letzte Nacht ausgesprochen schlecht geschlafen.“

„Schon gut, ist doch kein Ding. Worauf hast du denn jetzt Lust? Sollen wir was essen gehen, ich habe schon wieder Hunger.“

„Können wir machen, aber vorher muss ich mit Alli raus ...“ Das Klingeln von Hellas iPhone unterbrach unsere Überlegungen und ich nutzte die Chance, um mich anzuziehen. Ich hatte gerade die

Jeans oben, als Hella rief: „Sorry, ich muss sofort in die Praxis, offenbar hat es schon wieder einen Hund erwischt, willst du mit?"

„Was? Wen? Ich meine, ja klar, gerne. Kann ich Alli denn hier mit Elfie allein lassen?"

„Sicher, warum nicht? Elfie ist durch und durch friedlich und dein Dackel wird ihr schon nichts tun. Wenn es zu lange dauert, kannst du ja zwischendurch mal nach den beiden sehen."

Ich lief hinter ihr her ins Wohnzimmer, warf einen Blick auf meinen Hund, der gemeinsam mit seiner neuen Flamme in einem Korb lag und schlief.

Hella war schon aus der Haustür und ich beeilte mich, ihr zu folgen. In der Praxis war noch niemand, aber sie hatte gerade erst ihre Gummihandschuhe übergestreift, als mit quietschenden Reifen ein Auto vor der Tür hielt. Noch bevor der Motor verstummte, knallte eine Tür und eine aufgeregte Frauenstimme rief laut um Hilfe. Ich wartete nicht auf Hellas Okay, sprintete aus der Tür und half einer etwa 60-jährigen, sehr fülligen weiblichen Person einen offensichtlich kranken Hund aus dem Kofferraum zu heben. Aus der Schnauze lief Blut und reichlich Blut war auch auf der Decke, auf der er gelegen hatte.

Auch Hella tauchte jetzt auf und dirigierte uns in ihr Behandlungszimmer.

„Das ist Bruno, sechs Jahre alt, reinrassiger Ridgeback und bisher kerngesund", teilte sie mit, während sie sich bereits das Stethoskop in die Ohren steckte, um den Hund abzuhören. Danach schaute sie ihm ins Maul, roch sogar daran, drückte auf Zahnfleisch, Brustkorb und Bauch und legte ihm dann schnell und geschickt eine Infusion, was der geschwächte Hund widerstandslos über sich ergehen ließ.

„Das ist erst mal etwas zum Stabilisieren des Kreislaufs, damit er nicht kollabiert. Erzählen Sie, Frau Sänger, wo sind sie mit ihm gewesen und wie hat das angefangen?“

„Ich war in der Stadt ein paar Besorgungen machen, danach bin ich mit Bruno noch eine Runde am Schwarzbach langgegangen. Da trifft er immer viele von seinen Freunden, aber heute war kaum jemand unterwegs. Ich habe nicht gesehen, dass irgendwas passiert wäre oder so, aber plötzlich hat er ganz laut aufgeschrien und wollte nicht weiterlaufen. Ich habe gedacht, er hätte sich vielleicht was verstaucht oder wäre in eine Scherbe getreten, also habe ich seine Beine und die Pfoten untersucht, aber nichts finden können. Dann hatte er plötzlich Blut an der Schnauze und ich dachte, er hätte sich da vielleicht draufgebissen, weil er sich erschreckt hat. Wissen Sie, er ist ja auch so sensibel, erschrickt sich schnell und ...“ Frau Sänger verstummte, dicke Tränen liefen über ihre Wangen und sie schniefte vernehmlich.

Hella nickte und lächelte ihr auffordernd zu. „Sie haben alles richtig gemacht, wie ging es weiter?“

„Wie es weiterging? Nun, er ist dann erst normal gelaufen, es war ja auch nicht mehr weit, aber gerade als wir mein Auto erreicht hatten, fing er mit diesen komischen Geräuschen an. Ich dachte er hustet, aber irgendwie war das anders und dann kam richtig viel Blut aus seiner Schnauze. Ich habe ihn darum schnell in den Kofferraum gehoben, was gar nicht so einfach war und Sie dann sofort angerufen.“

„Haben Sie vielleicht beobachtet, dass er irgendwas vom Boden aufgenommen hat?“

„Aufgenommen? Sie meinen, gefressen? Nein, ist mir nicht aufgefallen, aber Sie wissen ja wie Hunde so sind, die finden immer was. Und viele Leute füttern da auch die Enten, also liegt da oft Brot oder so was. Das will er immer haben, könnte also schon sein.

Ach Gottchen, ich hätte besser aufpassen müssen, ich weiß, aber mein Mann hat mich angerufen und ich habe mit ..."

„Gut, ich gebe Bruno jetzt erst einmal etwas zum Schlafen, denn ich muss ihn röntgen, es könnte sein, dass er etwas verschluckt hat, was die Blutung verursacht."

In diesem Augenblick wurde sie von Bruno unterbrochen, der seinen Mageninhalt in einem Schwall auf den Tisch entleerte. Hella nahm einen hölzernen Spatel und begann das Ergebnis zu untersuchen.

„Hm, wann hat er das letzte Mal Futter bekommen? Oha, was ist das? Ja, habe ich mir gedacht, jetzt können wir nicht mehr warten, ich werde operieren müssen. Sie drehte sich um, zog eine Schublade auf und entnahm ihr eine lange Pinzette. Damit zog sie etwas aus dem Erbrochenen hervor und hielt es hoch. „Ein abgebrochenes Cuttermesser, wer weiß, was das angerichtet hat und ob da nicht noch mehr ist."

Brunos Frauchen begann jetzt hemmungslos zu schluchzen und wollte sich offenbar über ihren Hund werfen, wurde aber von Hella daran gehindert.

„Schon gut, Frau Sänger, beruhigen Sie sich. Wenn wir Glück haben, ist noch nichts weiter in den Darm gewandert. Ich werde Bruno jetzt narkotisieren und eine Endoskopie durchführen, danach sehen wir weiter. Sie können da im Augenblick leider nichts tun, aber ich gebe Ihnen sofort Bescheid, sobald ich etwas weiß." Von einem kleinen Wagen nahm sie eine Ampulle, zog sie auf und fügte den Inhalt durch den Infusionskonus hinzu. „Bruno wird jetzt gleich einschlafen, Deti, hilfst du mir bitte, ihn rüber zu tragen?"

Ich nickte, nahm den bereits fast schlafenden, verdammt schweren Hund auf den Arm, trug ihn keuchend ins Nebenzimmer und legte ihn auf einem Metalltisch ab. Entweder, ich war mittlerweile sehr verweichlicht, oder die ältere Dame verfügte über ungeahnte Kräfte. Wie, in drei Teufels Namen, hatte sie diesen Hund in den Kofferraum bekommen? Ich nahm mir ernsthaft vor, nach Erledigung dieses Auftrags wieder sehr regelmäßig Sport zu machen.

„Das sieht nicht gut aus", flüsterte Hella mir zu, „mit Sicherheit ist Bruno ein weiteres Opfer dieser präparierten Fleischbällchen. Und so wie der blutet, ist die Speiseröhre verletzt. Zwei von diesen Cuttermessern waren im Erbrochenen, außerdem Glassplitter. Verdammte Hacke, das muss aufhören, du musst diesen kranken Typen einfach zu fassen kriegen. Ich will nicht jeden zweiten Tag einen Hund in diesem Zustand sehen."

Sie kritzelte etwas auf einen Block, der neben einem Monitor lag, reichte mir den Zettel und sagte: „Ruf da an und bitte Urs, umgehend wieder herzukommen. Ich werde operieren müssen und dazu brauche ich seine Assistenz."

„Kann ich doch machen", bot ich an, aber Hella schüttelte den Kopf.

„Bist du Tierarzt oder zumindest Humanmediziner, medizinisches Fachpersonal, Anästhesist? Nein, daher kannst du es nicht machen, also bitte, ruf meinen Kollegen an und sag ihm, er möge sich beeilen. Dann musst du mir bei der Endo helfen, das ist nicht schwierig."

Ich zückte mein Smartphone, tippte die Nummer ein und als sich ein Hallo meldete, sagte ich meinen Spruch auf, bekam die Zusage, umgehend zu kommen und drückte auf Ende.

„Er sagt, er sei in fünf Minuten hier, was soll ich tun?"

Hella zeigte mir, wie ich Bruno in Position halten musste, damit sie das Endoskop einführen konnte. Sie starrte konzentriert auf einen Monitor, gab ab und an einen unverständlichen Laut von sich und ich kam mir ziemlich überflüssig vor.

„Hör mal“, sagte ich daher, „wenn dein Kollege kommt, bin ich hier nur im Weg. Wenn es dir recht ist, verschwinde ich, gehe mit Alli Gassi und wir treffen uns dann später bei dir Zuhause.“

„Hm“, machte Hella, und ich nahm es als Zustimmung. Kurze Zeit später erschien der Typ, den ich angerufen hatte, nickte mir zu und beachtete mich nicht weiter.

„Okay, ich bin dann mal weg“, sagte ich, bekam aber von keinem der beiden eine Reaktion.

Keinen Plan, ob es Frust war, Langeweile oder einfach das Bedürfnis, etwas von Tabea zu hören, auf alle Fälle rief ich sie an. Ignorierte, dass sie Abstand wollte und redete mir ein, dass der durch einen Anruf nicht gefährdet wurde. Es klingelte lange, bis sich schließlich die Mailbox meldete. War klar, sie ließ mich auflaufen, aber bitte, wenn sie es so wollte, das konnte ich auch. Launig ließ ich sie wissen, dass mich meine alte Freundin Hella gebeten habe, einen Auftrag in Zweibrücken zu übernehmen und ich daher bis auf weiteres bei ihr zu erreichen sei. Erst nachdem ich das losgeworden war, kam ich mir plötzlich blöd vor und hätte es gern zurückgenommen.

Es war fast 21 Uhr als ich die Haustür hörte und Hella hereinkam. Sie sah erschöpft aus, ließ sich in einen Sessel fallen und sagte: „Ich brauche einen Schnaps. Da drüben steht eine Flasche Grappa, mach dich mal nützlich.“ Als ich ihr wieder gegenübersaß, prostete sie mir zu und trank dann in einem einzigen Zug ihr Glas leer. „Das hat gutgetan“, sagte sie, „aber wenn das noch lange so weitergeht, werde ich zur Alkoholikerin. Bruno hat die Operation überlebt und fürs erste sieht es nicht ganz schlecht für ihn aus. Über den Berg ist er allerdings noch nicht, das hängt davon ab, ob wir wirklich alles an Glas entfernt habe, was er verschluckt hat. Seine Zunge, der Rachen und die Speiseröhre hatten einige Schnitte, aber der Magen war intakt. Zum Glück war er schnell in der Praxis und hat sich dann auch noch übergeben. Das Zeug hatte daher nicht viel Zeit, seinen Verdauungstrakt noch weiter zu zerstören. Wäre auch noch der Darm verletzt gewesen ... ich glaube, das hätte er nicht überlebt. Zum Glück war Urs erreichbar und obendrein in der Nähe. So konnte er mir assistieren, vier Augen sehen auch in so einer Situation mehr als zwei. So, ich muss jetzt mal abschalten, sonst nehme ich das wieder mit ins Bett. Dann kreisen meine Gedanken, ich grübele endlos und an Schlaf ist nicht mehr zu denken. Ich muss aber morgen früh wieder fit sein für die Praxis. Komm, lass uns in die City fahren und was essen."

Nun wachte ich also am frühen Sonntagmorgen in ihrem Gästezimmer auf und Alli schien entschlossen, mich am Weiterschlafen zu hindern. Er jankte, tanzte auf den Hinterpfoten und war seltsam aufgedreht. „Gib Ruhe, Hund, sagte ich, „es ist noch zu früh zum Gassigehen, es ist erst sechs Uhr." Alli quittierte meine Ansage mit heftigem Gebell, danach lief er zur Tür und begann, sie mit den Pfoten zu bearbeiten.

„Hör sofort auf, du Spinner", schimpfte ich, sprang aus dem Bett und öffnete die Tür einen Spalt breit. Sofort war er raus und ich sah ihn mit fliegenden Ohren den Flur entlangrennen.

Natürlich, ich hatte völlig seine neue Flamme Elfie vergessen, die hatte ihn offenbar um den Schlaf gebracht. Unschlüssig stand ich da, und hatte keinen Plan, was ich als nächstes unternehmen sollte. In der Wohnung war bis vor 30 Sekunden noch völlige Ruhe gewesen, die jetzt vom lauten Freudengeheul meines Dackels unterbrochen wurde. Auch Elfie gab einige begeisterte Töne von sich, die dazu führten, dass ihr verschlafenes Frauchen, nur mit Slip und T-Shirt bekleidet, in der Schlafzimmertür auftauchte.

„Was ist denn hier los, seid ihr verrückt, am frühen Sonntagmorgen einen solchen Lärm zu veranstalten?", begehrte sie zu wissen und gähnte ausgiebig.

„Ist dein Hund immer so früh auf den kurzen Beinen? Elfie pennt bis in die Puppen, wenn ich sie nicht zum Aufstehen zwinge."

„Alli steht nie früh auf, wenn er nicht muss, er scheint aber gerade unter juveniler Bettflucht zu leiden, seit er Elfie kennt", lachte ich und bemühte mich krampfhaft, sie nicht anzustarren. Wieso war mir bisher nicht aufgefallen, wie krass sie aussah? „Was meinst du? Wenn wir schon mal wach sind, könnten wir doch mit den beiden einen Spaziergang machen. Das Wetter ist super und vielleicht fällt uns unterwegs was ein, wie wir diesen Misttypen erwischen können."

„Ohne Kaffee gehe ich keinen Meter, das kannst du vergessen", knurrte Hella und schlurfte in rosa Plüschpantoffeln in die Küche, um die Kaffeemaschine startklar zu machen.

„Auch gut, dann springe ich schnell unter die Dusche, danach hätte ich auch gern einen Kaffee", stimmte ich zu und setzte mein Vorhaben in die Tat um.

Geduscht und rasiert erschien ich zehn Minuten später in der Küche, in der Hella, noch immer spärlich bekleidet, am Tisch saß. Vor sich eine große Tasse mit tiefschwarzem Kaffee.

„Mach dir selbst einen, ich bin zu müde", ließ sie mich wissen und zeigte auf die Maschine.

„Kein Problem, aber soll ich nicht vielleicht Elfie mitnehmen und du legst dich noch einmal hin und schläfst dich aus? Was hältst du davon oder geht sie nicht mit Fremden?"

„Die geht mir jedem, kein Problem. Würdest du das wirklich machen? Das wäre wunderbar, ich bin so müde, ich glaube, ich könnte eine Woche am Stück schlafen“, seufzte sie und wischte sich eine Haarsträhne aus dem Gesicht.

„Na, dann machen wir das so“, bestimmte ich. „Lass mich grad meinen Kaffee austrinken, dann marschiere ich mit den beiden los und du gehst schlafen.“

Um Elfie das Geschirr anzuziehen, musste sie sich bücken und gewährte mir damit einen langen Blick auf ihren wohlgerundeten Busen. Als sie merkte, dass ich sie anstarrte, richtete sie sich auf, warf mir einen tadelnden Blick zu. Ich wurde leicht verlegen und versuchte schnell Alli Halsband und Leine anzulegen, während der wie ein Floh auf Speed um mich herumsprang. Da alter Porsche und Irisch Wolf größenmäßig nicht kompatibel waren, ging ich zu Fuß, es war nicht weit bis zu meinem Ziel. Ich wollte mir die Gegend um den Rosengarten ansehen, auch wenn ich nicht wusste, was ich mir davon versprach. Hätte ich auch nur geahnt, welche Kette von Ereignissen ich damit lostreten würde, ich hätte Alli ignoriert und einfach weitergeschlafen.

-2-

Max Bergmann ging absichtlich sehr früh joggen. Er mochte diese menschenleeren Straßen, wenn die Luft noch sauber war und wie frisch gewaschen wirkte. Vor allen Dingen mochte er die Ruhe. Das war etwas, wonach er sich sehnte, wovon er nie genug bekam. Unter der Woche, an seiner Maschine in einer metallverarbeitenden Fabrik, trug er sogar Kopfhörer, auch wenn seine Kollegen sich darüber lustig machten. Leider musste er die nach Feierabend absetzen, obwohl er sich so manchen Abend wünschte, er könnte sich darunter vor der lauten, vorwurfsvollen Stimme seiner Frau verstecken. Regina beklagte sich ständig über irgendwas. Ihr ganzes Leben schien eine Aneinanderreihung von Ereignissen zu sein, die nur dazu gemacht waren, sie zu kränken. Ihr Chef war ungerecht, bevorzugte immer die anderen, obwohl sie doch die einzige war, die in dem Laden wirklich arbeitete. Ihre Kolleginnen waren allesamt intrigante, selbstsüchtige Weiber, die nur ihren eigenen Vorteil im Auge hatten. Jeden Abend, wenn er nach Hause kam, schien sie bereits hinter der Tür auf ihn zu warten, um ihn sofort mit einem Schwall aus Klagen und Vorwürfen zu überschütten. Seit drei Jahren ging das nun schon, einzig Micky, der Hund, vor zwei Jahren aus dem Tierheim geholt, schien von ihrer Unzufriedenheit ausgenommen. Er machte niemals etwas falsch, er durfte alles, bekam alles, ihn überhäufte sie mit der Zärtlichkeit, die sie ihm verweigerte.

Früher war das anders gewesen. Früher, das klang, als wäre es eine Ewigkeit her, dabei waren sie gerade einmal sieben Jahre verheiratet. Sie hatten sich bei einer Veranstaltung im Rosengarten kennengelernt, waren ins Gespräch gekommen und hatten festgestellt, dass sie beide aus dem Norden der Republik stammten und den hier üblichen Dialekt nur rudimentär beherrschten. Sie hatten viel gelacht an diesem Abend, immer weitere gemeinsame Interessen entdeckt und sich bis über beide Ohren ineinander verliebt. Negative Erfahrungen, die sie beide bereits gesammelt hatten, wurden ausgeblendet und sie heirateten drei Monate nach ihrem Kennenlernen. Von wem diese Eile ausgegangen war, wusste er nicht mehr genau, er erinnerte sich aber daran, dass er sehr erleichtert gewesen war, die „Richtige“ endlich gefunden zu haben. Natürlich hatte er fest daran geglaubt, dass ihre Gefühle füreinander ewig währen würden. Ein einziger Abend, ein einziger Fehler, hatte alles verändert. Sein Fehler, und darum ertrug er ihre Launen, ihre Stimmungsschwankungen, ihre abweisende Haltung ihm gegenüber, mehr oder weniger klaglos. Es war eine Art Buße, die er sich auferlegt hatte, auch wenn er sich manchmal fragte, ob das nicht zu viel Leiden war für das, was er getan hatte. Etwas, das außerdem bereits vier Jahre her war und sich niemals wiederholen würde. Auf der Weihnachtsfeier der Firma hatte er, ganz entgegen seiner Gewohnheit, ein bisschen zu viel getrunken. Fröhlicher und offener als gewöhnlich hatte er mit der einen oder anderen Kollegin sogar ein bisschen geflirtet. Als gegen Mitternacht ausgerechnet Carola, auf die alle Männer im Betrieb abfuhren, mit ihm tanzte und sich in einer Art und Weise an ihn presste, die ihn ebenso verwirrte wie reizte, hatte er den Zeitpunkt verpasst, das gefährliche Spiel zu beenden. Sie hatten weiter getanzt, viel zu eng aneinandergedrückt, zwischendurch zu viel getrunken und das Verhängnis hatte endgültig seinen Lauf genommen. Seine einzige, klägliche Entschuldigung war, dass die Initiative allein von ihr ausgegangen war. Sie war es, die seine Hand genommen und ihn zum Parkplatz gezogen hatte. Sie war es auch, die seinen halbherzigen Einwand, er müsse jetzt nach Hause, lachend übergangen hatte und sich dann im Auto sofort den Pulli über den

Kopf gezogen und seine Hose geöffnet hatte. Natürlich hätte er es verhindern, sich wehren müssen, nein sagen, schließlich war er glücklich verheiratet, aber er hatte geschwiegen. Stumm und verwirrt über das, was ihm da passierte, hatte er die Augen geschlossen und Carola gewähren lassen. Nicht einmal über eventuelle Folgen dieser ebenso spontanen wie völlig ungeschützten Nummer hatte er sich noch Gedanken gemacht, einfach nur den Augenblick genossen. Zumindest so lange, bis Reginas Gesicht am Autofenster aufgetaucht war. Den Ausdruck ihrer Augen würde er sein Leben lang nicht vergessen und das, was sie später gesagt hatte, auch nicht.

„Nichts wird je wieder so sein, wie es war", hatte sie erklärt und seine Entschuldigungen und Beteuerungen mit einer Handbewegung zum Schweigen gebracht. „Das wirst du bereuen. Ich werde dir niemals verzeihen, niemals, verstehst du und wenn ich 100 Jahre alt werde. Du weißt ja, ich bin Skorpion, die vergessen nie, was man ihnen angetan hat."

Anfangs hatte er noch gehofft, darauf vertraut, dass sie sich doch geliebt hatten, dass seine Frau mit der Zeit wieder zu ihm zurückfinden würde, aber es vergingen Monate und schließlich Jahre, ohne dass sich etwas geändert hätte. Da war er in seiner Verzweiflung auf die Idee mit dem Hund gekommen. Ihm war eingefallen, wie sehr sie sich ein Haustier gewünscht hatte, früher, als sie noch miteinander sprachen.

„Damit bist du immer angebunden, kannst nie etwas spontan entscheiden. Außerdem stinken die und haaren die Wohnung voll", waren seine Argumente dagegen gewesen. „Außerdem, wenn wir erst Kinder haben, wirst du bestimmt froh sein, nicht obendrein für einen Hund sorgen zu müssen. Nein, nein, lass uns das auf später verschieben."

Wenn er ehrlich mit sich selbst war, musste er aber zugeben, dass er nur ihre ungeteilte Aufmerksamkeit und Zuwendung behalten, und nicht mit einem Tier teilen wollte.

Heute wäre er schon mit der Hälfte an Zuwendung zufrieden gewesen, und so war er ins Tierheim gefahren und hatte sich aus den vielen angebotenen Kandidaten Micky ausgesucht. Warum? Weil er sich eingebildet hatte, in seinen Augen die gleiche Einsamkeit zu sehen, unter der er litt. Wie jeden Tag hatte Regina hinter der Tür auf ihn gewartet, um ihn mit ihren Klagen zu empfangen, aber die hatte sie alle vergessen, als sie Micky sah. Ab diesem Moment hatte sie sich verändert, ihre Stimme bekam wieder einen liebevollen, ja zärtlichen Klang. Leider galt das nicht ihm, sondern ausschließlich dem Hund. Für ihn änderte sich nichts, auch wenn er es immer wieder versuchte, immer wieder beteuerte, zu bereuen, was er getan hatte. Heilige Eide auf das Leben seiner Mutter schwor, es niemals wieder zu tun und alles dafür geben zu wollen, es ungeschehen machen zu können. Sie hörte zu, nickte und machte weiter wie bisher. Später hatte er mit Trennung, sogar mit Scheidung gedroht, ihr vorgeworfen zu übertreiben, Freude daran zu haben, ihn zu quälen. Sie hatte es hingenommen, kein Wort der Verteidigung, geschweige denn der Versöhnung war von ihr gekommen. Sie hatte den Hund an sich gedrückt und war aus dem Zimmer gegangen. In ihr eigenes, denn ein gemeinsames Schlafzimmer gab es schon lange nicht mehr, aus dem war sie noch in dieser verhängnisvollen Nacht ausgezogen. Und dann war Micky tot. Feige mit einem dieser schrecklichen Giftköder ums Leben gebracht, und natürlich war auch das seine Schuld. Er war es, mit dem er den letzten Spaziergang seines Lebens gemacht hatte. Er war es, der nicht aufgepasst, zugelassen hatte, dass der Hund etwas auf der Straße Gefundenes fraß. Regina wäre das nie passiert, sie ließ ihren Hund nicht eine

Sekunde aus den Augen. Sie hatte ihm den Hund ohnehin nur wegen einer schweren Migräne anvertraut, und dann war Micky tot. All diese Anklagen hatte sie ihm noch im Auto entgegengeschrien, kaum, dass sie die Praxis der Tierärztin verlassen hatten. Umso verblüffter war er, als er jetzt die Wohnungstür öffnete und Regina singend in der Küche stehen sah. Er rieb sich die Augen, glaubte zu halluzinieren, aber das Bild blieb das gleiche.

„Hallo Max", unterbrach sie ihren Gesang und wandte sich ihm zu. „Warst du schon so früh joggen? Ich dachte, wir könnten zusammen frühstücken und später auf den Markt gehen. Ich habe Lust uns heute Abend etwas zu kochen. Geh duschen, die Eier sind gleich fertig."

Er war perplex, konnte sein Glück kaum fassen, beeilte sich aber, ihr zuzustimmen. „Ja, ich war laufen, es ist so schön draußen. Natürlich, wenn du willst, gehen wir auf den Markt. Ich bin gleich wieder da, ich beeile mich."

Fünf Minuten später saß er Regina am Frühstückstisch gegenüber und wusste nicht, wie er sich verhalten sollte. Er löffelte sein Ei, lobte die perfekte Konsistenz, erwähnte den guten, starken Kaffee und kam sich wie ein kompletter Idiot vor. Er sprach mit der Frau, mit der er seit sieben Jahren verheiratet war und fühlte sich wie ein Schuljunge. Regina tat nichts, seine Befangenheit zu beenden, sie aß und trank ... und schwieg.

„Ähm, was wolltest du denn heute Abend kochen?", nahm er einen erneuten Anlauf und nach einer Weile sagte sie: „Oh, ich hatte an Frikadellen und Kartoffelpüree gedacht. Mit vielen gebratenen Zwiebeln obendrauf, so wie du es gerne hast. Vielleicht noch grüne Bohnen oder einen gemischten Salat dazu."

„Großartig, darauf werde ich mich jetzt den ganzen Tag freuen", jubelte er. „Deine Frikadellen sind legendär, die kriegt niemand so hin wie du."

Der Blick, den sie ihm zuwarf, hatte etwas von einem Forscher, der ein seltenes Insekt betrachtet. Dann lächelte sie, nickte und knabberte an ihrem Toast. Um den Strohhalm nicht zu verlieren, den sie ihm hingehalten hatte, bot er ihr Hilfe in der Küche an, fragte, ob sie beim Friseur gewesen sei, aber sie verfiel wieder in Schweigen und so gab er schließlich auf.

Als sie eine Stunde später den samstäglichen Wochenmarkt an der Alexanderkirche erreicht hatten, änderte sich ihr Verhalten plötzlich erneut, sie ergriff sogar seinen Arm und zeigte fröhlich auf die aufgebauten Zwiebelberge eines Händlers. „Die sehen gut aus, die werde ich kaufen."

Der Bauer hatte bereits eine Tüte in der Hand und füllte sie geschäftig. „Was soll's denn geben?", fragte er und Regina ließ ihn wissen, dass ihr Mann besonders gern Frikadellen äße, dazu selbstgemachtes Kartoffelpüree und sie ihm das am Abend kochen wollte. „Fläschkischelcher mit Grumbeerbrei un ausgebäde Zwiwwle? Na, dann brauchen Sie aber noch Grumbeere, wieviel sollen es denn sein?" Regina erstand zwei Kilo, bezahlte und der Bauer rief ihnen noch nach: „Ich wünsche einen guten Appetit und nicht zu viele Blähungen anschließend."

An einem anderen Stand kaufte sie Hackfleisch und verkündete dann, sie habe nun alles und wolle wieder heim.

„Wollen wir nicht irgendwo einen Kaffee trinken gehen? Das Wetter ist so schön und wir waren lange nicht mehr zusammen ..."

„Nein, heute nicht, ein anderes Mal vielleicht, ich möchte jetzt nach Hause, ich muss ja auch das Essen vorbereiten."

Max konnte sich zwar nicht vorstellen, wieso sie dafür den ganzen Tag brauchen sollte, schwieg aber, um den Funken Hoffnung, den er im Herzen trug, nicht zu verlieren.

Schweigend fuhren sie nach Hause, schweigend verlief auch der restliche Tag. Seine angebotene Hilfe in der Küche lehnte sie ab, auch den Tisch wollte sie selbst decken, und so verzog er sich ins Schlafzimmer und machte ein Nickerchen. Später schaltete er die Sportschau an und freute sich über den sensationellen Sieg seiner geliebten Borussia gegen den FC Augsburg. Fünf zu eins gewonnen, das war geradezu perfekt und dazu passte, dass genau beim Abpfiff Regina in der Tür erschien und ihn aufforderte, zu Tisch zu kommen. Sie sagte tatsächlich zu Tisch, was ihm merkwürdig vorkam. So merkwürdig, wie dieser ganze Tag. Seine Verwunderung nahm weiter zu, als er das Esszimmer betrat.

Der Tisch war gedeckt wie an Weihnachten. Das gute Geschirr und Kerzen in der Mitte. Tiefroter Wein funkelte in den Kristallgläsern, die sie von ihrer Mutter geerbt hatte und die er scheußlich fand. Selbst das Silberbesteck schien sie geputzt zu haben, und auch sie selbst sah toll aus. Ein ihm unbekanntes enges, dunkelblaues Kleid aus weichem, fließendem Stoff umspielte vorteilhaft ihren sehr schmal gewordenen Körper. Er starrte sie mit offenem Mund verblüfft an.

„Setz dich doch Max“, lächelte sie, „alles ist fertig, lass es dir schmecken.“ Damit hob sie ihr Glas und prostete ihm zu.

Er hätte lieber ein Bier getrunken, was ja auch entschieden besser zu dem deftigen Gericht gepasst hätte, aber er schwieg und trank ihr zu. Der Wein war schwer und hinterließ ein seltsam pelziges Gefühl auf seiner Zunge, aber da er kein Kenner war, sagte er nichts darüber.

Regina füllte seinen Teller mit zwei knusprig - braunen Frikadellen und einem kleinen Berg Püree, auf den sie wie eine Mütze geschmälzte Zwiebeln packte. Dazu reichte sie ihm einen bereits zusammengestellten Salatteller.

„Ich hoffe, er schmeckt dir, ich habe das gute Olivenöl aus Kreta und den teuren Balsamicoessig für das Dressing benutzt. Du weißt ja, Öl und Essig sind das A und O für jeden guten Salat.“

„Das stimmt, da hast du wirklich recht“, stimmte er eilfertig zu, auch wenn er keine Ahnung hatte, ob das der Wahrheit entsprach. „Es schmeckt einfach wunderbar, vor allen Dingen die Frikadellen sind dir hervorragend gelungen.“

„Ja, das finde ich auch“, stimmte Regina ihm kauend zu. „Das muss an den Zwiebeln liegen, die haben einen sehr kräftigen Eigengeschmack.“ Wieder erhob sie ihr Glas und animierte ihn zum Trinken. Als er es leergetrunken hatte, überlegte er, ob er sich ein Bier aus dem Kühlschrank holen konnte, aber Regina kam ihm zuvor und schenkte Wein nach.

Nach einer halben Stunde schwirrte sein Kopf und der Gürtel drückte unangenehm in der Magengegend. Er hatte eindeutig zu viel gegessen, und dazu dieser schwere Rotwein, das war er nicht gewohnt. Regina saß ihm lächelnd gegenüber und schien sich ausgesprochen wohl zu fühlen. „Was ist? Geht es dir nicht gut? Hat es dir nicht geschmeckt?“

„Oh doch, natürlich hat es mir geschmeckt, darum habe ich vermutlich auch zu viel gegessen und der Wein ist mir zu Kopf gestiegen, glaube ich. Du weißt ja, ich trinke nur selten Alkohol.“

„Ja, aber wenn, dann weißt du nicht mehr, was gut für dich ist“, antwortete sie und selbst sein beschwipster Verstand registrierte den bitteren Unterton.

Jetzt wurde ihm noch heißer und er spürte, wie ihm das Blut ins Gesicht stieg. „Regina“, bat er, „bitte lass uns doch jetzt nicht wieder mit dieser alten Geschichte anfangen. Ich weiß, ich habe einen schlimmen Fehler gemacht, und ich würde alles darum geben, ihn ungeschehen machen zu können. Kann ich aber nicht, also ...“

„Also hast du als Zugabe auch noch meinen Hund vergiftet!“

Irgendwie fanden ihre Worte keinen Zugang zu seinem Gehirn. Er hörte sie, aber er verstand sie nicht. Was hatte denn jetzt der Hund mit seinem Seitensprung zu tun?

„Wie meinst du das? Wieso? Ich meine, ich habe doch nicht ..."

„Doch hast du, da bin ich mir ganz sicher. Du hast es nicht ertragen, dass ich wieder glücklich war, dass ich Micky geliebt habe. Du musst alles zerstören, so wie du unsere Liebe zerstört hast, musstest du auch meine Liebe zu diesem unschuldigen Wesen zerstören."

Sie hatte sich in Rage geredet, hektische rote Flecken breiteten sich über ihr Gesicht und den Hals aus und die Haare lösten sich aus der Spange.

„Ich verstehe dich nicht, Regina, wirklich. Ja gut, vielleicht habe ich nicht genug aufgepasst, vielleicht hätte ich es verhindern können, aber du kannst doch nicht sagen, ich hätte deinen Hund..."

„Und ob ich das sagen kann! Ich habe dich beobachtet, wenn du joggen gegangen bist. Ich habe genau gesehen, dass du Dinge fallenlassen hast, aber ich habe zu spät begriffen, was das war. Du bist dieser Dreckskerl, der Hunde vergiftet, der auch meinen Micky umgebracht hat."

„Regina! Du weißt nicht mehr, was du sagst. Ich würde doch nie im Leben einem Hund etwas zu Leide tun. Du weißt, ich bin ein Tierfreund, ich füttere sogar die Krähen und die Enten, obwohl das verboten ist. Es war nur Brot, was ich geworfen habe, Brot, sonst nichts. Du hast mir einfach immer zu viel eingepackt und ich wollte es nicht wegschmeißen, also habe ich es an die Tieren verfüttert."

Mittlerweile war ihm sterbensübel, sein Kopf dröhnte und der Schweiß lief ihm über das Gesicht.

„Das höre ich mir nicht länger an, das geht jetzt wirklich zu weit, Regina. Ich habe einmal einen Fehler gemacht, das habe ich nie bestritten und dafür hast du mich seither an jedem einzelnen Tag bestraft, aber hier ist für mich Schluss.“

Er stand auf, stieß dabei seinen Stuhl um und verließ mit schnellen Schritten den Raum und die Wohnung. Ihm war sterbensübel und er wusste nicht, ob von zu viel Wein, zu viel Essen oder von dem, was Regina ihm unterstellt hatte. Er brauchte frische Luft, musste seinen Kopf wieder klarkriegen und überlegen, was er als nächstes tun sollte. So viel stand für ihn fest, das konnte er nicht hinnehmen, dafür musste Regina sich bei ihm entschuldigen, und zwar ernsthaft. Irgendwo gab es auch für ihn eine Grenze und die hatte seine Frau heute Abend überschritten.

Er lief Richtung Innenstadt, schaffte es taumelnd, den Herzogplatz zu überqueren und ließ sich schließlich erschöpft auf eine Bank fallen. Er hatte keinen Blick für die architektonische Schönheit der barocken Gebäude, sein Mund brannte wie Feuer, und seine Eingeweide krampften sich immer heftiger zusammen. Nur mit größter Anstrengung gelang es ihm, den aufsteigenden Brechreiz zurückzudrängen. *Ich bin krank, ich brauche einen Arzt,* dachte er verwundert, doch dann kam ihm schlagartig die Erkenntnis. So ungeheuerlich, dass er sich kaum traute, weiter zu denken. „Sie will meinen Tod, sie hat mich vergiftet“, flüsterte er und suchte in den Taschen seiner Jacke verzweifelt nach dem Handy. Er fand es nicht und ihm fiel ein, dass er es neben seinem Bett abgelegt hatte, um Fußball zu gucken. *Borussia hat gewonnen*, war sein letzter Gedanke, bevor er das Bewusstsein verlor und von der Bank fiel.

-3-

Wir waren kaum zehn Minuten unterwegs, als ich, etwa 30 Meter vor mir, einen Mann am Boden liegen sah. Ich drehte mich einmal um meine eigene Achse, entdeckte aber sonst keine Menschenseele. Ignorieren ging nicht, da brauchte vielleicht jemand Hilfe, auch wenn ich überzeugt war, dass den wohl zu viel Alkohol ausgeknockt hatte. Also nahm ich beide Hunde kurz, die ebenfalls in die von mir angestrebte Richtung zogen und dann wurde mir leicht übel. Der Mann sah nicht aus, als würde er regelmäßig vor Parkbänken schlafen. Jeans, Hemd und Schuhe waren teure Markenbekleidung, seine Haare ordentlich geschnitten, nichts wies darauf hin, dass es sich um einen Obdachlosen handeln könnte. Er hatte sich erbrochen und Reste davon klebten in seinem Gesicht, auf dem offenen Mund krabbelten, trotzt der morgendlichen Frische, bereits Fliegen. Selbst ein Erstklässler hätte erkannt, dass niemand diesem Mann mehr helfen konnte, er war sicherlich seit Stunden tot.

„Was ist mit ihm?“, erklang in meinem Rücken eine sonore männliche Stimme und ich fuhr erschrocken herum.

„Mein Gott, wo kommen Sie denn so plötzlich her? Keine Ahnung, ich weiß nur, dass er tot ist. Ich wollte gerade die Polizei informieren“, antwortete ich, zückte mein iPhone, tippte die 110 und betrachtete unterdessen den Mann genauer. Er war älter als ich, größer als ich und hatte auch mehr Bauch als ich. Ansonsten wirkte er freundlich und nicht so, als würde er Menschen auf Parkbänken ums Leben bringen. Er wurde von zwei Hunden begleitet, die unterschiedlicher nicht hätten sein können, einem Bordercollie und einer Französischen Bulldogge. Während ich mich noch fragte, wieso die Hunde so ruhig blieben, meldete sich an meinem Ohr ein Stimme: „Notruf der Polizei, was kann ich für Sie tun?“

„Menke hier, Detlev Menke, ich möchte mal wieder eine Leiche melden, einen toten Mann, der liegt hier vor einer Bank. Also, einer Parkbank genauer gesagt, davor steht ein Bücherschrank, dann ist hier noch ein Tütenspender für Kotbeutel und da vorne ein mobiles WC ... Moment bitte ... das weiß ich leider nicht.“ Ich drehte mich zu meinem neuen Bekannten um, der gerade mit seinem Smartphone die Leiche fotografierte und fragte: „Wo sind wir denn hier genau?“ Er warf mir einen verwunderten Blick zu, und antwortete: „Na, am Herzogplatz.“

„Hören Sie? Also, wir sind am Herzogplatz. Sagte ich doch schon, mein Name ist Detlev Menke, ich bin Privatdetektiv in Bad Dürkheim, aber im Augenblick in Zweibrücken zu Besuch bei Dr. Hella Labrius. Ich bin mit meinen Hunden hier entlang gelaufen und habe den Mann zufällig gefunden. Das passiert mit leider häufiger, dass ich Leichen finde, aber das ist eine lange Geschichte.“

Einen Augenblick war tiefes Schweigen am anderen Ende der Leitung und ich konnte mir gut vorstellen, dass da jemand überlegte, ob er es mit einem Spinner zu tun hatte. Dann kam kurz und knapp die Anweisung, nichts anzufassen, nicht wegzugehen und auf Notarzt und Polizei zu warten. Dann wurde aufgelegt, noch bevor ich versichern konnte, das alles einhalten zu wollen.

Ich steckte mein Handy weg und drehte mich wieder zu dem Typen mit den Hunden um, die mittlerweile wie die Hühner bei Witwe Bolte als Quartett umeinander herumliefen und sich gegenseitig am Hintern rochen.

„Warum machen Sie eigentlich Fotos von einer Leiche? Sagen Sie nicht, Sie wollen die auf Insta oder so posten, das finde ich zum kotzen“, regte ich mich auf, aber er winkte nur ab. „Kommen Sie wieder runter, ich bin Freelancer bei der Rheinpfalz, fotografiere, schreibe, berichte, was grad so anfällt und die Fotos sind nicht für die Öffentlichkeit, sondern für die Polizei bestimmt."

„Wieso, haben die keine eigenen Fotografen?", fragte ich, immer noch skeptisch. Die Antwort hörte ich nicht mehr, weil die Stille plötzlich von einem unglaublichen Gekrächze durchbrochen wurde. Gefühlte 5000 Krähen stimmten gemeinsam ein Morgenlied an, und dieser Höllenlärm, wurde zusätzlich vom Sirenengeheul des „ersten Angriffs" übertroffen. Vorneweg kam der Rettungswagen über den Platz, dahinter ein PKW mit dem Notarztschild, und von der anderen Seite raste ein Streifenwagen heran. Wer jetzt noch nicht wach war, musste entweder sehr schwerhörig oder bereits tot sein. Fast gleichzeitig stoppten die drei Fahrzeuge, die Türen öffneten sich und die Insassen sprangen heraus. Der Notarzt entpuppte sich als eine attraktive, sportlich aussehende Blondine, die zielstrebig auf den am Boden liegenden Mann zulief. Zwei Sanis kamen mit einer Trage aus dem RTW angerannt. Die beiden Streifenhörnchen holten eine Rolle mit rotweißem Absperrband aus dem Kofferraum, nachdem sie ein paar Worte mit der Notärztin gewechselt hatten. Dann entdeckte der ältere von ihnen den Hundemann und winkte ihm zu: „Seit wann ist die Zeitung schneller als die Polizei? Was machen Sie um diese unchristliche Uhrzeit schon hier? Haben Sie ihn gefunden?", wollte der jüngere der Beiden wissen, der aussah, als wäre er noch nicht mal volljährig.

„Nein, das war der Detektiv da aus Bad Dürkheim", war die Antwort, mit einer kurzen Kopfbewegung in meine Richtung.

„Detektiv aus Dürkem? Doch nicht etwa der mit dem Dackel?" Der ältere Beamte blieb stehen und drehte sich zu mir um. „Sind Sie Menke? Dann kennen Sie bestimmt meinen Schwager Norman."

„Norman und wie weiter?“, fragte ich verblüfft, aber ich ahnte schon, wie die Antwort lauten würde.

„Sand, Norman Sand, der ist bei der Kripo in Ludwigshafen und hat oft von Ihnen erzählt, müssen Sie also kennen.“

„Das ist Ihr Schwager? Na, wenn das kein Zufall ist, die Welt ist wirklich klein“, sagte ich lahm, weil mir einfach nichts Gescheiteres einfallen wollte. Ich konnte mir schließlich denken, wie lange es unter diesen Umständen dauern würde, bis der Sandmann davon erfuhr, dass ich mal wieder eine Leiche gefunden hatte. Und was er wusste, wusste 30 Sekunden später auch Tabea.

„Der Mann ist tot und das ungefähr seit Mitternacht, plus-minus eine Stunde. Ob Fremdverschulden vorliegt, kann ich nicht sagen, er könnte auch an seinem Erbrochenen erstickt sein. Möglicherweise ist Gift im Spiel, keine Ahnung. Ich denke, da muss die Kripo her. Passen Sie aber auf, dass keiner der Hunde den Fundort verunreinigt.“

Die Notärztin war mit ihrer Erstuntersuchung fertig und verabschiedete sich, weil sie gerade zu einem weiteren Einsatz gerufen wurde. Der ältere Beamte murmelte etwas vor sich hin, während er in den Taschen des Toten nach Ausweispapieren suchte. Er wurde nicht fündig, zuckte die Schultern, ging in aller Seelenruhe zu seinem Fahrzeug, und teilte der Einsatzleitstelle mit, dass man die Kripo schicken solle.

Ich wandte mich dem Zeitungsmann zu und fragte nach seinem Namen.

„Füßler, Thomas Füßler und Sie heißen Menke, ich hab’s gehört. Das kann jetzt hier dauern, wenn Fremdverschulden vermutet wird, oder auch nur nicht ausgeschlossen werden kann, muss die Kripo aus Pirmasens anrücken und die Lauterer wurden natürlich auch bereits informiert. Hilft nix, wir sitzen fürs erste fest, auch wenn wir kaum etwas zur Aufklärung beitragen können."

„Und außerdem stehen wir", stellte ich klar, „vielleicht ist es ja gestattet, sich in der Nähe in ein Café zu setzen, was meinen Sie?"

„Das glaube ich kaum. Abgesehen davon, dass es in Zweibrücken kein Café gibt, dass um diese unchristliche Uhrzeit geöffnet hätte, können wir schon froh sein, wenn wir uns da drüben auf die Bank setzen dürfen", grinste er und war mir plötzlich irgendwie sympathisch.

Ich drehte mich zu dem älteren Beamten um, den die Situation nicht weiter zu beunruhigen schien und holte mir die Genehmigung, mich ungefähr fünfzig Meter entfernt auf einer Bank niederzulassen.

„Keine Sorge, ich laufe Ihnen nicht davon. Ich habe einen festen Wohnsitz, eine Oberkommissarin zur Freundin und einen Oberkommissar als Freund", fügte ich zu seiner Beruhigung noch hinzu.

„Ja, die Oberkommissarin Kühn, ich weiß. Ob die allerdings noch Ihre Freundin ist, weiß ich nicht so genau. Man hört so dies und das", grinste er.

„Was hört man und wer ist ‚man'"?

„Gerüchte, lachte er, nix als Gerüchte, Sie müssen es doch am besten wissen, wie es um Ihre Beziehung steht. Also nehmen Sie Ihre Hunde, gehen Sie und setzen Sie sich da vorne auf die Bank. Sie werden Geduld brauchen, so wie wir alle heute Morgen."

„Ich geh mit, laufe auch nicht weg", ließ der Zeitungsmann ihn wissen, bekam aber nur ein Kopfnicken, ganz ohne Kommentare zum Stand seiner Beziehung.

„Sind Sie verheiratet oder sonst wie liiert?" fragte ich, einfach, um ein Gespräch in Gang zu bringen.

„Geht Sie zwar nix an, aber ja, bin ich, seit einer halben Ewigkeit. Warum wollen Sie das wissen? Haben Sie Krach mit ihrer Frau oder Freundin, dem Freund …“

„Freundin, und Krach ist eigentlich das falsche Wort. Sie hat auf Abstand bestanden, darum bin ich überhaupt in Zweibrücken und sitze hier auf dieser Bank fest.“

„Dann haben Sie Krach“ nickte Füßler „und zwar richtig. Eine Frau, die Abstand will, die meint es ernst. Was haben Sie denn ausgefressen? Also, geht mich nichts an, aber …“

„Schon gut, kein Problem, ich habe eigentlich gar nichts gemacht, ganz im Gegenteil, ich will sie seit zwei Jahren heiraten, reiße mir buchstäblich den Arsch auf und verstehe überhaupt nicht, was ihr daran alles nicht passt.“

„Was sagt sie denn? Haben Sie sie mal gefragt?“

„Klar, mehrfach. Also, sie findet, ich bedränge sie zu sehr, lasse ihr keinen Freiraum, sehe nicht, wie wichtig ihr die Arbeit ist, benehme mich wie ein beleidigtes Kind und verwechsele sie mit meiner Mutter. Das war's für erste.“

„Himmel, ja, das klingt übel. Ihre Freundin ist Oberkommissarin bei der Moko in Lu? Dann hat sie Ehrgeiz, ist gut in ihrem Job und nimmt ihn verdammt ernst. Ist das so?“

„Ja, genau so! Außerdem ist sie klug, witzig, schlagfertig, warmherzig und obendrein bildschön. Sie sehen, ich habe es nicht leicht.“

Füßler lachte schallend, so laut, dass die beiden Streifenbeamten zu uns rüber sahen.

„Tschuldigung, gehört sich nicht, in Anwesenheit eines Toten zu lachen“, sagte er schuldbewusst, aber um seinen Mund zuckte es noch immer. „Sie haben da eben ein Bond-Girl geschildert, Superwoman könnte man meinen. Da kann ich mir schon vorstellen, dass es nicht immer leicht ist, da mitzuhalten.“

„Ist es auch nicht, und wenn man seinen Job obendrein im Fernstudium gelernt hat, schon dreimal nicht“, stöhnte ich und seufzte tief. „Wissen Sie, wir haben uns kennengelernt, da hielt sie mich für ein Oberarschloch und außerdem für einen Frauenmörder. Den Frauenmörder hat sie fallenlassen, aber ...“

„Ach, jetzt hören Sie auf, sich Leid zu tun. Würde sie Sie immer noch für ein Arschloch halten, wäre sie kaum seit geraumer Zeit Ihre Freundin.“

„Momentan ist sie das wohl auch nicht und wenn sie erst erfährt, dass ich hier schon wieder in einem Mordfall stecke ...“

„Wieso Mordfall? Das steht bis jetzt nicht fest, vielleicht ist er an einem Herzinfarkt oder einem hypoglykämischen Schock verstorben, wer weiß das schon?“

„Das hätte die Notärztin bestimmt erkannt, ne, glaube ich nicht. Mein Bauchgefühl sagt mir deutlich, dass hier ein Mord passiert ist. Also, vielleicht nicht unmittelbar hier, aber, ich bin sicher, dass der Mann ermordet wurde. Sagen Sie mal, haben Sie eigentlich keine Angst, dass Ihre Hunde was von diesen präparierten Ködern aufnehmen? Deswegen bin ich nämlich überhaupt in Zweibrücken. Die Hella hat mich gebeten, den Kerl aufzuspüren, der das macht. Also, ob es wirklich ein Kerl ist, wissen wir noch nicht, aber wir gehen davon aus.“

„Ich habe davon gelesen, üble Geschichte, ganz üble, aber meine Beiden nehmen nichts vom Boden auf, das haben wir lange trainiert.“

„Aha“, sagte ich lahm und nahm mir vor, noch heute Abend ebenfalls mit einem solchen Training anzufangen.

Ich sah mich nach Alli um, der gerade noch intensiv an einem Pfosten der Bank geschnüffelt hatte, sah ihn aber nicht, nur Elfie schlief zu meinen Füssen, den großen Kopf auf die Pfoten gebettet.

„Haben Sie meinen Hund gesehen? Alli, Alli, hierher, komm her! Alli, verdammt, wo steckst du denn?“

Wir waren beide aufgesprungen und suchten mit den Augen die Gegend ab. Weit und breit war kein Dackel zu sehen.

„Geht er gern schwimmen“, wollte Füßler wissen und lief schon in Richtung Brücke, die über einen Bach führte. Seine beiden Hunde blieben brav und völlig ungerührt im Platz liegen, auch Elfie regte sich nicht.

„Kein Hund zu sehen“, rief er über die Schulter, und starrte dann wieder angestrengt in das recht schnell fließende Wasser.

„Scheiße, wo ist der denn nur hin, eben war er noch hier, ich verstehe das nicht, der haut sonst niemals ab“, klagte ich und merkte, wie mir das Herz in der Kehle schlug.

Da erregte eine entfernte Bewegung meine Aufmerksamkeit und gleichzeitig stimmte Elfie einen lauten Gesang an. Ich konzentrierte mich darauf, genauer zu erkennen, was da war. Eine Frau, eine Frau mit einem Hund, genauer gesagt, eine Frau mit einem Dackel. Ich rannte in ihre Richtung, überhörte die warnende Stimme des Polizeibeamten in meinem Rücken und dann wurde ich von Elfie überholt. Sie stand schon aufrecht, beide Pfoten auf den Schultern meiner Freundin Tabea und begann mit ihrer Morgenwäsche. Mein ungetreuer Dackel tanzte um ihre Füße herum und sang laut: „Wuhuhuhuhuhu.“

„Was machst du hier, wie kommst du hierher, ich meine, wieso …“

„Ist es schon so weit, dass du wieder anfängst zu stottern, wenn du mich siehst“, wollte sie wissen und kicherte vergnügt. „Hund, geh runter, deine vier Pfoten gehören auf den Boden“, befahl sie dann und Elfie gehorchte umgehend.

„Mein Gott, ich glaube, ich war noch nie so froh, dich zu sehen. Ich habe gedacht, Alli wäre weggelaufen, dabei legt doch hier ein

Irrer Giftköder aus und wenn der davon was gefressen hätte, ich glaube Hella hätte mich gekillt."

„Ich verstehe, du bist so froh, mich zu sehen, weil ich deinen Hund eingefangen habe, und wer ist dieses Riesenvieh?"

„Das ist Elfie, und nein, natürlich nicht nur deswegen, ich bin auch so mega froh, dich zu sehen, wir haben eben noch von dir gesprochen. Ich habe mich nämlich gefragt, was du sagen würdest, wenn du erfährst, dass ich schon wieder eine Leiche gefunden habe."

„Menke! Sag, dass das nicht wahr ist! Wie ist sowas möglich? Du bist gerade einen Tag in dieser Stadt, es ist Sonntagmorgen, gerade sieben Uhr und du findest eine Leiche? Wie machst du das nur?"

„Frag mich nicht, Tabea, echt, frag mich nicht, aber eigentlich ist das Allis Schuld. Der ist mega verknallt in Elfie und konnte nicht schlafen, hat schon in aller Herrgottsfrühe um sechs Uhr angefangen zu jammern. Hella ist davon wach geworden und da sie so spät ins Bett gekommen ist, habe ich ihr angeboten, mit beiden Hunden Gassi zu gehen, damit ..."

„Hella, aha. Ihr habt also zusammen geschlafen und es ist spät geworden, wenn ich das richtig verstanden habe?"

„Was? Nein, natürlich nicht zusammen, ich meine, wir haben im gleichen Haus geschlafen, aber in getrennten Zimmern, was denkst du denn von mir? Ich bin streng liiert."

„So, so, dann will ich dir das mal glauben", lachte sie und kraulte Elfie unter dem Kinn.

Mittlerweile waren wir wieder an der Bank angekommen, vor der Füßler mit den beiden Beamten stand und uns entgegensah.

„Mein lieber Mann, wir hatten gesagt, bis zur Bank, nicht weiter", grummelte der Grauhaarige, wurde aber schnell wieder friedlich. „Oh, Frau Oberkommissarin, guten Morgen, sind Sie dienstlich hier oder …“

„Rein privat, ich wusste bis vor einer Minute nichts von einer Leiche, ist ja auch nicht mein Zuständigkeitsbereich“, lächelte Tabea und reichte allen drei Männern die Hand.

Als sie meinen fragenden Gesichtsausdruck bemerkte, schob sie nach: „Ich kenne Herrn Schwerer von einer Geburtstagsfeier bei Sand. Ist noch gar nicht so lange her, stimmt´s?“

„Stimmt, war im Juni.“

Bevor ich fragen konnte, wer denn Geburtstag gehabt hatte und warum ich davon nichts wusste, kamen mehrere Autos über den Platz und parkten neben dem Streifenwagen. Ich packte die Hundeleinen fester, griff nach Tabeas Hand, bereit, der Kripo unter die Arme zu greifen, da fiel mein Blick auf zwei dicke rote Blutflecken direkt vor meinen Füßen.

-4-

Er wischte sich mit dem Hemdsärmel den Schweiß von der Stirn und verfluchte die Hitze, die diese dicken, grün-schillernden Fliegen hervorbrachte. Eddy hatte ihn darauf hingewiesen, dass der Vorrat an präparierten Fleischbällchen erschöpft war, daher musste er für Nachschub sorgen, auch wenn er sich lieber eine Abkühlung im Freibad gegönnt hätte. Sie hatte Besuch bekommen, von einem Kerl mit Dackel. Der war samt seinem Köter aus seiner Angeberkarre gestiegen und hatte bei ihr geklingelt. Kurze Zeit später waren sie zusammen ins *Valentin´s* gefahren, lachend und offenbar vertraut miteinander. Mit finsterer Miene hatte er mitansehen müssen, wie sie sich amüsierten und mit Bier anstießen. Dann schienen sie sich über irgendwas zu streiten und später hatte sie geweint. Er wusste, warum und hatte heftige Schadenfreude empfunden. Dabei war es reiner Zufall gewesen, dass ihr eigener Hund eines der ersten Opfer seiner Fleischbällchen geworden war. Trotzdem hielt er es für ein Zeichen; er war auf dem richtigen Weg. Das musste er ihr später unbedingt erzählen, später, wenn alle Heimlichkeiten vorbei waren und er sie in seiner Hütte gefangen halten würde. Bis dahin musste er sich damit begnügen, ihr aus der Ferne Schmerz zuzufügen. Mit jedem verletzten oder sterbenden Hund sollte sie leiden, immer an ihren Verlust erinnert werden, deutlich ihre Hilflosigkeit und ihr Versagen spüren. Je mehr Hunde ihr unter den Händen verreckten, umso lauter würden außerdem die Leute reden. Oh, er wusste genau, wie die Menschen hier tickten. Gestern mochte sie noch die „Frau Doktor“ gewesen sein, „die beste Tierärztin weit und breit.“ Doch schon bald würden die ersten sie meiden, sich zuraunen, dass sie nichts konnte, dass bei ihr zu viele Tiere starben. Dabei stand es ohnehin nicht gut um ihre

Praxis. Er wusste, dass sie ernste finanzielle Probleme hatte. Dazu hätte es nicht das Gespräch zwischen ihr und ihrem Vater bedurft, das laut und heftig gewesen war. Sie stritten um Geld, um zu hohe Kosten für Versicherungen, Anschaffungen und dergleichen und darum, dass sie nicht genug Einnahmen hatten, weil viele Leute ihre Rechnungen nicht begleichen konnten oder wollten. Er hatte es zufällig mit angehört, und obwohl er das alles schon vorher gewusst hatte, erst in diesem Augenblick verstanden, dass dieses Wissen ihm helfen würde, ihr Leben Stück für Stück zu zerstören. Er hatte es Eddy erzählt, der sofort auf die Idee mit den Hunden gekommen war. Er war damit nicht einverstanden gewesen, warum sollten unschuldige Tiere leiden? Aber Eddy hatte ihm klargemacht, dass es um ein höheres Ziel ging, und dass dafür immer Opfer gebracht werden mussten. Immer noch zögernd hatte er damit begonnen, Köder zu präparieren und auszulegen. Es machte ihm keine Freude, auch wenn er Hunde nicht besonders leiden konnte. Er liebte dafür Katzen, genau wie Eddy auch. Eine Weile hatte er befürchtet, auch sie würden etwas von den ausgelegten Leckereien fressen, aber dazu waren die zum Glück zu schlau. Genau wie die Heerscharen von Krähen; die pickten nur das Fressbare aus den Ködern und ließen Nägel und Krampen zurück. Darum brauchte er so häufig Nachschub. Was er leider auch nicht verhindern konnte, obwohl es ihn sehr ärgerte, dass auch die zwei anderen Tierärzte, die ihre Praxen ebenfalls in der Nähe hatten, von seinem Plan profitierten. Trotzdem brachten noch genügend Halter ihre Tiere zu ihr, die dann auf ihrem Tisch starben, weil sie unfähig war, sie zu retten. Das wusste er, so wie er alles über sie wusste. Schon als er sie das erste Mal gesehen, diese Faszination gespürt hatte, war er sicher gewesen, in ihr die eine gefunden zu haben, die es wert war, an seiner Seite zu leben. Eddy hat ihn ausgelacht und behauptet, so eine Frau gäbe es nicht.

Um ihm das Gegenteil zu beweisen, musste er sich sicher sein, dass sein Gefühl ihn nicht täuschte. Damals hatte er damit begonnen, sie zu studieren, wie andere Medizin oder Jura studierten, gewissenhaft und gründlich. Er beobachte jeden ihrer Schritte, kroch buchstäblich in sie hinein, bis er sie schließlich fast besser kannte als sie sich selbst. Er wusste, dass sie einsam war, sich nach Liebe und Geborgenheit sehnte. Nur darum trank sie zu viel, kochte sich selten etwas Vernünftiges und ließ sich dazu herab, fremde Typen mit nach Hause zu nehmen, die sie in einer Bar oder einem Club kennenlernte. Diese Tage hasste er, das machte ihn rasend vor Wut. Es passte nicht zu seinem Bild von der perfekten Frau. Eddy verschwieg er es, es sollte ihr gemeinsames Geheimnis bleiben. Nur, um sie wissen zu lassen, dass es jemanden gab, der sie auserwählt hatte, hatte er begonnen, ihr Geschenke vor die Tür zu legen. Eine einzelne Rose, exklusive Pralinen und den Umschlag mit der Konzertkarte. Sie war nicht gekommen und es hatte ihn viel Kraft gekostet, sich zu beherrschen, sie nicht umgehend für ihre Ignoranz zu bestrafen. Es war ihm nur gelungen, weil er sich klargemacht hatte, dass sie nicht wissen konnte, wen sie vergebens hatte warten lassen. Daher war er ihr in diese Bar gefolgt, bereit ihr zu verzeihen, und sich zu erkennen zu geben. Siegessicher war er zu ihr rübergegangen, hatte sie zu einem Drink eingeladen. Und wie hatte sie reagiert, nachdem sie ihm einen kurzen, gänzlich uninteressierten Blick zugeworfen hatte? Sie hatte einfach *Nein* gesagt. Nicht einmal „nein danke“, nur ein kurzes, knappes *Nein*. Später hatte sie sich einem Kerl zugewandt, der seine Abfuhr grinsend beobachtet hatte und war kurz darauf mit ihm verschwunden. Zuerst war er nur fassungslos über diese Zurückweisung gewesen, später wütend und als der Morgen kam, war er voller Hass auf sie gewesen. Jetzt endlich hatte er Eddy davon erzählt, alles, nichts verschwiegen und der stimmte ihm zu.

Ein solches Verhalten ging einfach nicht, das konnte er unter keinen Umständen dulden. Keine Frau durfte sich das herausnehmen, keine hatte das Recht, ihn abzuweisen, dafür gehörte sie bestraft. Nicht gleich, erst musste sie begreifen, was sie getan hatte, und erkennen, dass sie sich alles, was geschah, selbst zuzuschreiben hatte. Dass sie es hätte verhindern können, ja verhindern müssen. So lange musste er sich gedulden, aber das war kein Problem. Um seine Bedürfnisse zu befriedigen, gab es genug Frauen. Er hatte nie Probleme damit eine aufzureißen. Er sah gut aus, war ein aufmerksamer Zuhörer, aber das Besondere an ihm, das, was ihn von den heutigen Männern unterschied, war seine ausgesuchte Höflichkeit. Ein Wesenszug, den Frauen liebten und der es ihm leicht machte, sie für sich zu gewinnen. Er half ihnen in den Mantel, hielt Türen auf, rückte Stühle zurecht, er gab Feuer, fragte nach ihren Wünsche und erfüllte sie. Kleinigkeiten, die nichts kosteten, aber viel einbrachten. Manchmal stieß er allerdings auf eine dieser schrecklichen Emanzen, die darauf bestanden, ihren Mantel allein anzuziehen und die Türen selbst öffnen zu können. Die waren ihm verhasst, solche Frauen verschwendeten seine Zeit. Er liebte das Gefühl gebraucht zu werden, zu behüten und zu beschützen, so, wie es von der Natur vorgesehen war. Frauen waren nicht grundlos das schwache Geschlecht, allein durch ihren Körperbau waren sie dem Mann unterlegen. Und auch, wenn keiner es mehr aussprach, so blieb es doch eine Tatsache, dass ihr Gehirn leichter war als das eines Mannes. Welche Auswirkungen das auf ihre geistigen Fähigkeiten hatte, haben musste, war leicht zu erkennen. Wer das bestritt, sollte sich nur einmal vergegenwärtigen, wie wenig weibliche Führungskräfte es gab, wie viele Nobelpreise oder andere wichtige Auszeichnungen an Frauen verliehen wurden. Verschwindend wenige. Natürlich beklagten sie sich darüber in albernen

Magazinen und Talkrunden, behaupteten, dass läge nur daran, dass die Welt von Männern regiert würde. Männer seien schuld daran, dass sie weniger Aufstiegschancen hätten und deutlich weniger Gehalt bekämen. Für ihn war das der lächerliche Versuch von mangelndem Durchsetzungsvermögen und dem Wunsch nach einem bequemen Leben abzulenken. Darüber mit ihnen zu diskutieren hielt er für vollkommen überflüssig und wich sofort auf ein anderes Thema aus. Die meisten bemerkten das in ihrer Einfältigkeit nicht einmal, aber manche begannen tatsächlich mit ihm zu streiten. Sie hielten sich für ebenbürtige Gesprächspartner und das war ihm gänzlich zuwider. Wenn sie dümmlich über Gleichberechtigung redeten und behaupteten, Frauen würde nach wie vor von Männern unterdrückt. Eine war nicht einmal davor zurückgeschreckt zu behaupten, die meisten Frauen seien wesentlich intelligenter als Männer. Das hatte ihn so wütend gemacht, dass er rote Kreise vor seinen Augen gesehen hatte und er sich schwer zusammenreißen musste, dieses Miststück nicht zu packen und gegen die nächste Wand zu schleudern. So, wie sein Vater es mit der Mutter gemacht hatte, als er noch ein Kind war. Das tat er selbstverständlich nicht, er war kein Prolet, er war ein höflicher, gebildeter Mann, ein Auserwählter. Er hatte es nicht nötig, körperliche Gewalt anzuwenden. Darum war es ihm auch gelungen; sich zu beherrschen und nur zu lächeln. Das hatte sie zum Schweigen gebracht und er hoffte, sie würden verstehen, wie dumm sie daher geredet hatte. Natürlich war es ihm nicht möglich, solche Frauen mit zu sich nach Hause zu nehmen. Ihr Verhalten nahm ihm alle Lust, darum verabschiedete er sich kurze Zeit später mit einer höflichen Entschuldigung und ließ sie enttäuscht zurück. Das passierte zum Glück nur noch selten, denn über die Jahre hatte er ein Gespür dafür entwickelt, welcher Typ Frau so reagierte. Die schlanken, gut aussehenden, in den teuren

Klamotten waren es nicht. Die waren leicht zu beeindrucken, seine galante Art gefiel ihnen. Sie bildeten sich ein, er würde sie bewundern und genossen, eitel, wie sie waren, das Gefühl ihrer vermeintlichen Macht. Keine realisierte, für wie naiv und dumm er sie hielt. Nein, es waren die Unscheinbaren, die grauen Mäuse, die froh sein sollten, dass ein Mann wie er ihnen Aufmerksamkeit schenkte, die ihn verärgerten. Seither mied er diesen Typus und konzentrierte sich auf die, die seine Bemühungen zu schätzen wussten. Hella passte weder in die eine noch in die andere Kategorie. Zweifelsohne attraktiv, war sie von ganz besonderer Art. Sie trug meist Jeans und Shirt, die langen blonden Haare zum Pferdeschwanz gebunden und sah eher unauffällig aus. Sie hatte auch nicht diese grässlichen, krallenartigen Fingernägel, die von vielen Frauen heute so geschätzt wurden und die er abstoßend fand. Sie lösten Kastrationsängste in ihm aus, von denen er nicht wusste, wo sie herkamen. Nein, Hellas Nägel waren kurz und frei von Lack, was in ihrem Beruf vernünftig war. Vernünftig war genau das Wort, das auf Hella passte. Sie war auf eine erregende Art vernünftig und das war es, was sie von allen anderen Frauen unterschied und sie zum Inbegriff der Begierde für ihn gemacht hatte. Wie konnte es sein, dass sie das nicht begriffen und ihn so schrecklich gedemütigt hatte, während sie andere, mittelmäßige Typen nicht abwies. Außerdem war es nicht ungefährlich was sie tat. Es bestand immer die Gefahr, dass so ein Typ, den sie für einen Fick mit nach Hause nahm, ihn um sein Vergnügen bringen würde. Er beruhigte sich erst, wenn sie am frühen Morgen aus dem Haus kam und er sah, dass ihr nichts passiert war. Sie blieb seine Obsession, nur seine Motive hatten sich geändert. Und nun war dieser Kerl gekommen, hatte sogar bei ihr übernachtet. Ganz früh am Morgen war er allein mit seinem Dackel und ihrer Elfie aus dem Haus gekommen. Sollte sich da etwas anbahnen, mit dem er nicht gerechnet hatte, was nicht in seinen Plan passte, würde er vorbereitet sein.

-5-

Tabea war hin und hergerissen, wenn es um Menke ging. Einerseits war er genau der Typ Mann, auf den sie abfuhr, selbstsicher, jungenhaft, liebevoll, mit einem ausgeprägten Sinn für Humor. Außerdem war er, im Gegensatz zu einigen ihrer früheren Beziehungen, immer gesprächsbereit. Andererseits benahm er sich oft wie ein verwöhntes Kind, dem die Mama ein Eis verweigert. Er reagierte gekränkt und schnell beleidigt. Er verstand ihren Wunsch nach Unabhängigkeit nicht, fühlte sich abgelehnt, warf ihr vor, ihn nicht genug zu lieben, drängte umso mehr auf eine gemeinsame Wohnung, Heirat und Familiengründung. Alles Dinge, die für sie in weiter Ferner lagen, für die sie noch nicht bereit war. Vielleicht nie bereit sein würde, zumindest nicht mit ihm. Darüber grübelte sie seit ihrem letzten Streit nach. Sie hatte Abstand gewollt und zu ihrem Erstaunen hatte er sich daran gehalten, sie weder angerufen noch Blumen geschickt, nicht vor dem Präsidium auf sie gewartet, nichts. Erst gestern war eine kurze WhatsApp gekommen, in der er ihr mitgeteilt hatte, wo er war und warum. Mit dieser Nachricht war sie zu ihrem Kollegen Sand gefahren, mit ihm und seiner Frau verband sie mehr als eine berufliche Beziehung; sie waren längst Freunde geworden. Sie hatte ihre Zweifel, ihre Ängste und Unsicherheiten auf den Tisch gelegt, um Rat gebeten und ihn bekommen.

„Wie du dich erinnern wirst, war Menke nicht unbedingt mein Freund, ich fand ihn arrogant, verwöhnt und nervtötend, viel zu sehr von sich eingenommen. Ich habe echt nicht verstanden, was du an dem Typen gefunden hast, aber mit der Zeit habe ich meine Meinung geändert. Warum? Weil ich hinter seine Fassade geguckt und ihn besser kennengelernt habe. Ja, er ist manchmal übereifrig, hört selten auf das, was man ihm sagt und bringt sich dadurch in unmögliche Situationen und Gefahren. Genauso oft war er aber auf der richtigen Spur, hatte den besseren Riecher. Das musst sogar du zugeben, Tabea. Hast du das mal anerkannt, es ihm gesagt, wenn er etwas richtig gut gemacht hat? So wie ich dich kenne, eher nicht. Obendrein ist er ein echt guter Freund, auf den man sich jederzeit verlassen kann. Und – wie Pawenka schon gesagt hat – wir Männer tun oft dumme Dinge, um euch Frauen zu imponieren. Nimm ihm nicht immer alles gleich so schrecklich übel, kritisier ihn nicht dauernd, schon gar nicht in Gegenwart anderer. Ich glaube, das würde ihn sehr beruhigen."

Dann hatte seine Frau, die bislang geschwiegen hatte, hinzugefügt: „Ich kenne dich nicht sehr gut und auch den Menke habe ich erst zwei- oder dreimal getroffen, daher kann ich nicht beurteilen, was er für dich empfindet, aber wenn Norman sagt, er sei ein Guter, dann ist das so. Darauf kannst du dich verlassen, er irrt sich nicht. Und noch etwas solltest du bedenken. Ihr mit eurem Beruf seid auch nicht gerade ein Hauptgewinn. Ständig auf Abruf, immer im Einsatz, wenn nicht unmittelbar, so doch in Gedanken. Der Job kommt immer an erster Stelle, alles andere erst danach. Daran muss man sich auch erst einmal gewöhnen und wer das auf sich nimmt, muss schon einen guten Grund dafür haben. Hast du Geld? Nein? Na also, dann wird es wohl tatsächlich so was Altmodisches wie Liebe sein."

Sie hatte gelacht, aber Tabea war klar gewesen, dass sie es ernst meinte. Eine Weile hatten sie noch über Belanglosigkeiten geplaudert, über dienstliches war verboten, da Normans Ehefrau dabei war, und dann hatte der Sandmann sie mit einer Neuigkeit überrascht.

„Tabea, ich möchte, dass du es vorerst für dich behältst, aber ich habe mich versetzen lassen, ich gehe zum K1 nach Kaiserlautern."

Sie hatte geschluckt, überlegt, ob sie selber etwas sagen sollte. Das K11 war nicht mehr das, was es einmal gewesen war, nachdem sie Pawenka vor zwei Monaten in den Ruhestand verabschiedet hatten. Jetzt ging also auch noch Sand.

„Du weißt doch selber, ohne unseren Chef ist es nicht mehr das gleiche, egal, wie gut der neue auch sein mag. Dazu kommt, dass mein Vater mir sein Haus in Waldmohr vererbt hat, ein Geschenk des Himmels, könnte man sagen. Hier, in Ludwigshafen, zahlen wir Miete, und die frisst einen Großteil meiner Bezüge, na ja und zwei Kinder kosten auch. Da ist mir die Entscheidung nicht sonderlich schwer gefallen, aber dich, Tabea, dich werde ich wirklich vermissen."

Sie hatte ihm versichert, seine Entscheidung sehr gut verstehen zu können, behielt aber für sich, dass sie selbst ebenfalls bereits eine Entscheidung getroffen hatte. Sie wusste nicht, warum, aber ihr war nicht mehr nach einer Diskussion darüber zu Mute gewesen. Nach einer fast schlaflosen Nacht war sie am nächsten Morgen sehr früh aufgestanden, hatte nach Tierärzten in Zweibrücken gegoogelt und da es nur eine Hella darunter gab, die Adresse schnell gefunden. Eine Stunde später war sie bereits vor der Praxis angekommen, in der am Sonntag natürlich niemand war. Ratlos hatte sie sich umgesehen und Detis Porsche wenige Meter entfernt stehen sehen. Das Klingelschild am Haus bestätigte ihr, dass sie richtig war. Sie hatte geklingelt, sich der verschlafenen Frau, die, in ihre Bettdecke gewickelt, die Tür öffnete, vorgestellt, für die Störung um Entschuldigung gebeten und erfahren, wo sie Menke vermutlich finden würde. Nun, zuerst hatte Alli sie gefunden, mit fliegenden Ohren und aufgeregtem Fiepen war er die lange Allee entlanggerannt gekommen. Seine Nase war untrüglich, wenn es um sie ging. Seit sie ihn das erste Mal bei sich aufgenommen hatte, als Menke verletzt im Krankenhaus lag, (s.

„Biertrinker sind verdächtig“) liebte er sie und sie ihn. Wenige Augenblicke später sah sie auch Menke angerannt kommen, der sichtlich verblüfft reagierte, als er begriff, neben wem sein Hund da lief.

Nun stand sie neben ihm und starrte ebenso entsetzt auf die Blutstropfen am Boden und die, die noch immer aus Allis Schnauze tropften. Noch bevor sie ein Wort sagen konnte, irgendwie reagieren, hatte Menke seinen Hund schon hochgenommen und rannte los. Über die Schulter rief er ihr zu: „Pass du auf Elfie auf und sag den Leuten, ich kann jetzt nicht.“

Sie nickte, auch wenn er das nicht sehen konnte, nahm die Leine fester, aber Elfie hatte andere Pläne. Sie legte einen Schnellstart hin, den keiner diesem so behäbig aussehenden Hund zugetraut hätte, riss ihr die Leine aus der Hand und flog förmlich über den Platz, überholte Menke mühelos und rannte Richtung Heimat.

„Wie erklären wir das jetzt der Kripo?“, fragte Füßler verblüfft, bekam aber keine Antwort.

Das Team aus Pirmasens bestand aus der noch sehr jungen Kommissarin Saskia Foster, ihrem älteren Kollegen, Hauptkommissar Sven Burkhardt und den Leuten der Spurensicherung. Die beiden Kommissare ließen sich von den Streifenbeamten berichten, was sie bislang wussten, betrachteten den Toten von allen Seiten, überließen ihn dann der Spusi und kamen auf Füßler und Tabea zu.

„Wer von Ihnen hat den Toten gefunden?“, wollte Foster wissen und Füßler antwortete: „Na ja, eigentlich war das der Menke, der ist aber grad anderweitig beschäftigt. Ich war allerdings fast gleichzeitig mit ihm hier, daher kann ich sagen, dass wir niemanden gesehen und nichts angefasst haben, bevor wir unserer Bürgerpflicht nachgekommen sind und die Polizei informiert haben. Seitdem warten wir hier brav.“

„Na, offenbar nicht, sonst wäre dieser Menke ja noch hier, oder?“, widersprach die Kommissarin und wandte sich an Schwerer. „Ich hoffe, Sie haben die Personalien des Mannes aufgenommen, wenn Sie ihn schon nicht daran hindern konnten, den Tatort zu verlassen?“

„Natürlich, die Personalien haben wir, und den Fundort hat er gerade erst verlassen, weil sein Hund verletzt wurde. Aber ich bin sicher, Oberkommissarin Kühn wird für ihn bürgen“, antwortete der Gefragte sachlich, aber man merkte ihm an, dass ihn der Eifer der jungen Beamtin amüsierte.

„Oberkommissarin Kühn von der Moko Ludwigshafen“, brachte sich nun Tabea in das Gespräch ein. „Es stimmt, Herr Menke war bis vor wenigen Augenblicken noch hier. Allerdings wurde sein Hund verletzt, und zwar so sehr, dass es einer umgehenden tierärztlichen Behandlung bedurfte. Sie finden ihn sicher in der Praxis von Hella Labrius, ich habe aber auch seine Handynummer, wenn es ganz dringend sein sollte.“

„Hat dieser Menke denn überhaupt was gesehen, was uns weiterhelfen kann?“, wollte Burkhardt wissen und begrüßte erst Tabea, dann Füßler mit Handschlag.

„Nein, hat er nicht“, gab Füßler Auskunft. „Wie gesagt, wir sind im Abstand von einer halben Minute an der Leiche eingetroffen. Es war keine Menschenseele weit und breit, wir können absolut nichts zum Tathergang, oder wenn es gar keine Tat war, zu seinem Tod sagen. Ich habe die Leiche allerdings fotografiert, um eventuelle Veränderungen dokumentiert zu haben.“

„Aha, ja, das ist gut, aber kommen Sie bitte nicht auf die Idee, die im Internet zu präsentieren. Wir haben keine Ahnung, wer der

Tote ist und möchten gern vermeiden, dass vielleicht eine Ehefrau über Facebook oder Twitter erfährt, dass sie Witwe ist."

„Keine Sorge, mache ich nicht, ich bin von der Presse und weiß, wie man in solchen Fällen vorgeht."

„Presse? Du lieber Himmel, was macht ihr denn schon hier und woher wussten Sie ...?"

„Ich wusste gar nichts, ich bin rein privat als Hundehalter hier spazieren gegangen, genau wie Menke und dabei haben wir eben unglücklicherweise den Toten gefunden. Wenn nicht, wäre ich längst wieder zuhause und würde gemütlich mit meiner Frau frühstücken."

„Ja, das wäre mir auch lieber, als mich jetzt mit einem unbekannten Todesfall abgeben zu müssen. Na gut, hilft ja nichts. Die Moko in Kaiserslautern ist verständigt, müssten jeden Augenblick eintreffen, der Staatsanwalt weiß auch Bescheid, wird sich aber kaum persönlich her bemühen. Wie kommt es eigentlich, dass ich hier eine Kollegin aus Ludwigshafen antreffe?", wandte er sich dann an Tabea.

„Ich bin rein privat hier, keine Sorge, ich mische mich nicht in Ihren Fall ein", lachte sie, „zumal ich Sie darum überhaupt nicht beneide. Unbekannter Toter ist immer schlecht."

„Na ja, heute werden wir seine Identität vermutlich nicht klären können, aber morgen, spätestens übermorgen, wird ihn sicherlich jemand vermissen, dem wir dann leider mitteilen müssen, dass er tot ist."

„Genau und das ist wenig angenehm, macht keiner gern. Also, wenn ich nicht mehr gebraucht werde ..."

„Nein, vielen Dank, Sie können gehen, vielleicht sagen Sie aber ihrem Freund, dass er sich auf alle Fälle bei mir melden soll", grinste Burkhardt und reichte ihr eine Visitenkarte. „Gucken Sie nicht so verblüfft, Frau Kollegin, wir leben in Pirmasens auch nicht hinter dem Mond und haben schon von Ihnen gehört ... von Ihnen und ihrem dackelbewaffneten Superdetektiv."

Tabea seufzte tief und schüttelte resigniert den Kopf.

„Alles klar, ich wusste nicht, dass wir bundesweit Polizeigespräch sind, aber ich sag´s ihm, sobald ich ihn sehe. Vorläufig sehe ich nur ein Auto kommen, vermutlich das K1 aus Kaiserslautern."

Burkhardt schaute dem Fahrzeug entgegen und nickte. „Stimmt und wenn ich es richtig erkenne, die neue Chefin höchstselbst. Kennen Sie sie?"

„Was? Nein, ich wusste nicht einmal, dass die eine Chefin haben. Seit wann das denn?"

„Seit ein paar Wochen erst, kommt aus Köln, liebt Karneval und dieses fürchterliche Gesöff, das da als Bier durchgeht", lachte er und ging mit schnellen Schritten auf das Fahrzeug zu.

„Jode Morje, Burkhardt, hat's sie auch erwischt? Was liegt denn an, unbekannter Toter habe isch gehört?"

„Genau, keine Anzeichen äußerer Gewalt, kein Blut, nur Erbrochenes. Kommen Sie, er liegt da drüben, die Spusi ist schon fertig und hat ihn eingetütet."

„Gut, dann kann ich wohl davon ausgehen, dass alles Wichtige getan wurde, niemand was übersehen hat und der Tote jetzt abgeholt werden kann. Wenn ihn niemand als vermisst meldet, wenden wir uns an die Presse und lassen ein Bild von ihm veröffentlichen. Irgendjemand muss den Mann schließlich gekannt haben, aber das hat Zeit bis Mittwoch, erstmal warten wir ab. Ich will vorher erst wissen, was die Obduktion ergibt. Wä sein Se dann?", wandte sie sich plötzlich an Tabea, die einige Meter entfernt stand und zwei Beamte beobachtete, die offensichtlich Probleme hatten.

„Oberkommissarin Kühn vom K11 in Ludwigshafen, rein privat hier und nur neugierig“, gab Tabea Auskunft.

„Ach wat, die Kühne, das isch Sie heute hier treffe, damit hätte isch wirklich nicht gerechnet. Freut misch aber, habe viel von Ihnen gehört in letzter Zeit. Kollege Sand lobt sie in den höchsten Tönen, han Se a Fisternöllchen met im ov woröm maach d'r dat söns?“

Tabea sah ratlos zwischen Burkhardt und der Hauptkommissarin hin und her. Die hatte ohne Vorwarnung vom reinsten Hochdeutsch in diesen merkwürdigen kölschen Dialekt umgeschwenkt, der sie an Karneval und Songs von BAB erinnerte.

„Was meinen Sie? Kollege Sand und ich sind Partner, allerdings bin ich auch privat mit ihm befreundet, mit ihm und seiner Frau, falls Sie also andeuten wollten ...“

„Kappes, isch well jar nix andeuten, erlebe nur selten, dass männliche Kollegen sich derart positiv über ihre weiblichen Partner äußern. Freut mich, dass Kollege Sand da eine Ausnahme ist. Ich bin Hauptkommissarin Sarah Schmitz us Kölle, des Hochdeutschen aber auch mächtig, seit exakt dreieinhalb Wochen Leiterin des K1 in Kaiserslautern und damit demnächst Sands' Chefin.“

Tabea lachte laut auf, die Vorstellung der Frau amüsierte sie. Aber noch konnte sie sie nicht recht einschätzen, war nicht sicher, ob ihre joviale Art echt oder nur der Versuch war, harmlos zu erscheinen. Sie blieb erstmal reserviert. „Das weiß ich natürlich, und ich bedauere es sehr, dass Norman das K11 verlässt. Ich kann Ihnen aber versichern, dass Sie den besten Kollegen bekommen, den Sie sich wünschen können.“

Die Schmidt zögerte einen Moment mit der Antwort: „Davon bin ich überzeugt, auch wenn isch ...“ Sie verstummte, weil die

Unruhe an der Brücke zugenommen hatte. Ein Streifenbeamter winkte ihnen unter vollem Körpereinsatz, zu ihm zu kommen.

„Kümmern Sie sich da mal drum, Burkhardt, ich glaube, ich werde hier nicht mehr gebraucht und verabschiede mich. Ich bin sicher, wir sehen uns bald wieder."

Auf der Brücke kam ihnen bereits der junge Streifenpolizist entgegen und rief: „Ich glaube wir haben zwei Zeugen ausfindig gemacht. Ein schwules Pärchen, das bis gegen Morgen im Joni's war, hat gesehen ..."

„Hätte das gleiche auch ein nicht schwules Pärchen gesehen?" Burkhardts Stimme war ruhig, geradezu freundlich.

Der junge Beamte ahnte die Gefahr nicht einmal, in der er sich befand, zuckte die Schultern und fuhr fort: „Keine Ahnung, aber die beiden ..."

Mit einer Handbewegung wurde er von Burkhardt unterbrochen. „Wie heißen Sie?"

„Wer? Ich? Äh, Polizeikommissar Robin Gurtes, Herr Hauptkommissar."

„Gut, Polizeikommissar Gurtes, dann hören Sie mir mal genau zu, damit Sie etwas für die Zukunft lernen und sich Ihre Karriere nicht verbauen, bevor die überhaupt begonnen hat. Wir leben nicht mehr im 19. Jahrhundert; die sexuelle Orientierung von Menschen hat uns nicht zu interessieren, es sei denn, sie ist zur Aufklärung eines Falles wichtig. Außerdem lesen wir ungern in der Presse, dass die Polizei homophob sei. Also, noch mal zurück auf Anfang: Da vorne wartet ein Pärchen, das etwas beobachtet hat und eine Aussage machen möchte. Habe ich das richtig verstanden?"

„Völlig richtig, Herr Hauptkommissar", beeilte sich Gurtes zu antworten, bei dem mittlerweile der Groschen gefallen war, bevor er sich mit hochrotem Kopf umdrehte und zurück zur Absperrung lief.

Tabea hatte dem Wortwechsel schweigend zugehört und sagte leise: „Chapeau, Kollege, das waren aber klare Worte."

„Dazu erzähle ich Ihnen später vielleicht mal mehr", antwortete der so Gelobte und wandte seine Aufmerksamkeit dem erwähnten Pärchen zu. Das stand etwas abseits, sehr nah beieinander und hielt sich an den Händen.

„Guten Morgen, ich bin Hauptkommissar Burkhardt, erzählen Sie mir bitte, was Sie beobachtet haben, Herr ..."

„Göbel, Patrick Göbel und das ist mein Freund Daniel. Wir waren im Joni´s, ziemlich lange, es war etwa halb drei, als wir rauskamen. Wir haben noch eine Weile draußen vor der Tür auf den Stühlen gesessen und uns unterhalten." Göbel machte eine weitausholende Handbewegung Richtung Joni's, lächelte in der Erinnerung liebevoll seinen Freund an, bevor er fortfuhr. „Irgendwann sind wir schließlich über die Brücke in Richtung Gestütsallee gelaufen. Wir haben gar nicht weiter auf unsere Umgebung geachtet, aber der Typ ist uns trotzdem aufgefallen, weil er sich so komisch verhalten hat."

„Inwiefern komisch?"

„Kann ich nicht genau sagen, komisch eben." Göbel schob seine auffällige schwarze Brille hoch und sah seinen Freund an. „Du hast doch auch gesagt, dass der sich komisch benimmt, stimmt´s?"

„Ja, habe ich gesagt", stimmte der zu. „Ich habe dich sogar gefragt, was der da macht, ob der an den Baum kotzt oder sowas."

„Ach, stimmt", übernahm jetzt wieder Göbel, „das war es, was mir aufgefallen ist. Der ist nicht einfach da langgelaufen, den konnte man mal sehen, dann wieder nicht. Und ich habe gemerkt, dass er manchmal hinter einem Baum verschwunden ist. Das ist doch komisch, finden Sie nicht auch? So läuft man nicht ohne Grund."

„Er war aber allein, oder haben Sie eine zweite Person gesehen?"

„Nein, nein, der war völlig allein, nicht mal einen Hund hatte der dabei."

„Sonst haben Sie nichts bemerkt? Nur diesen Mann, der sich komisch verhalten hat?"

„Ja, nur den. Ich weiß nicht, was da vorne passiert ist, daher kann ich nicht beurteilen, ob es wichtig ist oder nicht, wollte es Ihnen aber zumindest mitteilen. Können Sie mir im Gegenzug vielleicht sagen, was da los ist? Ich frage nicht aus Neugierde, sondern rein beruflich. Ich schreibe für die Rheinpfalz und werde es später ohnehin erfahren."

„Mein Gott, hier ist jeder Zweite von der Presse", stöhnte Burkhardt und schüttelte den Kopf. „Tut mir leid, ich muss Sie auf später vertrösten, wir wissen selbst noch nichts Genaues. Einstweilen aber vielen Dank. Geben Sie bitte meinem Kollegen Ihre genaue Anschrift, er nimmt dann Ihre Aussage zu Protokoll."

Göbel sah ein bisschen enttäuscht aus, nickte aber zustimmend und machte sich händchenhaltend mit seinem Partner auf den Weg zu Gurtes.

„Unser Toter kann das nicht gewesen sein, die Notärztin hat als Todeszeitpunkt zwischen 23.00 Uhr und 01.00 Uhr angegeben. Vielleicht war es der Täter?"

Burkhardt klang, als spräche er mit sich selbst, trotzdem antwortete Tabea: „Ich bin lange genug in diesem Job, um nicht mehr an Zufälle zu glauben. Ein Toter und ein Mann in unmittelbarer Nähe, der sich derart auffällig verhält, dass es einem verliebten Paar auffällt, das hat ganz sicher miteinander zu tun."

„Was denn? Sie glauben nicht an Zufälle? Wissen Sie nicht, wie oft es Kommissar Zufall ist, der uns hilft, Fälle aufzuklären?“, lachte Burkhardt.

„Auch wieder wahr“, stimmte Tabea ihm zu, „aber in diesem Fall steckt mehr dahinter. Sie werden es rausfinden. Ich für meinen Teil verschwinde jetzt von hier. Ich wünsche Ihnen noch einen schönen Sonntag.“

„Was denn? Sie wollen schon wieder nach Ludwigshafen zurück, nicht noch ein bisschen ihren Detektiv unterstützen?“ Burkhardt grinste über das ganze Gesicht.

„Nein, das will ich nicht, der kommt ganz gut ohne mich zurecht. Außerdem ist er nicht hier, um einen Mord aufzuklären, abgesehen davon, dass nicht feststeht, dass es einer war. Vielleicht hat der Mann einen Herzinfarkt erlitten oder es war ein geplatztes Aneurysma.“

„Das wäre mir ehrlich gesagt das liebste, dann hätte ich die kommende Woche nämlich Urlaub. Sollte es sich allerdings als Mord rausstellen, fällt der wieder einmal flach und meine Frau sorgt dafür, dass die Polizei einen weiteren Mord aufklären muss.“ Burkhardt seufzte übertrieben theatralisch.

„Personalmangel, wer kennt das nicht“, nickte Tabea, hielt Burkhardt die Hand hin und verabschiedete sich. Beide ahnten nicht, dass sie sich sehr bald wiedersehen würden.

-6-

Ich rannte, wie ich lange nicht mehr gerannt war und hatte dennoch, wie man es aus Albträumen kennt, das Gefühl, nicht vom Fleck zu kommen. Elfie hatte mich schon vor geraumer Zeit überholt und ich konnte nur hoffen, dass sie ihren Heimweg kannte und nach Hause lief. Endlich sah ich die Ecke, an der ich von der Hauptstraße abbiegen musste, warf einen schnellen Blick auf Alli und sah, dass seine Augen geschlossen waren. Ob er tot oder nur bewusstlos war, konnte ich nicht erkennen. Ich griff ihn fester und setzte zum Endspurt an, da sprang ein Mann aus einem parkenden Auto und rannte mir entgegen.

„Kommen Sie, ich helfe Ihnen. Ich gehe davon aus, dass Sie zu uns wollen? Geben Sie mir den Hund, dann haben Sie die Hände frei und können klingeln. Nun machen Sie schon, ich bin Tierarzt und weiß, was ich tue."

Er kam mir bekannt vor und ich erinnerte mich, ihn kurz bei Hella in der Praxis gesehen zu haben.

„Danke", keuchte ich, legte ihm Alli auf die hingehaltenen Arme, rannte auf die Tür der Praxis zu und klingelte Sturm. *Sei da, Hella, bitte sei da*, betete ich still und monoton vor mich hin. Hinter mir hörte ich atmen, dann öffnete Hella die Tür, warf nur einen Blick auf die Situation, drehte sich um und forderte uns mit einer Handbewegung auf, ihr zu folgen.

„Was ist passiert, wann ist es passiert und wo ist es passiert?", wollte sie wissen und ich sammelte meine Gedanken, während ihr Assistent meinen Hund auf dem Metalltisch ablegte.

„Wir waren da in dieser Allee an einem Bach. Er muss Tabea gewittert haben, sonst wäre er nicht weggelaufen, ich weiß nicht, ob und was passiert ist. Was hat er denn? Lebt er noch? Hella, um Gottes Willen, tu was!"

Es hätte dieser Aufforderung nicht bedurft, sie war bereits dabei, Alli zu untersuchen, abzuhorchen und abzutasten.

„Urs, bitte halt das mal, dann kann ich besser sehen", forderte sie den Mann auf, der mir geholfen hatte. Der kam der Aufforderung nach und Hella beugte sich tief über Allis Schnauze.

„Hm, also wenn mich nicht alles täuscht und ich nicht über Nacht kurzsichtig geworden bin, dann hat er sich auf die Zunge gebissen, das war´s."

„Auf die Zunge gebissen ... wiederholte ich begriffsstutzig, als hätte sie chinesisch gesprochen.

„Yap, vermutlich vor lauter Begeisterung, deine Freundin getroffen zu haben. Kann ich verstehen, sie ist sehr hübsch."

Ich wollte sie fragen, woher sie das wusste und ob sie wirklich sicher war, dass Alli sonst nichts fehlte, da gesundete der auf wundersame Weise, sprang auf, schüttelte sich und konnte von Hella in allerletzter Sekunde daran gehindert werden, sich von dem hohen Tisch zu stürzen.

Meine Danksagung an sie fiel aus, weil jemand fast die Türklingel abriss.

„Mach mal auf", wies Hella mich an, „ich will mich noch vergewissern, dass deinem Hund sonst wirklich nichts fehlt. Vorsicht ist die Mutter aller Porzellankisten."

Ich öffnete und wäre fast von einem Paar umgerannt worden, von dem der Mann einen leblosen Hund auf den Armen trug.

„Wo ist Doktor? Schnell, bitte, Hund brauchen Doktor", rief er, während die Frau stumm ihre Hände wie zum Gebet gefaltet hielt.

„Kommen Sie, hier herein", sagte ich und zog den Mann am Ärmel ins Sprechzimmer. Hella schaute nur kurz hoch, hob dann Alli vom Tisch und drückte mir die Leine in die Hand.

„Geh mit ihm ins Wartezimmer, ich will abwarten, ob er noch irgendwelche Symptome zeigt", wies sie mich an, während Urs bereits den Hund aus den Armen des Mannes genommen und auf dem Tisch abgelegt hatte. Ich verließ den Raum, setzte mich auf einen der bunten Plastikstühle und beobachtete gebannt meinen Hund. War er verändert, sah er verdächtig aus? Für mich nicht. Er lag zusammengerollt zu meinen Füssen und schnarchte bereits leise. Fünfzehn Minuten lang öffnete er kein Auge, dann wurde er von der Klingel geweckt. Ich stand auf und ging öffnen. Draußen stand Tabea, mit Elfie an der Leine.

„Wie geht es Alli, was hat er, geht es ihm gut?“, rief sie, kaum, dass die Tür einen Spalt breit offen war. Die Antwort kam bereits fiepend auf sie zu gerannt. Na ja, eigentlich rannte er mehr auf Elfie zu, Tabea übersah er.

„Er hat sich nur auf die Zunge gebissen, vor lauter Freude, dich zu sehen“, sagte ich und merkte, dass meine Knie immer noch zitterten. „Meine Güte, hat der mir einen Schreck eingejagt, ich war sicher, dass er einen von diesen Scheißködern erwischt hätte, die so ein Irrer hier auslegt. Nele ist daran gestorben und dann noch Micky und ...“ Ich merkte, dass ich wirres Zeug redete, schüttelte den Kopf und fuhr ruhiger fort. „Also, das ist der eigentliche Grund, warum ich hier bin. Es legt jemand präparierte Köder aus, an denen Hunde sterben oder sich zumindest schwer verletzen. Darum war ich so in Panik, dass ich gar nicht auf die Idee gekommen bin nachzusehen, was Alli eigentlich genau hat.“

„Präparierte Köder? Aha, weißt du zufällig wo genau?“

„Da, wo du Alli heute getroffen hast und wo ich die Leiche gefunden habe. Darum war ich überhaupt dort. Hella hat erzählt, dass bisher alle betroffenen Tiere in einem Umkreis von wenigen Kilometern mit ihren Besitzern Gassi waren. Ich dachte, mir würde vielleicht irgendwas auffallen, auch wenn ich keinen Plan hatte, wonach ich eigentlich suchen wollte.“

„Nun, dann freu dich einmal mehr, dass du mich hast“, lächelte meine Freundin mich an. „Ich habe da eben zufällig etwas mitbekommen, was dir vielleicht weiterhelfen könnte. Zwei junge Männer haben gegen frühen Morgen einen Mann beobachtet, der sich auffällig verhalten hat. Ob es sich dabei um den Täter handelt, oder ob es ein harmloser Frühaufsteher war, wissen wir noch nicht. Sie werden ihre Beobachtungen zu Protokoll gegeben haben, aber da dürftest du kaum dran kommen. Die Polizei hier teilt ihr Wissen nicht mit Detektiven, musst du wissen.“

„Das fürchte ich auch“, stimmte ich zu. „Zumal ich auch noch einfach abgehauen bin. Ich hoffe, du hast mich hinreichend entschuldigt und meine Abwesenheit erklärt?“

„Na klar und ich habe noch viel mehr für dich. Ich habe den Namen des einen Mannes, er heißt Patrik Göbel und ist Journalist. Was sagst du nun?“

„Ich bin sprachlos“, lachte ich. „Okay, den werde ich finden, vielleicht kann er mir den Mann beschreiben.“

„Mach das, ich muss auf alle Fälle den Burkhardt darüber in Kenntnis setzen, dass in der Gegend jemand Giftköder oder so was auslegt, darauf muss bei der Obduktion geachtet werden. Wo ist denn Hella? Und was sagt sie zu alldem?“

„Sie arbeitet. Es kam vorhin ein Paar mit einem Hund, der scheint ernsthaft verletzt zu sein. Ich sollte hier noch warten, falls Alli irgendwelche Überraschungen für uns parat hält, aber ich glaube, dem geht es wirklich wieder gut. Guck bloß mal, wie er um Elfie rumschlawänzelt.“ Elfie lag entspannt am Boden, Alli schnüffelte aufgeregt um sie herum und stieß dabei seltsam quietschende Laute aus. „Aber sag mal, wie kommst du an Elfie, die hat mich schon vor einer Ewigkeit abgehängt. Wo war sie?“

„Sie schlenderte ganz gemütlich über die Wiese am Ende der Straße. Ich dachte mir, es sei besser, sie einzusammeln und herzubringen. War auch kein Problem, sie wirkte direkt erleichtert, als ich kam.“

Jetzt öffnete sich die Tür zum Sprechzimmer und das Paar kam heraus. Der Mann hatte den Arm um die weinende Frau gelegt und schien uns gar nicht zu bemerken. Durch die offene Tür sah ich den leblosen Hund auf dem Untersuchungstisch liegen. Hellas Blick kreuzte den meinen, sie sah sehr unglücklich aus.

Als sich die Tür hinter den Beiden geschlossen hatte, kam sie raus und sagte mit belegter Stimme: „Hundert pro ein weiteres Opfer dieses Wahnsinnigen. Ich denke, diesmal war es Gift, aber um sicher zu sein, müsste man den Hund obduzieren lassen, und das wollten die Besitzer nicht. Verständlich, das kostet Geld und das haben sie nicht gerade im Übermaß.“

„Wir werden den Kerl kriegen“, sagte ich mit aller Überzeugung, zu der ich fähig war. „Ganz sicher, ich werde alles tun, was ich kann, das verspreche ich dir. Tut mir leid, dass ich wegen Alli so ein Theater gemacht habe, aber ich hatte eine Scheißangst, er hätte auch so ein Teil verschluckt.“

„Wäre ja auch durchaus möglich gewesen und es war gut, dass du so schnell gekommen bist. Lieber einmal umsonst gerannt als einmal zu spät gekommen“, sagte sie und zog sich blaue Gummihandschuhe von den Händen. „Was war denn in der Stadt los, ich habe ständig Sirenen gehört, habt ihr was mitgekriegt?“

„Nicht nur mitgekriegt, ich habe überhaupt den Grund dafür gefunden. Einen toten Mann auf diesem, wie heißt der gleich, ach ja, Herzogplatz. Der lag da vor einer Bank, war aber wohl schon in der Nacht gestorben. Dann habe ich jemanden von der Zeitung kennengelernt und später ist Alli abgehauen, weil er Tabea gerochen hat und ...“

„Hey, hol mal Luft zwischendurch“, lachte Hella, „ich habe ja schon gehört, dass du ein Talent dafür hast, immer in seltsame

Situationen zu geraten, aber dass das so schnell geht, das wusste ich nicht. Und was machst du eigentlich hier, du hast doch heute frei“, wandte sie sich dann an ihren Kollegen, der stumm dastand und unserem Gespräch zuhörte.

„Ich habe gestern Abend meine Schlüssel hier liegenlassen, hatte aber keine Lust mehr, sie zu holen; es war ja schon recht spät. Na ja, und gerade, als ich aus dem Auto steigen wollte, sah ich deinen Besuch angerannt kommen und habe ihm geholfen, seinen Hund herzubringen. Ich habe befürchtet, es sei ein neues Opfer dieses Verrückten, aber zum Glück war es wohl nur ein Liebesbiss“, lächelte er und hatte jetzt deutlich Ähnlichkeit mit George Clooney. Das schien auch Tabea zu finden, denn der Blick, den sie ihm schenkte, war mir etwas zu bewundernd.

„Okay, ich werde hier wohl nicht mehr gebraucht, also will ich nicht länger stören“, fügte er dann hinzu und machte Anstalten, sich zu entfernen.

„Hey, wenn Sie nichts anderes vorhaben, würde ich mich freuen, ich meine, keiner von uns dürfte bisher gefrühstückt haben. Wie wäre es, wenn wir das nachholen? Ihr seid meine Gäste, schließlich habt ihr alle etwas zu Allis Rettung beigetragen.“

Jeder schaute fragend jeden an, dann zuckte Hella die Schultern, nickte und sagte: „Super, gute Idee, warum nicht?“ Auch Tabea nickte, nur Urs schien unentschlossen. Ich klopfte ihm auf die Schulter und sagte fröhlich: „Keine falsche Bescheidenheit, kommen Sie mit. Es sei denn, Sie haben Besseres vor oder es wartet zuhause jemand auf Sie.“

„Nein, es wartet niemand, und ich habe auch nichts weiter vor, also okay, Danke für die Einladung. Wo soll´s denn hingehen?“

„Gute Frage, aber da muss ich passen, ich kenne mich in Zweibrücken überhaupt nicht aus. Hella, wo kann man an einem Sonntag hier frühstücken gehen?“

„Keine Ahnung, das weiß ich auch nicht, ich gehe selten auswärts frühstücken, aber lass mich mal überlegen ... wie wäre es mit dem Rosengarten? Ist nicht weit von hier, schön gelegen und ich habe von Patienten gehört, dass es da nett sein soll.“

„Klingt überzeugend, dann also los, auf zum Rosengarten“, sagte ich und sah fragend zu Tabea.“

„Ich denke, wir lassen Elfie und Alli lieber im Haus, es soll mal wieder Regen geben heute und Auslauf hatten sie fürs Erste ja genug“, schlug Hella vor. „Hier sind die Schlüssel, bringt die zwei rüber in meine Wohnung, während ich mich um das hier kümmere.“ Sie machte eine resignierte Handbewegung in Richtung des toten Hundes auf ihrem Behandlungstisch. „Wir treffen uns in zehn Minuten vor meiner Tür.“

„Okay, kommt ihr Turteltäubchen, ihr könnt drüben im Körbchen weiter kuscheln“, wandte ich mich an die Vierbeiner, und tatsächlich erhob sich Elfie und wedelte dezent mit der etwas zu dünnen Rute. „Ich hoffe, ich habe dich mit meiner Einladung nicht überfahren?“, fragte ich in Richtung Tabea, vermied aber Blickkontakt, weil ich plötzlich Angst vor ihrer Antwort bekam.

„Ich komme gerne mit, ich habe Urlaub und daher nichts anderes vor, aber später würde ich gern allein mit dir reden, wenn es dir recht ist?“

Die Faust, die mir in den Magen fuhr, bestand zwar nur in meiner Einbildung, aber sie war heftig. Was würde sie mir sagen, was hatte sie vor? War sie gekommen, um unsere Beziehung nun endgültig zu beenden? Ich schaute sie an, versuchte in ihrem Gesicht zu lesen, aber sie hatte ihr Pokerface aufgesetzt.

„Natürlich ist es mir recht, aber willst du mir nicht sagen, um was es geht?“, versuchte ich einen Vorstoß, auch wenn ich die Antwort im Voraus kannte.

„Nein, will ich nicht“, sagte sie denn auch. „Ich will einfach in Ruhe ein Gespräch mit dir führen, ein wichtiges Gespräch, und das geht nicht zwischen Tür und Angel. Also gedulde dich, entspann dich, Carpe diem.“

-7-

Von Ferne hatte er die Hektik verfolgt, den Krankenwagen samt Notarzt, die Streifenwagen, aber erst als auch noch Fahrzeuge aus Pirmasens kamen und Leute in weißen Papieroveralls ausstiegen, war er nervös geworden. Was war da los? Es konnte doch unmöglich sein, dass ein solcher Aufriss wegen ein paar Hunden gemacht wurde. Nein, da musste etwas anderes passiert sein, aber was? Er traute sich nicht näher an die Absperrung heran, wollte auch niemanden fragen. Nicht auffallen, war für ihn das Allerwichtigste.

Als eine Gruppe Jugendlicher an ihm vorbeilief, schnappte er ein paar Gesprächsfetzen auf. *Tot, zwei Zeugen, Kripo und Presse* kriegte er mit, aber nicht in einen Zusammenhang. Was für Zeugen und wofür? War jemand von der Presse gestorben und deswegen die Kripo gekommen, oder was? Er hielt es für völlig ausgeschlossen, dass seine Köder etwas damit zu tun haben könnten, aber diese Unruhe passte ihm trotzdem nicht. Er wollte keine Aufmerksamkeit in dieser Gegend, schon gar keine rumschnüffelnden Bullen. Er war so tief in Gedanken versunken, dass er heftig erschrak und einen Schrei ausstieß, als sich von hinten eine Hand auf seine Schulter legte.

„Verdammt, musst du dich so anschleichen?“, schimpfte er und griff theatralisch mit beiden Hände an sein Herz. „Ich hätte einen Herzinfarkt bekommen können. Hat dir niemand beigebracht, dass man Menschen nicht erschrecken darf?“

„Wie kann jemand einen Herzinfarkt bekommen, der gar kein Herz hat? Ich kenne ungefähr ein Dutzend Frauen, die das bestätigen können. Was tust du hier und warum siehst du so sorgenvoll aus? Kanntest du den Toten etwa?“

Hedi Danner, eine schlanke, sportliche Frau mit blondem Kurzhaarschnitt und moderner Brille, lachte ihn an und er schaffte es auszusehen, als freue er sich, sie zu sehen. Dabei war die Stadträtin der SPD und Vorsitzende der SPD-Frauen nun wirklich der letzte Mensch auf Erden, den zu treffen er sich gewünscht hätte. Sie waren schon einige Male aneinandergeraten, denn nicht nur politisch gingen ihre Ansichten weit auseinander. Auch, dass sie zu glauben schien, mit ihm auf der gleichen Stufe zu stehen, fand er anmaßend. Leider konnte er es sich nicht leisten, sie zu brüskieren, also lächelte er und gab seinem Gesicht einen überraschten Ausdruck.

„Toten? Was für einen Toten denn? Ich bin gerade erst gekommen und habe nicht mitbekommen, was passiert ist."

„Dass du nichts mitbekommst, passiert ja öfter", nickte Danner lachend, schob aber schnell beschwichtigend hinterher: „Komm, das war ein Spaß. Nein, da hinten hat man einen Toten gefunden. Niemand weiß, um wen es sich handelt. Hat keine Papiere bei sich. Kann ein Unfall gewesen sein, aber auch ein Mord, das wird die Obduktion ergeben. Komisch, in letzter Zeit passieren so viele unangenehme Dinge, ausgerechnet hier in der Gegend. Erst die Hunde und jetzt das?"

„Hunde? Was denn für Hunde?", tat er verwundert und schaffte es, ehrlich verblüfft auszusehen, obwohl es in ihm brodelte.

„Sag mal, lebst du komplett hinter dem Mond? Darüber hat die Rheinpfalz ebenso berichtet, wie der Pfälzische Merkur, sogar das Wochenblatt hat einen Artikel gebracht. Irgendein Irrer legt hier Köder aus, an denen Hunde sterben oder sich zumindest schwer verletzen. Ich kann dir sagen, sollte ich rauskriegen, wer das tut, der darf sich verdammt warm anziehen. Ich habe schon immer dafür plädiert, dass solche Typen härter bestraft werden."

„Da sind wir dann endlich mal einer Meinung“, gab er sich charmant, „kommt ja nicht allzu oft vor.“

„Stimmt, mir gefällt dein Machogehabe nicht und deine Meinung über Frauen noch viel weniger. Daran wird sich auch nichts ändern, nur weil wir beide keine Tierquäler mögen. So, ich muss dann mal weiter, einen schönen Tag noch.“

Sie nickte ihm zu und verschwand schnell in der Menge.

„Blödes Weib“, murmelte er vor sich hin, „als könne die Einfluss auf unsere Gesetzgebung nehmen, was glaubt die, wer sie ist?“ Dann vergaß er die Begegnung, aber nicht die Neuigkeiten, die er von ihr erfahren hatte.

Einen Toten hatten sie gefunden. Das erklärte die vielen Bullen und auch die Spurensicherung. Das hatte sicher nichts mit ihm zu tun. Ein Mensch würde wohl kaum auf die Idee kommen, rohe Hackfleischbällchen, die hinter Bäumen lagen, aufzuheben, um sie zu essen. Nein, alles würde sich wieder beruhigen, vielleicht zwei, drei Tage die Gemüter erhitzen, mehr nicht. Solange musste er sich ruhig verhalten, dann konnte er weitermachen, wie geplant. Eine Gnadenfrist für den Typ mit dem Dackel, wenn der bis dahin wieder verschwunden war, okay, wenn nicht, würde er nachhelfen.

-8-

Ein alter Porsche ist was Feines, aber leider völlig ungeeignet, viele Menschen zu transportieren. Wir einigten uns daher darauf, dass Tabea und ich zu Hella ins Auto stiegen, Urs wollte seinen eigenen Wagen nehmen. Das tat er auch und war schon weg, als Hella feststellte, dass ihr Gefährt nicht anspringen wollte. „Verdammt noch eins, was ist denn jetzt wieder los? Ich habe den gerade vor zwei Tagen aus der Werkstatt geholt, ich verstehe das nicht. Der Dennis hat mir versichert, dass alles in Ordnung ist und jetzt das."

Sie drückte erneut auf den Startknopf, aber der Motor rührte sich nicht.

„Dann fahren wir eben mit meinem Wagen, und Sie rufen von unterwegs diesen Dennis an und beschweren sich", schlug Tabea vor. Hella schüttelte den Kopf. „Heute ist Sonntag, da werde ich den kaum erreichen, kann ich erst morgen früh machen. Ich will nur hoffen, dass ich heute nicht zu irgendeinem Hausbesuch muss. Okay, dann lasst uns mal umsteigen."

Eine halbe Stunde später saßen wir an einem Tisch, dessen Fenster zum Rosengarten geöffnet war. Es war hübsch hier und das Frühstücksbuffet ließ keine Wünsche offen. Mich verblüffte, wie viele Leute auswärts frühstücken gingen. Es war kaum noch ein Tisch frei. Als ich das erwähnte, lachte Hella und sagte: „Wir sind schließlich in einem Hotel, da wohnen in der Regel Touristen, die unsere schöne Rosenstadt besuchen, oder wegen einer Veranstaltung des Landesgestüts kommen. Unsere Pferde, Abkömmlinge edler Araber, und die damit verbundenen Galas sind schließlich weltbekannt. Na ja, fast."

Zu meinem Leidwesen war mir Tabeas Wunsch nach einem Gespräch derart auf den Magen geschlagen, dass mir der Appetit vergangen war und ich nur lustlos in meinem Rührei rumstocherte, aber einen Kaffee nach dem anderen trank. Der Rest ließ es sich schmecken; auch Tabea. Sie schien überhaupt mit sich und der Welt im reinen zu sein. Natürlich waren die Hauptthemen der Tote vom Herzogplatz und die präparierten Köder.

„Ich rate jedem Hundehalter, seinen Vierbeiner an einen Maulkorb zu gewöhnen, damit können sie die Dinger nicht aufnehmen und der hätte keinen Erfolg, das perverse Schwein", schimpfte Hella und Tabea nickte.

„Gute Idee, sollte Alli unbedingt auch tragen, verfressen wie er ist."

„Ganz meine Meinung, ich habe Ihrem Freund schon gesagt, dass es überhaupt nicht gut ist, dass der Hund von allen möglichen Leuten gefüttert wird, aber er wollte nicht so recht auf mich hören."

„Das kenne ich von ihm", stimmte Tabea ihr zu, „auf mich hört er leider auch nur in den seltensten Fällen. Und ganz sicher nicht, wenn es um Alli geht."

„Das stimmt doch gar nicht", begehrte ich auf, ahnte aber, dass ich gegen die geballte Frauenpower schlechte Karten hatte.

Tabea begann auch prompt damit aufzuzählen, wie oft ich gegen ihre Anweisung gehandelt, wie oft ich mich in ihre Fälle eingemischt und nicht auf sie gehört hatte. Hella amüsierte sich köstlich, nur Urs runzelte die Stirn und sagte schließlich: „Ich könnte mir vorstellen, dass Herr Menke sich gerade ausgesprochen unwohl fühlt. In aller Öffentlichkeit so vorgeführt zu werden, tut keinem Mann gut."

Tabea verstummte abrupt, Hella hörte auf zu lachen und griff stumm nach ihrer Kaffeetasse.

„Ist schon gut", wehrte ich ab, „ich kenne meine Freundin, sie meint das nicht so, es ist mehr ihre Sorge um mich, die sie so zum

Ausdruck bringt. Außerdem hat sie nicht Unrecht, ich habe mich tatsächlich häufig gegen ihren ausdrücklichen Wunsch in ihre Polizeiarbeit eingemischt. Das war leichtsinnig und hätte tatsächlich auch mal schiefgehen können."

„Nun, wenn Sie das so sehen, gibt es auch für mich keinen Grund, sich darüber zu ärgern. Ich bedanke mich bei Ihnen für die Einladung, muss sie jetzt aber leider verlassen, ich habe noch einen Termin. Ich wünsche Ihnen allen noch einen schönen Tag."

Urs nickte grüßend in die Runde, erhob sich und verschwand mit großen Schritten aus dem Raum.

„Warum war der denn so angefressen", wollte Tabea wissen, „er hat doch vorhin gesagt, er hätte nichts vor?"

Hella zuckte die Schultern. „Keine Ahnung, der ist häufig etwas merkwürdig, aber ein guter Tierarzt und immer zur Stelle, wenn ich ihn brauche. Ich glaube, er hat Probleme mit Frauen oder so was."

„Ist er schwul?" wollte ich wissen. „Wie heißt der eigentlich mit Nachnamen?"

„Urs Mittler und nein, schwul ist er nicht, ganz im Gegenteil, ich glaube, er kann sich einfach nicht festlegen. Die Liste seiner Freundinnen ist lang. Wie oft den schon unterschiedliche Frauen abgeholt haben ... lieber Himmel, ich glaube, der unterhält einen ganzen Harem", lachte Hella.

„Vielleicht steht er ja mehr auf den unterwürfigen Typ, der erst um Erlaubnis fragt, bevor er den Mund aufmacht", mutmaßte Tabea und bestrich hingebungsvoll eine weitere Brötchenhälfte mit Honig.

„Dann musst du dir bestimmt keine Sorgen machen, dass er dich anbaggern könnte", konnte ich mir nicht verkneifen und kassierte wieder einmal ihren spitzen Ellenbogen in meine Rippen.

Nach zwei Stunden waren alle gesättigt und Hella drängte zum Aufbruch.

„Ich habe heute noch einen Haufen Arbeit, muss Rechnungen schreiben, mich darum kümmern, dass ich morgen früh meinen Wagen in die Werkstatt kriege, und zu allem Überfluss kommt früh um 8.00 Uhr gleich ein Vertreter der Pharmaindustrie. Gott sei Dank ein netter, aber am Ende kriege ich doch eine Rechnung", lachte sie.

„Das mit dem Auto könnte ich übernehmen", bot ich an, „dann hättest du schon mal eine Sorge weniger, was hältst du davon?" Sie nickte zustimmend.

„Das wäre echt super, aber du musst dem Dennis sagen, dass das so nicht weitergeht. Ich kann nicht wöchentlich einmal in die Werkstatt fahren. Das Auto ist noch kein Jahr alt, ein richtiges Montagsmodell, ständig hat es ein neues Wehwehchen. Okay, läuft auf Garantie, aber die Zeit, den Ärger und den Aufwand ersetzt mir das nicht."

„Ich sag's ihm deutlich, verlass dich drauf. Du weißt doch, wenn Männer in die Werkstatt kommen, ist das gleich ganz was anderes, als wenn eine Frau aus dem Wagen steigt. Was denn? Warum boxt du mich schon wieder? Das habe ich erst letzte Woche im Fernsehen gesehen, ganz ehrlich." Ich rieb mir übertrieben theatralisch den Oberarm, der von Tabeas Faust getroffen war und verzog weinerlich mein Gesicht.

„Dass du es nur mal siehst, Hella, wie ich in dieser Beziehung behandelt werde", heischte ich Mitleid, aber beide Frauen lachten mich nur aus.

„Gut, ihr Beiden, ich haue jetzt ab. Bleibt ihr ruhig noch sitzen, ich laufe gern ein Stück, ist ja nicht besonders weit. Wie machen wir's denn? Sehen wir uns später noch? Tabea? Bleiben Sie über Nacht oder müssen Sie zurück nach Hause? Also, Sie können gern ebenfalls bei mir übernachten, das Bett im Gästezimmer ist breit genug, aber …“

„Vielen Dank für das Angebot, aber ich weiß noch nicht genau, was ich machen werde. Trotzdem könnten wir schon mal zum Du übergehen, das klingt nicht so furchtbar förmlich.“

„Cool, darauf müssen wir aber noch anstoßen, Moment.“ Hella winkte der Bedienung und kurz darauf standen drei Gläser Winzersekt auf dem Tisch. „Die geh‘n aber auf mich, damit das klar ist“, lachte sie, als wir miteinander anstießen. Dann war sie weg und Tabea und ich blieben allein am Tisch. Ich hätte ewig so sitzen mögen, mich davor drücken, was mich vielleicht erwartete, aber dann packte ich schließlich den Stier bei den Hörnern.

„Du wolltest mit mir reden? Also, jetzt sind wir allein, was willst du mir sagen?“

„Lass uns hier verschwinden und ein Stück spazieren gehen, weil ich befürchte, du könntest überrascht sein.“

Tabeas Miene hätte bei jedem professionellen Pokerspieler den blanken Neid ausgelöst und die Faust schoss wieder in meinem Magen.

„Okay, geh schon mal vor, ich bezahle schnell und komme dann nach.“

„Lass uns durch den Rosengarten gehen“, sagte sie, als ich sie wieder erreicht hatte. „Wenn ich schon mal in Zweibrücken bin, will ich den auch sehen.“

„Okay, ich lerne gern jeden einzelnen Rosennamen für dich auswendig, aber könntest du jetzt aufhören, mich zu foltern“, bat ich, doch meine herzlose Freundin lachte nur.

„Hör auf zu spinnen, Menke, und hol die Karten.“

Fünf Minuten später wurde ich erst rot, dann blass und konnte nicht glauben, was ich gerade gehört hatte. Ich verstand ihre

Worte, aber sie passten nicht zu dem, worauf ich mich eingestellt hatte.

„Du meinst, du hast, du willst, also ..."

„Deti bitte, du musst mir versprechen mit dieser Stotterei aufzuhören, wenn wir erst verheiratet sind. Das ertrage ich nicht auf Dauer."

„Okay, bleib stehen und sieh mich an", sagte ich und drehte sie zu mir rum.

„Jetzt wiederhole das bitte noch einmal für semiintelligente Detektive, die, wie du weißt, ihren Beruf im Fernstudium erlernt haben. Langsam und sehr deutlich, damit ich dir folgen kann."

„Gut! Also, ich habe eingesehen, dass ich dir manchmal Unrecht getan habe, dass du eigentlich sogar ein recht guter Detektiv bist, und mir schon das eine oder andere Mal geholfen hast. Des Weiteren habe ich festgestellt, dass ich unter keinen Umständen auf Alli verzichten kann, und da du dich nicht von ihm trennen willst, habe ich beschlossen, deinen nächsten Heiratsantrag anzunehmen. Von dem ich hoffe, dass er nicht allzu lange auf sich warten lässt, sonst würde ich in Erwägung ziehen, dir einen zu machen." Ihr Lachen gluckste tief in der Kehle, aber sie schaffte es, völlig ernst auszusehen und mit keinem Muskel zu zucken.

„Also, wenn ich das jetzt richtig verstanden habe, ist dein Hauptmotiv mein Hund, von dem du dich nicht trennen möchtest. Mich würdest du als notwendiges Übel mit in Kauf nehmen?", vergewisserte ich mich und sie nickte. „Geil, das ist echt krass romantisch, muss ich sagen. Hätte ich gar nicht von dir erwartet. Ich bin tief gerührt und werde deinem Wunsch natürlich entsprechen und dir auf der Stelle den nächsten Antrag machen. Leider kann ich nicht auf die Knie fallen, das lässt mein fortgeschrittenes Alter nicht zu, einen Ring habe ich auch nicht, der wurde letztes Jahr Weihnachten auf deinen Wunsch zurückgegeben, aber ...“

„Ach, halt einfach die Klappe und küss mich! Hier und jetzt, lang und intensiv“, forderte sie lachend und da ihr Wunsch mir Befehl war, tat ich, was sie verlangte. Danach erzählte mir meine Frischverlobte, dass der Sandmann sich zur Mordkommission nach Kaiserslautern hatte versetzen lassen. „Sein Vater ist gestorben und hat ihm dort in der Nähe ein schönes Haus vererbt. Da gab‘s nicht viel zu überlegen, zwei Kinder, die kosten Geld und Mieten rund um Ludwigshafen sind nicht eben billig. Seiner Frau und ihm fällt es schwer, in eine völlig neue Umgebung zu ziehen. Er muss die Kollegen verlassen, aber seit Pawenka in Rente ist ... na ja, es ist nicht mehr das gleiche wie früher. Er fehlt einfach als Seele des Ganzen.“

„Das kann ich mir vorstellen, aber dann verliert er ja auch noch dich, du hast am häufigsten mit ihm zusammengearbeitet“, wandte ich ein. Tabea schwieg, aber ich merkte, dass sie etwas sagen wollte und nicht wusste, wie. „Du überlegst, ob du dich nicht auch nach Kaiserslautern versetzen lassen kannst, stimmt‘s“, fragte ich daher direkt.

Langsam schüttelte sie den Kopf, holte Luft und sagte: „Nicht ganz, ich habe meinen Versetzungsantrag bereits gestellt. Ich habe es noch niemandem erzählt, nicht einmal Sand. Ich war verletzt, als er es mir erzählt hat, weil er vorher nicht mit mir darüber gesprochen hat. Dass ich es auch nicht getan habe, ist mir erst später klargeworden. Ich weiß jetzt natürlich nicht, ob die überhaupt in meiner Besoldungsstufe noch eine Stelle frei haben, aber ...“

„Wie weit ist das von Dürkheim weg? Wo werden wir wohnen und wie passt das in unsere neuen Zweisamkeitspläne?“, unterbrach ich sie atemlos.

„Mein Entschluss dich zu heiraten, ist noch ziemlich frisch, also, später entstanden als mein Entschluss mich versetzen zu lassen. Daher habe ich darüber noch nicht nachdenken können, wenn ich ehrlich sein soll, aber ich bin sicher, wir finden einen Weg."

Tabea klang überzeugend und da ich nicht bereit war, mir diesen Tag vermiesen zu lassen, sagte ich nichts weiter. Ich würde mit ihr zusammenleben, ob in Bad Dürkheim oder in Timbuktu, das war mir momentan vollkommen Latte.

Hand in Hand schlenderten wir glücklich den Schwarzbach entlang. Küssten uns zwischendurch, lächelten uns an, wie es Verliebte auf der ganzen Welt eben tun. Im Augenblick schien sogar einmal die Sonne, alles wirkte hell und freundlich, ich war mit mir und der Welt zufrieden. Ich hätte wissen müssen, wie schnell sich ein solcher Zustand ändern kann.

Gegen 14.00 Uhr kamen wir zurück zu Hella, die bei unserem Anblick erstaunt die Augenbrauen hochzog. „Huch, ihr seht aus wie frisch einer Hollywoodromanze entsprungen, ihr leuchtet geradezu. Ich hoffe, ihr habt kein öffentliches Ärgernis erregt?"

Ich tauschte einen schnellen Blick mit Tabea und sagte, als wäre es ganz nebensächlich: „Wir sind so was ähnliches wie verlobt, also, wir haben vor, demnächst mal zu heiraten. Nicht gleich, erst muss Tabea ihren neuen Job in Kaiserslautern antreten und ich diesen Irren hier finden, aber danach irgendwann." Länger hielt ich es nicht mehr aus, packte Hella um die Taille, tanzte im Polkastil mit ihr ins Haus hinein und intonierte dazu ebenso laut wie falsch den Hochzeitsmarsch von Mendelsson-Bartholdy, tatatata tatatata.

„Alli", rief ich dann, „Alli, ich habe es geschafft, sie wird bald ganz offiziell dein Frauchen, ist das nicht grandios?"

Meinen verräterischen Dackel interessierte diese Nachricht leider nicht die Bohne, er himmelte weiterhin Elfie an, und hielt es nicht einmal für nötig, uns zu begrüßen.

„Mach so weiter, dann bringe ich dich ins nächste Tierheim“, gab ich mich beleidigt und bekam dafür von Hella einen finsteren Blick zugeworfen.

Später saßen wir im Garten, tranken Kaffee und besprachen, wie ich morgen vorgehen sollte.

„Zuerst erledige ich das mit deinem Wagen, dann telefoniere ich die hiesigen Tierärzte ab und frage nach, ob und wenn, wie viele tote oder verletzte Hunde sie in welchem Zeitraum hatten.“

„Lass das mich machen, mich kennen sie, dich nicht. Das heißt, mir geben sie Auskunft, wenn ich ihnen erkläre, um was es geht. Sie werden genauso froh sein wie ich, wenn dieser Spuk aufhört.“

„Okay, wie du meinst, aber was mache ich? Ich kann doch nicht den ganzen Tag Spazierengehen und darauf hoffen, dass mir zufällig jemand auffällt, der Köder fallenlässt.“

„Sollst du auch nicht, du kannst dich mit diesem Journalisten in Verbindung setzen, vielleicht ist dem zwischenzeitlich noch was eingefallen. Lass dir zeigen, hinter welchen Bäumen der Typ verschwunden ist, möglicherweise findet sich da was von Interesse.“

„Du musst auch noch zur Polizei“, erinnerte mich Tabea. „Ich habe zwar dem Burkhardt erklärt, warum du so plötzlich verschwunden bist, aber ob sich das bis hier nach Zweibrücken rumgesprochen hat, das weiß ich natürlich nicht. Möglicherweise bist du schon zur Fahndung ausgeschrieben“, lachte sie.

„Super, dann kannst du mir ja gleich Handschellen anlegen“, konterte ich und hielt ihr meine Hände hin.

„Hallo? Ich bin auch noch da, falls euch das entgangen sein sollte“, meldete sich Hella zu Wort. „Furchtbar, so ein verliebtes

Paar in der Nähe, wenn man selbst gerade Single ist. Ich würde mich an eurer Stelle schnellstens um ein Hotelzimmer kümmern, für euch sind die Wände hier eindeutig zu dünn."

„Sorry", sagte ich lachend, „du hast recht, machen wir auch, aber wieso bist du eigentlich Single? So eine Megafrau wie du, da müssten die Typen doch Schlange stehen?"

„Hör auf zu schleimen, Menke, ich bin Single, weil ich es so will. Meine letzte längere Beziehung ist schon über zwei Jahre her. Das Ende war – gelinde ausgedrückt – unschön und ich habe das noch nicht wirklich überwunden. Hier und da mal eine schöne Nacht, mehr will ich momentan nicht. Und was das Schlangestehen angeht, weißt du, ihr Männer steht nicht so auf erfolgreiche Frauen, habe ich den Eindruck. Wenn ein Typ merkt, wie ernst mir mein Beruf ist, dass ich keine Arbeitszeit von neun bis fünf habe, auch am Wochenende mal gebraucht werde, dann ist das Interesse meist schnell vorbei."

„Kenne ich", stimmte Tabea ihr zu. „Ist mir genauso gegangen und Kolleginnen erzählen genau das gleiche. Es erfordert eine Menge Selbstbewusstsein, Kompromissbereitschaft, Verzicht, Spontanität und Humor, dazu sind viele Männer entweder nicht bereit oder nicht in der Lage, keine Ahnung. Jetzt weißt du auch, warum ich unseren Deti hier heiraten will", lachte sie und strich mir über die Wange. „Er hat einen ähnlichen Beruf, versteht also, warum ich manchmal aus den tollsten Situationen verschwinden muss, ist deswegen nie beleidigt, bedrängt mich nie mit seinen Freizeitplänen, macht nie ..."

„Schon gut, schon gut, mach dich nur weiter über mich lustig, dann löse ich unsere Verlobung auf der Stelle wieder", tat ich gekränkt. „Die Wahrheit ist, ihr Frauen habt einfach keine Ahnung von uns Männern", holte ich dann aus. „Wir möchten nur, dass ihr zu uns aufschaut, uns bewundert, uns das Gefühl gebt, Helden zu sein, Retter in und aus jeder Not. Und wie sieht die Realität aus? Frauen können alles, was Männer können und oftmals sogar besser. Wenn das kein Grund ist, frustriert, deprimiert und alarmiert zu sein, was dann?"

„Ach, ihr Armen", heuchelte Tabea Mitgefühl, „was waren das auch für paradiesische Zeiten, als für Frauen die Welt nur aus zwei Fragen bestand: *Was ziehe ich an* und *was koche ich heute?* Als sich noch ihr ganzes Leben darum drehte, es dem Mann möglichst bequem und gemütlich zu machen. Ich verstehe, dass du das vermisst. Soll ich dir vielleicht schon mal deine vorgewärmten Hausschuhe bringen?" Sie wollte sich ausschütteln vor Lachen und auch Hella lachte lauthals mit.

„Ja, lacht nur", sagte ich mit Grabesstimme, „ihr seid ja nicht aus diesem Paradies vertrieben worden, in dem wir Jahrtausende gelebt haben. Das ist verdammt hart, kann ich euch sagen, so von heute auf morgen vom Jäger zum Träger degradiert zu werden. Das steckt Mann nicht so einfach weg. Türen aufhalten, Stühle zurechtrücken und in Mäntel helfen, war schließlich alles, was wir dafür tun mussten. Und heute? Heute sollen wir die Stühle schreinern, die Mäntel schneidern und die Türen eintreten können. Lieber Himmel, heute würde es einer Frau nicht mal mehr reichen, wenn wir ihr wirklich die Sterne vom Himmel holen könnten."

„Pah, Sterne vom Himmel, was sollen wir denn damit?", Tabea blies verächtlich die Wangen auf. „Wir wollen Männer, die uns als gleichberechtigte Wesen akzeptieren, die begreifen, dass wir einen Kopf zum Denken haben. Die akzeptieren, dass wir erfolgreich sein wollen, Karriere machen und dass sie das nicht in ihrer Männlichkeit bedroht. Die uns in diesen Bestrebungen unterstützen, und nicht jammernd und maulend behindern. Wir möchten heute das, was für Männer seit Menschengedenken eine

Selbstverständlichkeit ist und wobei sie immer von ihren Frauen unterstützt wurden. Ist das vielleicht zu viel verlangt?"

„Nein, ist es nicht", stimmte ich ihr zu, „es ist gerecht, aber es ist eben nicht leicht, die Jahrtausende alte Rolle aufzugeben und in eine neue zu schlüpfen. Das ist das Problem, und das vergesst ihr Frauen nur allzu oft. Ihr wollt jetzt alles, quasi über Nacht und wehe, so ein armer Mann kann da nicht mithalten, dann seid ihr echt erbarmungslos."

„Halt, halt", bremste Hella meinen Ausbruch. „Das sind Probleme, die wir heute nicht mehr lösen werden und die ich, ehrlich gesagt, überhaupt nicht lösen will. Ich habe immer noch eine Menge zu tun, daher bitte ich darum, dass ihr euch jetzt auf die Suche nach einem Hotelzimmer macht. Dort könnt ihr euren Geschlechterkampf fortsetzen oder euch erfreulicheren Dingen zuwenden. Morgen könnt ihr mir erzählen, wofür ihr euch entschieden habt und wie es ausgegangen ist."

„Du hast Recht, sorry", sagte ich leicht beschämt und sprang aus meinem Sessel auf. Hella war schließlich mein Auftraggeberin, der ich nicht mit meinen privaten Angelegenheiten auf den Senkel gehen durfte.

„Brich dir keinen ab", grinste sie, „ich wollte nur nicht miterleben, wie sich eure junge Verlobung gleich wieder in Luft auflöst. Also vertragt euch, seid nett zueinander, wir sehen uns morgen. Wenn du Alli hierlassen möchtest, ich hätte nichts dagegen. Ist besser, als ihn mit ins Hotel zu schleppen. Da weint er ohnehin die ganze Nacht vor lauter Sehnsucht nach Elfie."

Ich nahm das Angebot an, auch wenn ich ein klitzekleines schlechtes Gewissen hatte und das Gefühl, Hella irgendwie auszunutzen.

Ich packte mein Köfferchen und Hella brachte uns zur Tür, vor der ein Paket lag, dass noch nicht da gelegen hatte, als wir gekommen waren.

„Was ist das denn?“, staunte sie, hob es hoch, drehte es, roch sogar daran und schüttelte den Kopf. „Komisch, keine Anschrift, kein Absender, nur mein Name.“

„Bestimmt ein heimlicher Fan“, mutmaßte ich, mäßig interessiert. Ich wollte auf dem schnellsten Weg mit Tabea in ein schönes Hotelzimmer mit einem gemütlichen, breiten Bett.

Leider hatte ich Tabea dabei außer Acht gelassen, deren berufliches Misstrauen selten schlief, schon gar nicht bei Paketen ohne Absender.

„Könnte es von einem Nachbarn sein? Irgendwas, was du verliehen hast? Ist es das erste Paket dieser Art oder hast du sowas schön öfter bekommen?“, wollte sie von Hella wissen.

„Ich habe nix verliehen und Nachbarn hätten geklingelt und es nicht einfach vor die Tür gelegt. Ein Paket habe ich noch nicht bekommen, aber Blumen, eine einzelne Rose, eine Pralinenschachtel und einmal einen Umschlag mit einer Konzertkarte.“

„Na, dann dürfte es wohl klar sein, worum es sich handelt. Du hast einen romantischen, aber leider schüchternen Verehrer. Wer saß bei dem Konzert neben dir? Könnte es sich vielleicht um deinen Verflossenen handeln?“

„Weiß ich doch nicht, ich bin nicht hingegangen. War mir einfach zu strange, echt, wenn einer was von mir will, soll er es sagen und nicht so einen Scheiß veranstalten. Und nein, mein Ex ist längst wieder in festen Händen, die Dame war ja überhaupt der Grund für unsere Trennung.“

„Hast du irgendeinen Verdacht, um wen es sich handeln könnte?“

„Überhaupt keinen, ehrlich nicht. Aber wartet mal, ich mache das Ding auf, vielleicht löst sich dann das Rätsel.“

Wir marschierten geschlossen zurück ins Haus, Hella holte eine Schere, schnitt das Klebeband durch, öffnete den Karton und zuckte mit einem Aufschrei zurück.

-9-

Er hatte den Typen mit dem Dackel nicht aus den Augen gelassen und zu seiner Erleichterung festgestellt, dass der eine Freundin hatte. Damit konnte er ihn als Konkurrenten bei Hella ausschließen. Als diese dann unerwartet allein das Café am Rosengarten verlassen hatte, wäre er um ein Haar von ihr entdeckt worden. Buchstäblich in letzter Sekunde war es ihm gelungen, hinter seinem großen SUV in Deckung zu gehen. Keinen Verdacht erregen, sich nur da in ihrer Nähe sehen lassen, wo es normal war, das war für seinen Plan immens wichtig. Sie durfte nicht einmal ansatzweise ahnen, dass er sie beobachtete, mehr als ein berufliches Interesse an ihr hatte. So lange nicht, bis er bereit war, sich ihr zu erkennen zu geben.

Immer aufs Neue stellte er sich diesen Moment vor, schmückte ihn aus, änderte Kleinigkeiten, begann wieder von vorn. Er wurde nicht müde, die Worte zu wiederholen, die sie sagen würde, ihre Erklärungen und Entschuldigungen, sie hier und da leicht zu verändern. Sich dann ihr Erschrecken und schließlich ihre Angst auszumalen. Sie würde sich fragen, wie sie ihn so schäbig hatte behandeln können, seine Geschenke derart missachten. Irgendwann würde sie seine Hände nehmen, ihn demütig um Verzeihung bitten, darauf warten, dass er ihre gestammelten Entschuldigungen annehmen würde. Vergeblich, denn das würde er natürlich nicht tun. Ab dem Moment, wo er sich ihr zu erkennen gab, bestimmte er die Regeln, darüber durfte zu keinem Zeitpunkt Unklarheit bestehen. Bis es endlich so weit war, musste er wie ein Schatten sein, immer da, aber nicht weiter beachtet.

Darum folgte er ihr, bis sie bei ihrer Wohnung angekommen war und die Tür hinter sich geschlossen hatte, dann ging auch er nach Hause. Es war an der Zeit für ein weiteres Geschenk, auch wenn er mit großer Verärgerung registriert hatte, dass sie bisher keines zu würdigen wusste. Dafür musste er sie später besonders bestrafen, schließlich hatte es ihn viel Zeit und ein kleines Vermögen gekostet, an diese Karten für *A Touch of Silver* zu kommen. Es war aber wichtig gewesen, er hatte sie sehen wollen, beobachten, wissen, ob sie die Faszination begriff, die von ihm ausging. Von Eddy Silver, nicht von seinem Double, der sich abmühte, die richtigen Töne zu treffen, seine großen Gesten zu imitieren. Vergebens. Er war ein Nichts im Vergleich zum genialen, wunderbaren, unerreichten Original. Übermenschlich, gottgleich verehrt und von der Welt geliebt wie kein Zweiter. Ein Genie, losgelöst und unbeeindruckt von der Spießigkeit der Welt, nur mehr Verachtung übrig für die, die ihn verkannt hatten. Gestorben, und durch ihn und für ihn wiedergeboren. Er stand in der Mitte der kleinen Küche, die Arme ausgebreitet, die Augen geschlossen, den Mund leicht geöffnet. Er lächelte verklärt bei dem Gedanken, dass die Welt bald erneut durch sein Licht erleuchtet werden würde. Nach einer Weile ließ er die Arme fallen, öffnete die Augen und schaute sich verwirrt um. Es fiel ihm immer schwerer aus seinen Träumen in die Realität zurückzukehren, aber es gab noch viel zu tun für ihn. Er öffnete eine Schublade, entnahm ihr eine Pfanne, stellte sie auf die kleine Kochplatte und ließ etwas Butter in ihr zerlaufen. Aus dem Kühlschrank holte er eine von zwei Schüsseln und füllte den Inhalt vorsichtig um, in die heiße Pfanne. Er musste sich beeilen, sie sollte sein Geschenk noch heute bekommen, wissen, dass er in ihrer Nähe gewesen war, immer in ihrer Nähe sein würde. Lange hatte er darüber nachgedacht, wie sein nächstes Geschenk für sie aussehen sollte. Persönlich, aber nicht banal. Er hatte mit Eddy darüber diskutiert, der niemals Blumen oder Pralinen verschenkt hätte, niemals so fantasielos gewesen wäre, wie er. Das war ihm plötzlich schrecklich peinlich gewesen und er hätte es gern ungeschehen gemacht. Darum musste es jetzt etwas sein, was ihr noch niemand geschenkt hatte, etwas, dass auf ihn hinwies, ohne ihn zu enttarnen. Und dann hatte Eddy ihn auf die Idee gebracht, diese absolut einzigartige, geniale Idee.

-10-

„Was ist das denn für eine perverse Scheiße“, fragte Hella in angewidertem Tonfall und zeigte auf den Inhalt der Schachtel.

Tabea und ich beugten uns gleichzeitig vor. Da lagen auf einer Papierserviette, die ein Abbild von Eddy Silver mit nacktem Oberkörper zierte, kleine, runde, knusprig gebratene Fleischbällchen, die so verführerisch dufteten, dass Alli umgehend Elfie vergaß und angerannt kam.

„Wow, das nenne ich mal ein praktisches Geschenk“, sagte ich, streckte die Hand nach dem Inhalt aus, wurde aber von Tabea daran gehindert.

„Finger weg von dem Zeug, auch den Karton nicht mehr anfassen, wer weiß, was der Typ da verbraten hat.“ Tabea war in ihrem Element. „Ich brauche eine große Plastiktüte“, forderte sie, während sie bereits das Handy am Ohr hatte. „Kollege Burkhardt? Ich bin‘s schon wieder. Sie werden es kaum glauben, aber wir haben gerade ein Päckchen mit Hackfleischbällchen vor der Tür gefunden. Gebratene Hackfleischbällchen, jedes fein säuberlich auf ein Holzstäbchen gesteckt. Ich bin sicher, der edle Spender ist der gleiche, der auch die Köder an Hunde verfüttert, diese Ähnlichkeit ist kein Zufall. Wie bitte? Ja, kein Problem, das kann ich machen. Vielen Dank, bis dann.“ Sie packte das Smartphone weg und mit spitzen Fingern das Päckchen in die von Hella herbeigebrachte Plastiktüte. „Wir bringen das zur Polizei, Burkhardt gibt dort Bescheid, damit keiner annimmt, es sei vom Pizzaservice. Hella? Ich bin sicher, du hast einen sehr verwirrten Verehrer. Selbst wenn die einwandfrei sein sollten, nicht vergiftet, nicht mit irgendwelchen Dingen versehen, welcher normale Mann stellt einer Frau Hackfleisch vor die Tür?“

„Ein Koch? Jemand, der Frikadellen mag? Jemand, der weiß, dass sie Frikadellen mag? Magst du Frikadellen, Hella?“

„Hör auf mit dem Unsinn, Deti, das ist nicht witzig. Ich bin sicher, das ist kein Zufall. Die sind von dem gleichen Typen, der die Hunde umbringt“, sagte Tabea energisch und Hella nickte zustimmend.

„Gut möglich, aber dann muss der doch vollkommen durchgeknallt sein, oder? Er bringt auf grausame Art und Weise Hunde um, sogar meinen eigenen und stellt mir zum Trost dafür Frikadellen vor die Tür? Geht‘s noch abgefahrener?“

„Ich glaube nicht, dass der dich trösten will“, wehrte Tabea ab. „Eher deutlich machen, dass er unbemerkt immer in deiner Nähe ist.“

„Fuck, wer tut so was? Was will der von mir? Wer ist das?“ Hella sah ratlos von einem zum anderen.

„Erinnerst du dich, was ich gestern zu dir gesagt habe? Dass es vielleicht gar nicht um die Hunde geht, sondern um die Halter?“, sagte ich nachdenklich. „Dass der Kerl, und ich bin jetzt absolut sicher, dass es ein Mann ist, ein paar tote Tiere als Kollateralschaden in Kauf nimmt, um sein eigentliches Opfer zu treffen? Ich denke, ich hatte Recht und sein eigentliches Opfer bist du!“

„Opfer? Seit wann macht man seinem Opfer Geschenke? Und wieso bringt er dazu Hunde um?“

„Na ja, es mag weit hergeholt sein“, sinnierte Tabea, „aber vielleicht sind die verletzten Hunde tatsächlich eine Art Geschenk für dich. Schließlich bist du Tierärztin, es ist dein Beruf, ihnen zu helfen. Vielleicht möchte er dich als Heldin gefeiert sehen. Und außerdem tust du das sicher nicht umsonst. Ich gehe davon aus, dass du den Besitzern irgendwann eine Rechnung für deine Arbeit schickst, oder?“

„Na ja, sicher. Nicht sofort, das finde ich pietätlos, aber irgendwann natürlich. Ich lebe von meiner Arbeit, daher kann ich sie leider nicht kostenfrei anbieten.“

„Genau das meine ich. Er legt Köder aus, Hunde fressen sie, müssen zu dir gebracht werden. Ob die Tiere überleben oder sterben ist dann vollkommen egal, am Ende profitierst du davon. Das ist sein Geschenk an dich.“

„Oh Gott, das ist ja noch perverser als ich gedacht habe“, stöhnte Hella. „Nee, das ist doch Quatsch“, widersprach sie dann. „Es gibt in Zweibrücken nicht nur mich, und nicht alle verletzten Hunde werden zu mir gebracht.“

„Das nimmt er vielleicht in Kauf. Du hast erzählt, dass alle Hunde, die bei dir zur Behandlung waren, in einem bestimmten Gebiet die Köder aufgenommen haben. Wie viele Tierärzte gibt es denn, die nicht viel weiter entfernt von diesem Rosengarten sind?“

„Mit der Tierklinik und mir vier.“

„Okay, das ist überschaubar. Wir müssen rausfinden, ob es einen Peak gibt, also, wann die verletzten Tiere in deine Praxis gebracht wurden. Vielleicht weist etwas darauf hin, dass die meisten anderen Tierärzte da geschlossen hatten oder so was. Weißt du, ob es sich bei den von dir behandelten Hunden um solche handelte, die vorher noch nie bei dir waren?“

„Nein, ich kannte sie alle, da war nicht ein Fremder dabei. Okay, die Kollegen wollte ich ja morgen anrufen, mache ich es eben schon heute. Ich kann mich ohnehin nicht mehr auf meine Buchhaltung konzentrieren. Aber deine Theorie hinkt, Tabea. Rund um den Rosengarten gehen Unmengen Hundehalter mit ihren Tieren spazieren. Von überall her, also, die wohnen nicht alle da in der Nähe und manche Hunde zeigen ja auch erst spät Symptome. Da sind die Leute längst wieder Zuhause und fahren dann zu dem Tierarzt, bei dem sie auch sonst in Behandlung sind.“

„Hast recht, war eine blöde Idee von mir, obwohl, ne warte mal, so blöd vielleicht doch nicht. Warum nur in, na sagen wir, einem Radius von etwa zwei Kilometern? Warum nicht auch woanders? Das muss doch einen Grund haben, so was ist kein Zufall. Fällt euch einer ein?"

Hella und ich guckten uns an und schüttelten synchron die Köpfe.

„Vielleicht wohnt er in der Nähe und hat kein Auto", sagte Hella dann etwas zögernd.

„Oder er arbeitet da irgendwo, weiß, wer, wann mit seinem Hund da langgeht."

„Möglich, nickte Hella, einen Teil kann man sicherlich vom Gestüt aus überblicken, vielleicht auch von den Behörden rund um Herzog- und Goetheplatz. Na ja, dann ist da noch der Rosengarten und das Hotel, mehr ist da nicht."

„Ich weiß nicht, ich glaube einfach nicht, dass es Zufall ist, dass deine Praxis so nah am Ort des Geschehens liegt. Nee, das ist gewollt. Vielleicht geht er davon aus, dass die Halter sehr schnell bemerken, dass was mit ihren Hunden nicht stimmt und dann in die nächste Praxis rasen, die erreichbar ist. Wir müssen das überprüfen; mehr haben wir für den Moment ja nicht."

„Okay, ich telefoniere mit meinen Kollegen und ihr seid so nett und bringt dieses widerliche Präsent zur Polizei und sucht euch dann endlich ein Hotelzimmer."

„Wir können dich nicht hier allein lassen, wer weiß, was dem Typen als nächstes einfällt", wandte ich ein, „denn ich glaube nicht an deine Theorie, Tabea. Du weißt, ich widerspreche dir ungern, aber ich habe eher den Eindruck, der Typ will Hella bestrafen und nicht zur Heldin hochstilisieren. Sie ist Tierärztin, ja, aber das heißt doch nicht, dass es sie kalt lässt, wenn alle paar Tage ein Hund auf ihrem Tisch stirbt. Zumal es auch noch ihren eigenen getroffen hat.

Nee, ich bin sicher, dieses kranke Arschloch will sie für irgendwas bestrafen. Denk nach, Hella, denk ganz genau nach! Wem könntest du in letzter Zeit auf die Füße getreten haben? Muss kein Hundehalter gewesen sein, also niemand von deinen Patienten."

Hella hatte mir mit offenem Mund zugehört und starrte jetzt Tabea an. Die nickte langsam und sagte: „Durchaus ebenfalls möglich, dann müssen wir das allerdings sehr viel ernster nehmen. Wenn sich der Typ für irgendwas an dir rächen will und dafür den Tod von Dutzenden Hunden in Kauf nimmt, dann ist der keiner der üblichen Hundehasser, dann ist der ausgesprochen gefährlich, auch für dich."

„Unsinn, ich bin ein großes Mädchen und kann auf mich aufpassen. Außerdem habe ich Elfie, die lässt keine bösen Buben ins Haus."

„Vergiss Alli nicht, er sieht zwar aus wie ein Dackel, aber wenn's drauf ankommt, mutiert er zum Höllenhund, er hat mir schon mehrfach das Leben gerettet."

„Klar, indem er auf der Flucht jemandem zwischen die Beine gerannt ist oder gebissen hat, weil er sich im Schlaf gestört fühlte", lachte Tabea und unterbrach meinen Protest mit einer Handbewegung.

„Schon gut, ich weiß, Alli ist ein Held, ich gehe aber nicht davon aus, dass er das heute Abend unter Beweis stellen muss. Der Typ kommt nicht wieder, ganz sicher nicht. Der will sich noch nicht zu erkennen geben, sonst hätte er es längst getan. Der spielt mit dir, Hella, er kocht dich auf kleiner Flamme gar. Er macht dir Angst, er kriecht in deine Gedanken, das ist es, was er will.

"Da kann er lange warten und sich in der Zwischenzeit einen runterholen."

Hella war zweifellos stinksauer. „Ich bin doch kein Kind mehr, das sich vor Gespenstern fürchtet. Der soll nur kommen, ich kann mit einem Skalpell umgehen, also auch mit einem Messer und davon gibt's hier reichlich." Sie zeigte auf den gut bestückten Messerblock auf der Anrichte. „Niemand sollte sich mit jemandem anlegen, der die Berechtigung hat, tödliche Injektionen zu verabreichen."

„Na gut, überzeugt", nickte ich, packte die Plastiktüte mit dem Corpus Delicti und verließ mit Tabea das Haus. Alli hatte schon vor geraumer Zeit die Hoffnung auf Frikadellen aufgegeben und ließ sich nicht mehr blicken.

Wir nahmen den Porsche und machten uns auf den Weg. Begrüßt wurden wir von Oberkommissar Schwerer, der uns die Tür öffnete.

„Frau Kollegin, Sie so schnell wiederzusehen, hätte ich nicht erwartet. Ah, und der verschwundene Zeuge ist auch dabei. Kollege Burkhardt hat uns bereits informiert, dass sie ein merkwürdiges Päckchen vorbeibringen würden. Was ist denn drin?"

„Frikadellen", antwortete Tabea „und es könnte sein, dass die es in sich haben. Wenn Sie mich fragen, hängt dieses Geschenk mit dem Typen zusammen, der präparierte Köder auslegt, um Hunde umzubringen. Und, jetzt lehne ich mich noch weiter aus dem Fenster, es würde mich nicht wundern, wenn auch der Tote von heute Morgen, da irgendwie reinpasst. Das ist aber ein reines Bauchgefühl, nicht mehr. Noch nicht."

„Gut, Bauchgefühle von Frauen darf man nicht unterschätzen", grinste Schwerer und nahm mir die Plastiktüte ab. „Dann kommen Sie mal mit, Sie müssen Ihre Zeugenaussage zu Protokoll geben und unterschreiben."

Ich verdrehte die Augen zur Zimmerdecke, sah mein gemütliches Bett in einem schönen Hotelzimmer in weite Ferne entschwinden und folgte ihm ergeben.

Eine dreiviertel Stunde später standen wir erneut an der Rezeption vom „Hotel am Rosengarten“ und erfuhren, dass sie kein Zimmer mehr freihatten. „Wir sind komplett ausgebucht, tut mir sehr leid“, sagte die freundliche Dame hinter dem Counter, bot aber an, in der Fasanerie nachzufragen. Zwei Minuten später erhielten wir die erfreuliche Nachricht, dass dort noch eine Suite für uns frei wäre. Ich verkniff mir die Bemerkung, dass es ein einfaches Doppelzimmer auch tun würde, nickte enthusiastisch und ließ mir die Adresse geben.

Nach einer kurzen, sehr ruckeligen Fahrt über sehr schlechte Straßen, standen wir vor dem „Romantikhotel Landschloss Fasanerie“ und was ich sah, erfüllte meine Vorstellungen von Romantik durchaus. Auch unsere Suite ließ keine Wünsche offen. Allein die große, frei im Bad stehende Wanne, war jeden Preis wert. Als wir kurz darauf auf dem Balkon standen und über den Wildrosengarten schauten, hätte ich diesen Augenblick gern für die Ewigkeit festgehalten. Leider war es auch nicht viel mehr als ein Augenblick, denn natürlich klingelte genau jetzt Tabeas Smartphone. Sie schaute auf das Display, runzelte die Stirn, löste sich aus meinem Arm und ging zurück ins Zimmer.

-11-

Sarah Schmitz saß in ihrem Büro und dachte über den Morgen in Zweibrücken nach. Sie zweifelte daran, dass der Mann eines natürlichen Todes gestorben war, auch wenn keine äußerlichen Anzeichen für ein Gewaltverbrechen zu finden gewesen waren. Welcher Mann lief denn gegen Mitternacht draußen rum, ohne Papiere, ohne Schlüssel, ohne Geld? Nein, der war mit hoher Wahrscheinlichkeit Opfer eines Überfalls geworden, und die Täter hatten ihm die Brieftasche und alles andere abgenommen. Vielleicht nach einem heftigen Schlag auf den Solar Plexus, der das Erbrechen erklärte, an dem er unglücklicherweise erstickt war?

Vielleicht hatte er auch ein schwaches Herz gehabt, und das war der Aufregung nicht gewachsen gewesen? Es gab unendlich viele Möglichkeiten ums Leben zu kommen, die nicht auf den ersten Blick ersichtlich waren. Menschen waren fragile Geschöpfe, die keine Ähnlichkeit mit Filmhelden hatten. Sie starrte das Telefon an, das auf ihrem Schreibtisch stand, versuchte, es mit ihrem Blick zum Klingeln zu zwingen. Da das nicht klappte, nahm sie ihr Handy, rief in Zweibrücken an, nur um zu erfahren, dass kein Mann, auf den die Beschreibung des Toten gepasst hätte, als vermisst gemeldet worden war.

Sie bat noch einmal nachdrücklich darum, im Falle eines Falles umgehend informiert zu werden, wandte sich dann ihrem PC zu und rief die Akte von Oberkommissar Sand auf. Das Foto zeigte einen Mann zwischen 35 und 40 Jahren mit einem sympathischen Lächeln, braunen, kurzen Haaren und braunen Augen.

„Du bist also einer von denen, der zugeben kann, dass eine Frau tüchtig ist“, sagte sie und lachte leise. „Dann wollen wir mal hoffen, dass das auch so bleibt, wenn eine Frau deine Chefin ist.“ Sie scrollte weiter bis zum Profil von Tabea Kühn. Eine Weile las sie schweigend, nickte ab und zu, starrte zwischendurch auf das Telefon und las wieder weiter. Als sie den Computer schließlich runterfuhr, war sie bereit für heute Feierabend zu machen und die Aufklärung des mysteriösen Todesfalls auf morgen zu verschieben.

Gerade als sie einen Arm in ihre lindgrüne Lederjacke steckte, klingelte der Apparat. Sie schüttelte die Jacke ab, die auf dem Boden landete und nahm das Mobilteil auf. Zwei Minuten lauschte sie schweigend, machte sich ein paar Notizen auf ein Blatt Papier, sagte: *Danke, Ihnen auch* und tippte eine neue Nummer. Fünf Minuten später verließ sie, mit dem Blatt in der Hand den Raum, auf der Suche nach einem Kollegen vom KDD.

Husseyin Karaman saß auf seinem Stuhl, eine nicht angezündete Zigarette im Mundwinkel, die Füße auf dem Schreibtisch. Als die Tür aufging, schaute er gelangweilt hoch, nahm dann aber die Füße runter und die Zigarette aus dem Mund. „Chefin, was machst du noch hier?“, wollte er wissen. „Es ist Sonntagabend, hast du kein Leben?“

„Keine Ahnung, Hus, manchmal weiß ich das selbst nicht mehr genau. Ich habe gerade mit dem Rechtsmediziner telefoniert. Der hat ein kleines Wunder vollbracht oder vielleicht hat auch er kein Leben, keine Ahnung. Auf alle Fälle hat er die Leiche von heute Morgen bereits obduziert und siehe da, keine Krankheit, kein Unfall, sondern Mord. Sogar ein besonderer Mord; ein kulinarischer sozusagen. Irgendjemand hat ihm Frikadellen, Kartoffelpüree und gemischten Salat serviert, met sehr viel Öllich. Leider stammten die nicht vom Wochenmarkt, sondern aus der Botanik. Dat waren Öllich vun der Herbstzeitlosen. Perfide, das schmeckt man nicht und wirken tut es erst mit großer Verzögerung, dann allerdings zuverlässig und tödlich.“

„Mit was?“ Karamans Gesicht war ein einziges Fragezeichen. Schmitz lachte, es freute sie, wenn ihre wahllos ins Gespräch gestreuten kölschen Vokabeln auf Unverständnis stießen. Natürlich sprach sie ein fast akzentfreies Hochdeutsch, aber sie konnte auch klingen, wie jemand aus der Kayjass Nr. Null.

„Mit Zwiebeln, Hus, mit Zwiebeln von der Herbstzeitlosen.“

„Dann war das eine Frau, darauf wette ich um den nächsten Döner“, nickte Karaman. „Frauen töten mit Gift, Männer nicht. Boh, wie gemein, stell dir das bloß mal vor. Da lädt dich deine Freundin oder Ehefrau zum Essen ein, dir schmeckt´s richtig gut, du haust rein und die beobachtet dich. Freut sich über jeden Bissen, den du isst, weil sie genau weiß, es ist deine letzte Mahlzeit, deine Henkersmahlzeit sozusagen. Frauen sind grausam.“

„Wie schön, dass du so gar keine Vorurteile hast“, lachte Sarah, „als ob Männer nicht auch morden würden. Sogar deutlich öfter als Frauen, wie du sehr wohl weißt.“

„Ja, Chefin, aber doch nicht so. Die schießen, nehmen ein Messer oder das Auto, legen Feuer, hauen dir einen Baseballschläger auf den Kopf, aber die kochen nicht mit Herbst ... wie heißt das Zeug?“

„Herbstzeitlose, gibt es fast überall, sieht aus wie ein Krokus, wenn dir das was sagt, sind aber hoch giftig. Darum wird diese Pflanze von Futterwiesen immer entfernt, weil sich auch das Vieh damit vergiftet, selbst getrocknet im Heu ist die noch gefährlich. Ein unscheinbares kleines Pflänzchen, aber sehr wirkungsvoll.“

„Hat der Mann das nicht geschmeckt? Ich meine, irgendwie ist die bestimmt bitter oder so?“

„Keine Ahnung, wie die schmeckt, ich habe nicht vor, eine zu probieren. Sie war aber in größerer Menge in seinem Magen, also muss er sie gegessen haben. Laut Dr. Renschler hat der Mann die Mahlzeit zwischen 20.00 und 21.00 Uhr zu sich genommen und dazu eine Menge Rotwein getrunken. Vielleicht hat der seine

Geschmacksnerven lahm gelegt, oder andere Gewürze haben den Geschmack überdeckt. Irgendwann hat er vermutlich begriffen, dass irgendwas nicht stimmt, ist panisch, ohne Papiere, ohne Schlüssel, sogar ohne Handy aus dem Haus gerannt. Vielleicht wollte er Hilfe holen, hat es nicht mehr geschafft und ist vor dieser Bank zusammengebrochen. In diesem Fall wundert es mich nicht, dass ihn niemand als vermisst gemeldet hat. Vermutlich ist die Köchin längst in ein Nichtauslieferungsland geflohen. Erst wenn er morgen nicht zur Arbeit erscheint, seine Mutter, Kinder, irgendwer sonst ihn vergeblich zu erreichen versuchen, wird sich da was tun, und das kann durchaus mal eine Woche und länger dauern. Vielleicht hat er gerade Urlaub, ist Waise und kinderlos, was weiß ich. Aber die von der Rheinpfalz haben mir versprochen, ein Bild von ihm noch in die morgige Ausgabe zu setzen. Ich hoffe schwer, dass ihn irgendwer erkennt und sich bei uns meldet, dann sehen wir weiter."

„Tamam, können wir heute nichts mehr machen, müssen abwarten, was morgen kommt. Was ist aber, wenn nicht nur er diese merkwürdige Blume gegessen hat, sondern auch noch andere Leute?", wollte Karaman wissen.

„Wie kommst du denn darauf?", glaubst du, da läuft ein irrer Koch in der Gegend rum und vergiftet seine Gäste, oder was?"

„Muss kein Koch sein, aber überleg mal. Irgendjemand hat ihm das Essen gekocht, denn ich kann mir nicht vorstellen, dass sich der Mann auf derart komplizierte Art selber getötet hat. Also, wer war das? Er ist um die dreißig, wird wohl kaum noch bei Mama wohnen, ist vielleicht verheiratet, oder zumindest liiert. Vermutlich mit einer Frau; weil Gift im Spiel ist. Die hat einen anderen, will ihn loswerden, gräbt den Krokus aus, schnippelt die Zwiebel in die Köfte und freut sich, demnächst Witwe zu sein. Damit sie keiner aufhält, lädt sie die Familie dazu ein,

Schwiegermutter, den Papa, vielleicht die Oma. Na, was sagst du dazu?“

„Und die sitzen alle stillschweigend, weil tot, um den Esstisch versammelt? Das ist doch Unsinn! Was, wenn er doch selber gekocht hat und nicht wusste, dass die Zwiebel von der Herbstzeitlosen stammt. Vielleicht lag die zufällig in der Küche, weil die Frau sie in den Garten pflanzen wollte?“

„Klar“ höhnte Karaman, der seine Theorie nicht gewürdigt sah, „was sonst. Wer legt so gefährliche Pflanzen in die Küche und wer will die im Garten haben?“

„Die kann man ganz normal kaufen, es gibt schließlich Unmengen an giftigen Pflanzen in unseren Gärten. Fingerhut, Eisenhut, Oleander, Engelstrompete, alle schön, aber auch schön giftig. Trotzdem, nehmen wir mal an, du hast Recht, er ist verheiratet und seine Frau vergiftet ihn. Er bemerkt, dass ihm übel wird, er sich furchtbar fühlt, warum rennt er aus der Wohnung? Warum nimmt er nicht das Telefon und ruft einen Krankenwagen oder die Polizei?“

„Er hat vielleicht gar nichts bemerkt. Sie schlägt ihm hinterlistig einen Abendspaziergang vor, frische Luft, nach dem schweren Essen. Sie gehen zusammen los, dann wird ihm übel, er übergibt sich, bricht zusammen. Jetzt muss sie ihm nur noch die Sachen abnehmen, damit sich die Identifizierung verzögert. Danach geht die gemütlich nach Hause ins Bett. Frauen sind da völlig skrupellos.“

„Na danke, du hast wirklich ein realistisches Frauenbild, ich glaube trotzdem nicht, dass es so war. Das wäre viel zu riskant. Der Herzogplatz ist nicht irgendwo in der Waldeinsamkeit, der liegt mitten in der Stadt. Die Gefahr, gesehen zu werden, ist viel zu hoch. Ne, Hus, so war das nicht, aber denk dich ruhig weiter in die finsteren Seelen von uns Frauen. Was fällt dir noch ein?“

„Sie hat ihn zur Tanke geschickt, weil das Bier alle war?“

„Sie haben Rotwein getrunken, kein Bier, und er hatte an die 1,8 Promille im Blut, wäre also wohl kaum Auto gefahren. Na gut, wenn er neben einer Tankstelle gewohnt hat, vielleicht Zigaretten oder so was. Möglich wäre es, auch wenn ich das nicht glaube, weil es am Fundort keine Tanke gibt.“

„Vielleicht ist ihr Lover aufgetaucht oder sie hat ihm zumindest gesagt, dass es einen gibt. Ja genau, das ist die Lösung, pass auf: Sie sitzen am Tisch und essen, sie weiß, dass es nicht mehr lange dauern wird, bis er merkt, dass was nicht stimmt. Sie will ihm aber noch einmal eine reinwürgen, sagt ihm, dass er ein Schlappschwanz ist und sie einen neuen hat. Boh, Frauen können sowas von grausam sein, sage ich dir. Okay, er ist außer sich, schreit: *‚Wer ist der Kerl, ich bringe ihn um‘*. Sie sagt es ihm, er springt auf, rennt aus der Wohnung, kommt aber nicht mehr weit, fällt um, aus die Maus. Na, was sagst du jetzt?“

„So könnte es vielleicht gewesen sein. Würde zumindest erklären, warum er ohne Papiere und dergleichen aufgefunden wurde. Also, immer vorausgesetzt, es war kein Raubüberfall oder zumindest Leichenfledderei. Das würde bedeuten, es gibt irgendwo in der Nähe des Herzogplatz‘ eine Frau, die weiß, dass ihr Ehemann nicht mehr lebt, die vielleicht sogar unsere Aktivitäten heute Morgen beobachtet hat. Dass die ihn nicht als vermisst melden wird, dürfte klar sein, so dumm ist die nicht. In diesem Fall glaube ich eher, dass die längst nicht mehr in Deutschland ist, denn dass die Tat geplant war, sieht man deutlich an den Umständen. Also wird sie ihre Flucht genau so sorgfältig geplant haben, wie das Abendessen. Ganz schön kaltschnäuzig die Dame, da gebe ich dir recht. Wie dem auch sei, wir müssen mit allen Kräften daran arbeiten, seine Identität schnell zu klären und rausfinden, wer ihm das angetan hat. Wie schön, dass wir gleich zwei neue Kollegen bekommen, die können wir verdammt gut gebrauchen. Ihren Urlaub müssen allerdings beide verschieben, das werde ich ihnen umgehend mitteilen. Sozusagen als Willkommensgeschenk, die werden bestimmt begeistert sein. Wir sehen uns morgen früh, Hus, machet jot und hoffentlich einen ruhigen Abend."

„Danke, Chefin, ich bin gespannt auf die Neuen. Hoffentlich machen die keinen Stress hier bei uns", antwortete Karaman. „Wie sagt ihr Deutschen so treffend: Neue Besen kehren gut und so." Er grinste, legte die Füße wieder auf den Schreibtisch und begann eine Partie Solitär.

Schmitz lachte in sich hinein, als sie über den langen Korridor mit den vielen Türen zum Ausgang lief. Karaman war deutscher als sie alle zusammen, auch wenn er gern jedes Klischee, das über Türken im Umlauf war, bediente. Er konnte reden, als sei er gerade aus Anatolien gekommen oder in Köln Mühlheim aufgewachsen, baggerte schamlos alle Beamtinnen an und schnorrte, wo immer es was zu schnorren gab. Allerdings machte er das so charmant, dass niemand sich je über ihn beschwert hatte. Außerdem war er ein hervorragender Kriminalist, ein scharfer Denker, der sich sowohl in die Opfer als auch in die Täter hineinversetzen konnte. Sie hatte nicht lange gebraucht, ihn zu mögen und sie wusste, dass sie sich auf ihn in jeder Situation verlassen konnte. Im Fahrstuhl angekommen, zog sie ihr Smartphone aus der Tasche und tippte die Nummer von Tabea Kühn. Zeit, sie wissen zu lassen, dass der Honeymoon vorbei war, weil sie einen neuen Job hatte.

-12-

„Tut mir total leid, aber ist nichts mit Urlaub, ich bin ab morgen früh 8.00 Uhr offiziell beim K1 in Kaiserslautern. Vermutlich muss auch Sand bereits morgen früh erscheinen, es sei denn, wir klären den Fall zügig auf. Beate wird nicht begeistert sein, sie hat sich so auf zwei Wochen Nordsee gefreut. Ach so, der Tote von heute Morgen ist keines natürlichen Todes gestorben, er wurde mit den Zwiebeln der Herbstzeitlosen vergiftet, die ihm jemand ins Essen gemischt hat, vermutlich in Frikadellen. Die Schmitz meint, aller Wahrscheinlichkeit nach eine Frau. Vielleicht die Ehefrau, die vermutlich bereits das Land verlassen hat. Damit hat sie verdammt gute Chancen, nicht aufgehalten zu werden, schließlich haben wir keine Ahnung, wer der Mann ist und bis wir das rauskriegen, ist die über alle Berge. Die Rheinpfalz veröffentlicht immerhin bereits morgen ein Bild von ihm. Wenn wir Glück haben, meldet sich schnell jemand."

„Heißt das, du bleibst hier? Fährst gar nicht mehr zurück nach Lu? Wo willst du wohnen, oder willst du pendeln? Das ist ganz schön weit und ..."

„Halt die Luft an Deti, mach mal langsam, das weiß ich doch alles selbst noch nicht. Bis vor wenigen Minuten wusste ich nicht, dass ich schon morgen in Kaiserslautern anfangen kann. Ich konnte aber schlecht zu meiner neuen Chefin sagen, dass das leider nicht geht, da ich hier noch keine Wohnung habe, oder?"

„Vermutlich nicht. Gut, lass uns nachdenken. Bis zu mir nach Dürkheim sind es ungefähr hundert Kilometer, das ist machbar, kostet dich allerdings täglich mindestens zwei Stunden auf der Autobahn. Wir könnten Hella fragen, ob sie uns übergangsweise ihr Gästezimmer vermietet, bis wir eine Pension ausfindig machen oder ein Hotel suchen, das wir uns auf längere Sicht leisten können.

„Ja, machen wir alles, aber eins nach dem anderen. Heute Abend werden wir das ohnehin nicht mehr lösen, also können wir uns auch erfreulicheren Dingen zuwenden, schließlich sind wir frisch verlobt."

Tabea lächelte verführerisch, nahm meine Hand und zog mich zu dem breiten Bett hinüber. Ich wollte noch etwas einwenden, aber sie legte mir ihre Hand auf den Mund und dann fand ich auch, dass so eine Verlobung besondere Beachtung verdient. Ebenso wie die luxuriöse Badewanne, die wir etwas später ebenfalls ausnutzten.

„Boh, was sind wir dekadent", lachte Tabea und hielt ihr Champagnerglas in die Höhe. Teures Badeöl, ein edles Tröpfchen und dich, Herz, was willst du mehr?"

„Ich wüsste da noch eine Kleinigkeit", antwortete ich, nahm ihr das Glas aus der Hand und stellte es auf dem Boden ab.

Als Folge unserer Schwelgerei kriegte ich am nächsten Morgen kaum die Augen auf, und auch Tabea schlief noch tief und fest, als wieder einmal ihr Telefon klingelte. Ich begann zu befürchten, dass sich das zu einer unschönen Gewohnheit entwickeln könnte, drückte ihr einen schnellen Kuss auf die Wange und schwang mich unter die Dusche. Ich ahnte, dass aus einem weiteren Bad in der tollen Wanne nichts werden würde und hatte Recht. Immerhin kam sie aber zu mir unter die Dusche und es blieb uns noch genug Zeit, unsere Verlobungsfeier ein bisschen zu verlängern.

„Ich darf dich nicht in Polizeiinterna einweihen, das weißt du ja, aber ich verrate dir ausnahmsweise, dass sich bereits jemand gemeldet hat, der unseren Toten identifizieren konnte. Ich treffe mich mit Burkhardt und Schmitz in Zweibrücken. Wir werden uns also wohl erst gegen Abend wiedersehen, aber du hast ja auch zu tun. Finde den Kerl, der Hunde umbringt und Frauen Fleischbällchen vor die Tür legt. Ich bin übrigens verdammt gespannt, ob die nicht vielleicht ebenfalls mit diesen giftigen Zwiebeln versetzt waren. Sobald ich offiziell vorgestellt wurde, werde ich nachfragen, ob oder ob nicht und Hella informieren. Wollen wir das Zimmer noch eine Nacht behalten, was meinst du?"

Ich überschlug in Gedanken meine Finanzen, schob die Realität beiseite und nickte begeistert.

„Machen wir, so oft verlobt man sich schließlich nicht. Ich wünsche dir einen erfolgreichen ersten Arbeitstag und drück du mir die Daumen, dass ich heute irgendwas über diesen Mistkerl rausfinde."

An der Rezeption bestätigte man mir erfreut, dass es keinerlei Problem sei, unsere Suite für eine weitere Nacht zu reservieren, fragte nach, ob wir gut geschlafen hätten und wies uns den Weg zum Frühstücksraum. Einen Augenblick lang war ich versucht zu fragen, ob sie vielleicht auch ein einfaches Doppelzimmer frei hätten, aber dann war mir das doch zu peinlich. Mit einem bedauernden Schulterzucken teilte ich dem jungen Mann mit, dass wir auf Frühstück leider verzichten mussten, da uns die Arbeit rief.

Er schaffte es, sein Gesicht in bedauernde Falten zu legen und ernst zu sagen: „Das ist wirklich bedauerlich, aber wenn die Pflicht ruft, dann muss man folgen."

Ich antwortete nicht, überlegte mir aber auf dem Weg zum Parkplatz, ob ich diesen Satz je zuvor gehört hatte. Auf der kurzen Fahrt zur Polizeiinspektion redeten wir nicht viel, hingen beide unseren Gedanken nach. Auch die Verabschiedung fiel spartanisch aus; ein Nicken, ein Lächeln und Tabea war weg. Ich machte mich auf den Weg zu Hella, entschlossen, den heutigen Tag zu einem erfolgreichen zu machen.

Sie öffnete umgehend, kaum dass ich den Finger von der Klingel genommen hatte und sagte: „Das muss ja eine tolle Nacht gewesen sein, du siehst beschissen aus."

„Nur kein Neid, liebste Freundin", grinste ich, „auch du wirst irgendwann den Mann deiner Träume finden."

„Im Moment habe ich eher den aus meinen Albträumen", stöhnte sie und zeigte auf die Kaffeemaschine. „Mach mir auch noch einen, bitte, ich muss noch schnell ins Bad. Alli und Elfie sind im Garten."

Keine Ahnung warum, aber urplötzlich kroch mir Angst den Rücken hoch. Ich spurtete zur Terrassentür, riss sie auf und brüllte in heller Panik nach meinem Hund.

-13-

Er war verärgert, nein, mehr als das, er war wütend. Wütend und enttäuscht. Nie hätte er das von ihr gedacht, nicht einmal, als sie seine Einladung zum Silverkonzert ignoriert hatte. Da hatte er Entschuldigungen für sie gefunden, ihre Arbeit, ein Notfall in der Praxis, ein Unwohlsein, Bedenken, ein solches Geschenk von einem Unbekannten anzunehmen, aber heute? Nein, heute gab es keine Entschuldigung mehr für sie. Als er ihr gerade das Päckchen vor die Tür legen wollte, war der Dackeltyp mit seiner Freundin aufgetaucht und hätte ihn beinahe erwischt. Erneut konnte er sich erst in letzter Sekunde in seinem Auto in Deckung bringen. Verärgert hatte er hin und her überlegt, was er tun sollte. Nach Hause fahren, ohne ihr sein Geschenk gebracht zu haben, es erneut versuchen, das Risiko eingehen, beim Ablegen gesehen zu werden? Unsicher hatte er eine Weile auf seiner Unterlippe gekaut und die Augen zusammengekniffen, wie es auch Eddy tat. Dazu summte er die Melodie von „Under fire", einem seiner Erfolgshits. Das half ihm immer, sich klarzumachen, wer er jetzt war.

Hoch aufgerichtet, den Kopf in den Nacken geworfen, war er ausgestiegen und zielstrebig auf das Haus zugegangen. Ohne nach rechts oder links zu schauen, hatte er das Päckchen direkt vor der Tür abgelegt. Er war sogar für einen Moment stehengeblieben, bevor er langsam zu seinem Wagen zurückgekehrt und die Tür leise ins Schloss gezogen hatte. Dann war es mit seiner Beherrschung vorbei gewesen. Heftig hatte er mit den Fäusten auf das Lenkrad geschlagen, bevor er sie hoch in die Luft gestoßen, und die angehaltene Luft zischend durch die fest zusammengebissenen Zähne hatte entweichen lassen. Geschafft, er hatte es geschafft, die Schwäche besiegt, die Angst überwunden. Er wurde mit jedem Mal stärker, das konnte er fühlen, Eddy übernahm immer öfter sein Handeln, und der hatte keine Angst gekannt. Vor nichts und niemandem, nicht einmal vor dem Tod, auch über den hatte er am Ende triumphiert.

Als er schließlich nach dem Zündschlüssel gegriffen hatte, und noch einen letzten Blick auf das Päckchen werfen wollte, ging die Haustür auf und der Typ tauchte zusammen mit seiner Freundin auf. Sie trug eine Plastiktüte und darin war sein Geschenk an Hella. Kein Zweifel, er hatte es mühelos erkennen können. Was sollte das, was ging da vor? Mit steinerner Miene hatte er den Beiden nachgesehen, wie sie in den alten Porsche stiegen. Als sie um die Ecke verschwanden, war er ihnen gefolgt und hatte verständnislos realisiert, dass sie zur Polizeiinspektion fuhren und mit seinem Päckchen hineingingen. Das konnte nur eins bedeuten. Hella hatte wieder nicht begriffen, seine Botschaft nicht verstanden. Erneut drohten ihn die alten Zweifel zu überwältigen. War sie die Auserwählte, die Richtige, die eine, die es Wert war, die Seine zu werden?

Mit zitternden Händen schob er eine CD ein, ließ die Stimme Eddys den Innenraum des Wagens füllen. Er schloss die Augen und überlegte, wie er diese erneute Kränkung ertragen sollte. Am Ende des ersten Songs war er ruhiger und hatte eingesehen, dass der Fehler bei ihm lag. Er hätte wissen müssen, dass der Typ mit dem Dackel und seine Freundin sie überreden würden, zur Polizei zu gehen. Sie hatten ihr eingeredet, dass er einer von diesen kranken Typen war, die Frauen belästigen, indem sie ihnen auflauern, sie mit Anrufen tyrannisieren und ihnen unerwünschte Geschenke machen. Anders war es nicht zu interpretieren. Jetzt galt es, ihr klarzumachen, dass er keineswegs krank war, sie aber allen Grund hatte sich zu fürchten, da nichts und niemand ihn von seinem Plan abbringen würde.

-14-

Als Tabea die Polizeiinspektion an der Landauer Straße betrat, sah sie Burkhardt und Schmitz im Gespräch mit einem Beamten, den sie nicht kannte. Letzterer winkte ihr zu, näher zu kommen.

„Guten Morgen, Kollegin Kühn. Wer hätte gedacht, dass wir uns so schnell wiedersehen würden? Burkhardt kennen Sie schon und das ist der Chef des Hauses, Polizeihauptkommissar Michael Esser. Schön, dass wir Sie überzeugen konnten, schon heute bei uns anzufangen. Hoffentlich war die Autobahn nicht allzu voll?"

Schmitz klang harmlos und nur mäßig interessiert, aber Tabea bemerkte die Spitze und ließ sich nicht darauf ein.

„Guten Morgen, ich freue mich auch hier zu sein, obwohl ich meinen wohlverdienten Urlaub dafür absagen musste. Aber, wie Sie ja wissen, ist auch mein Verlobter gerade in Zweibrücken beschäftigt, so hat das auch sein Gutes."

„Verlobter?" Schmitz riss in gespielter Verwunderung die Augen auf. „Gestern war er doch noch ihr Freund, was ist heute Nacht passiert?"

„Oh, tatsächlich", lachte Tabea, „zwischen gestern und heute ist eine Menge passiert, was interessanter ist als meine Verlobung. Ich bin nämlich sicher, dass hier einige Dinge zusammenhängen, die auf den ersten Blick nichts miteinander gemein haben."

„Ach, das ist interessant, kaum angekommen und schon den Fall gelöst. So kennt man die Kühne. Wunderbar, lassen Sie uns doch schnell an Ihren Erkenntnissen teilhaben." Schmitz klang eindeutig sarkastisch.

Tabea lächelte freundlich, nickte und sagte: „Selbstverständlich, können wir uns dazu irgendwo hinsetzen, oder erledigen wir das hier im Stehen?"

Esser, der dem Geplänkel der beiden Frauen irritiert zugehört hatte, streckte jetzt die Hand aus. „Guten Tag, Kollegin und willkommen bei uns in Zweibrücken. Gehen wir in mein Büro, da gibt es Stühle und wenn Sie mögen sogar Kaffee.“

„Wunderbar, Kaffee kann ich tatsächlich gut gebrauchen, ich habe sehr wenig geschlafen“, sagte Tabea erfreut und schüttelte Esser die Hand.

Als sie alle in seinem Büro angekommen und mit Kaffee versorgt waren, forderte Schmitz sie auf, ihre Gedanken darzulegen.

„Nun, was wissen wir?“, begann sie. „Es gibt in Zweibrücken jemanden, der Hackfleischbällchen auslegt, die mit Gift oder spitzen Gegenständen präpariert sind. Offenbar tut dieser Jemand das immer rund um die Rennbahn und den Rosengarten, also in der Nähe der Innenstadt. Genau dort, nämlich auf dem Herzogplatz, kommt in der Nacht von Samstag auf Sonntag ein Mann zu Tode. Seine Identität kann nicht festgestellt werden, da er keine Papiere bei sich hat. In der gleichen Nacht beobachten zwei Männer einen dritten, der sich so auffällig verhält, dass sie auf ihn aufmerksam werden, obwohl sie sicherlich eher mit sich selbst beschäftigt waren. Wie anders ist es sonst zu erklären, dass sie den Toten vor der Bank nicht entdeckt haben? Bei der Obduktion stellt sich heraus, dass der Mann Hackfleisch gegessen hat, vermutlich Frikadellen, die mit den Zwiebeln der Herbstzeitlosen gewürzt waren. Und last but not least findet gestern Abend eine Bekannte eine Packung mit Hackfleischbällchen vor ihrer Tür. Sie ist Tierärztin, die eine Vielzahl der verletzten oder getöteten Hunde behandelt hat, ja, deren eigener Hund ebenfalls durch einen dieser Köder ums Leben kam. Ich bin sicher, dass alles ist kein Zufall, da gibt es einen Zusammenhang, auch wenn ich noch keine Ahnung habe, welchen.“

„Die Hackfleischbällchen von gestern Abend waren genau das, wonach sie aussahen: Hackfleischbällchen", brachte Esser sich ein. „Kein Gift, keine Nägel, keine Herbstzeitlose, nur gemischtes Hackfleisch, Zwiebeln, Ei und Gewürze. War direkt schade drum, waren bestimmt lecker."

„Also ehrlich, wer einer Frau Frikadellen vor die Tür legt, kann auch sonst nichts Gutes im Schilde führen, oder?" Hauptkommissarin Schmitz schüttelte sich leicht und sah fragend in die Runde.

„Kommt darauf an", antwortete Burkhardt, „in Kriegszeiten hätte er damit bestimmt punkten können, aber heutzutage? Vielleicht weiß er einfach, dass seine Auserwählte die besonders gern isst, oder es hat einen anderen Grund, den wir nur nicht kennen. Das alles kann Zufall sein, auch wenn Kollegin Kühns Bauch was anderes sagt."

„Du willst doch nicht etwa die Intuition von Frauen unterschätzen?" Schmitz funkelte Burkhardt an und machte eine Bewegung, als wolle sie ihre Pistole ziehen.

„Um Himmels Willen, nein, ich bin doch nicht lebensmüde", erwiderte der schnell und hob die Hände zur Decke.

„Okay, wir behalten das jetzt einfach alles im Hinterkopf, ich glaube nämlich, unser Zeuge ist eingetroffen. Also der, der den Toten auf dem Foto erkannt haben will."

„Moment noch", bat Esser. Wir haben natürlich nicht nur diese Hackbällchen auf gefährlichen Inhalt untersucht, sondern auch die Verpackung genauestens betrachtet, einschließlich der Holzstäbchen. Wer immer es war, er hat Handschuhe getragen und er hat eine Katze. Keine Fingerabdrücke, dafür zwei Katzenhaare."

„Okay, nickte Schmitz, „hilft uns im Moment leider nicht weiter, schauen wir uns den Zeugen an."

Eine halbe Stunde später waren sie sicher, dass es sich bei dem Toten um den 38 Jahre alten Max Bergmann handelte, verheiratet mit Regina Bergmann, keine Kinder, wohnhaft in Ernstweiler.

„Ok, gehen wir davon aus, dass es sich tatsächlich um unseren Unbekannten handelt, gehen wir weiter davon aus, dass seine Ehefrau ihn getötet hat, dann müssen wir strategisch vorgehen. Möglicherweise geht sie auf uns los, sobald wir die Tür öffnen, vorausgesetzt, sie ist noch da und nicht längst außer Landes" Burkhardt zuckte die Schultern.

„Vielleicht ist sie ebenfalls tot, erweiterter Suizid soll schon vorgekommen sein. Er ist zuerst einverstanden, kriegt dann Panik, als er sieht, dass seine Frau stirbt, rennt aus dem Haus ...", warf Esser ein.

„Jot, das werden wir am besten rausfinden, wenn wir nicht länger hier rumsitzen, sondern uns op de Söck maache und hinfahren. Schluss met dem Spikeleere." Schmitz klatschte in die Hände und winkte den anderen, ihr zu folgen.

„Schluss mit was?", wollte Tabea von Burkhardt wissen, aber der zuckte nur verständnislos die Schultern.

Es war kurz nach 09.00 Uhr als sie vor dem Haus hielten. Das Aufgebot von Polizeiwagen, RTW und Notarzt erregte eine Menge Aufsehen, und zwei Beamte hatten alle Hände voll zu tun, die Schaulustigen auf Abstand zu halten. Handys wurden gezückt, und noch bevor die Beamten wussten, was sie in der Wohnung erwartete, erschienen erste Videos in den sozialen Medien. Viele hier schienen zu glauben, es handele sich um eine Realityshow, eigens zu ihrem Vergnügen inszeniert.

Als auf ihr Klingeln niemand öffnete, gab Esser einem Beamten einen Wink, der daraufhin mit einem Spezialwerkzeug die Tür öffnete.

„Hier ist die Polizei“, rief Hauptkommissarin Schmitz laut in den Flur, aber alles blieb ruhig. „Hallo, mein Name ist Schmitz, ist jemand zuhause? Bitte melden Sie sich.“

Als keine Antwort kam, ging sie vorsichtig weiter, bis sie ins Wohnzimmer sehen konnte. Ein gedeckter Tisch, runtergebrannte, rosa Kerzen, Wachs auf der weißen Tischdecke, halbleere Rotweingläser, leere Schüsseln und benutzte Teller. In einem davon der Kopf einer Frau, deren Körper auf einem Stuhl saß. Ein Stillleben, dass sich kein Künstler makaberer hätte ausdenken können. Schmitz winkte dem Notarzt, auch wenn klar war, dass dieser Frau niemand auf der Welt mehr helfen konnte. Während der Mediziner seiner Arbeit nachging, verteilten sich die Beamten in den anderen Räumen und schließlich kam Burkhardt mit einem Umschlag in der behandschuhten Hand zurück.

„Ich nehme mal an, hier drin befindet sich die Erklärung für all das hier“, sagte er und machte eine Handbewegung, die den halben Stadtteil umfasste.

„Dann lass mal hören und erleuchte uns“, nickte Schmitz ihm zu.

Burkhardt zog eine Seite aus dem Umschlag, die von einem normalen Schreibblock zu stammen schien und Linien hatte. Sie war etwa zur Hälfte mit einer fast kindlich wirkenden Schrift bedeckt.

Ich bin Regina Bergmann, mein Mann heiß Max und ich schreibe das hier auf, damit die Polizei weiß, was passiert ist. Mein Mann ist ein Monster, er hat die ganzen Hunde getötet und auch meinen Micky, darum habe ich ihn getötet. Erst hat er mich mit einer anderen Frau betrogen, dann hat er mir Micky geschenkt und ich wollte ihm das verzeihen. Dann ist Micky plötzlich gestorben und die Frau Doktor hat gesagt, dass er vergiftet worden ist. Das kann nur Max gewesen sein, weil ich auch gesehen habe, wie er Sachen auf den Boden fallenlassen hat. Das war unten am Schwarzbach beim Gestüt. Er hat das aber abgestritten und gesagt es wäre nur Brot gewesen, aber ich glaube ihm nicht. Ich will so nicht mehr leben und er soll es auch nicht. Darum habe ich ihm dieses Essen gekocht und die Frikadellen vergiftet. Es tut mir alles sehr leid. Regina Bergmann

„Meine Fresse, ich sage nie mehr etwas gegen das Bauchgefühl von Frauen“, ließ Burkhardt sich nach einem tiefen Seufzer hören. „Also tatsächlich ein Zusammenhang, zumindest mit den präparierten Ködern. So schnell haben wir einen Mord bestimmt noch nie aufgeklärt. Also, wenn die Frau Recht hat mit ihren Behauptungen, haben wir sowohl den Mörder als auch denjenigen, der diese Köder ausgelegt hat, oder?“

„Wir haben sogar noch mehr, nämlich die Verbindung zu der Tierärztin, der gestern ein Unbekannter Fleischbällchen vor die Tür gelegt hat“, sagte Tabea. „Da steht doch: die Frau Doktor hat gesagt ... also, ich gehe davon aus, dass es sich dabei um Frau Dr. Labrius handelt, aber das kann ich leicht verifizieren, Moment, bitte.“ Tabea nahm ihr Smartphone und rief in der Praxis von Hella an.

„Hallo? Hella? Hier ist Tabea, sag mal, ist ein Max oder eine Regina Bergmann Kunde bei dir? Ja, genau, der Hund hieß Micky. Wann? Alles klar, vielen Dank, bis später.“

„Bingo! Beide waren mit ihrem Hund Micky bei Dr. Labrius, die ihn nicht mehr retten konnte. Er war schon tot, als er gebracht wurde. Jetzt erzählt mir noch mal was von Zufall.“

„Gut, Kollegin Kühn, wir haben verstanden. Fassen wir trotzdem noch mal zusammen, was wir haben. Präparierte Fleischbällchen, an denen Hunde sterben oder sich zumindest schwer verletzten, nicht präparierte Fleischbällchen, die ein Unbekannter einer Tierärztin zum Geschenk macht, einen männlichen Toten, der an vergifteten Frikadellen gestorben ist, die ihm seine, nun ebenfalls tote Ehefrau gebraten hat. Lieber Himmel und nun?“

„Fall geklärt, Wochenende, Urlaub doch noch gerettet, oder was?“, wollte Burkhardt wissen.

„Schön wär‘s ja, allein mir fehlt der Glaube“, Tabea schüttelte den Kopf. „Ich befürchte, die Frau hier hat ihren Mann völlig umsonst getötet und sich das Leben genommen. Mag sein, dass sie überzeugt davon war, dass ihr Mann derjenige ist, der Hunde tötet, aber da lag sie falsch. Max Bergmann ist in der Nacht von Samstag auf Sonntag gestorben, aber Dr. Labrius hat erst am Sonntagabend dieses merkwürdige Geschenk erhalten. Wenn wir davon ausgehen, dass das kein Zufall ist, und ich bin sicher, es ist keiner, dann kann das Max Bergmann nicht gewesen sein. Ergo, unser Hackfleischfreund läuft nach wie vor da draußen rum. Es werden auch in Zukunft Hunde sterben und ob nicht Hella, ich meine Frau Dr. Labrius, ernsthaft gefährdet ist ...?“

„Das ist aber kein Fall für die Mordkommission, liebe Kollegin Kühn“, unterbrach Schmitz. „Es sei denn, dieser Brief ist fingiert. Wir müssen ohnehin die Spusi herbitten, Schriftproben, Fingerabdrücke untersuchen usw. Ich bin allerdings davon überzeugt, dass das hier genau das ist, wonach es aussieht. Mord und Selbstmord. Damit hätten wir unseren Fall geklärt, die Tote könnte abgeholt und dann mit ihrem Mann zusammen beerdigt werden. Die Zweibrücker Kollegen sollen Angehörige ausfindig machen und benachrichtigen. Irgendwie makaber, aber unsere Arbeit hier ist hier erstmal getan. Wir fahren wieder nach Hause. Außerdem ist es immer noch möglich, dass Max Bergmann doch der Mann mit den Ködern war und der Frikadellenschenker ist jemand völlig anderes.“

„Wenn Sie das glauben, kann ich ja getrost noch meinen Urlaub nehmen und Kollege Sand seine Ehe retten und an die Nordsee fahren."

„Das habe ich nicht zu entscheiden, das müssen Sie mit der Verwaltung klären", erwiderte Schmitz. „Und sollte sich tatsächlich herausstellen, dass derjenige, der diese Giftköder auslegt, noch aktiv ist, wäre es Aufgabe des Ordnungsamtes, dem Kerl das Handwerk zu legen und nicht die der Mordkommission. Und ob ein Typ seiner Angebeteten Frikadellschen vor die Tür legt, ist zwar Geschmacksache, geht uns aber auch nichts an. Zumindest solange nicht, wie von denen keine Gefahr für Leib und Leben ausgeht. Sollte also kein weiterer Mord geschehen, wovon ich ausgehe, brauche ich im Augenblick weder Sie noch den Kollegen Sand." Schmitz lächelte entspannt. Sie ahnte nicht, wie dringend sie das erfahrene Team schon bald brauchen würde.

-15-

Mein Beruf färbte offenbar stärker auf mich ab, als ich bisher bemerkt hatte. Ich witterte überall Gefahren, auch da, wo keine waren. Alli machte einen ausgesprochen munteren Eindruck und pinkelte gerade an einen prächtigen, blauen Rhododendron. Dabei hob er das Bein wie eine Primaballerina bei der Pirouette, so dass er fast das Gleichgewicht verloren hätte. Ob Elfie von dieser Darbietung beeindruckt war, konnte ich nicht feststellen, denn hinter mir erschien gerade Hella, Zahnpasta um den Mund, die Zahnbürste wie einen Dolch erhoben. „Wath itht denn loth, wath brülthst du tho?“, frage sie und schaute sich panisch im Wohnzimmer um.

„Nix ist los, entschuldige bitte, ich hatte nur für einen Moment Panik, dachte, der Kerl hätte sich vielleicht an Alli vergriffen, oder an Elfie. Ich meine, ich finde es momentan echt mega leichtsinnig, die beiden Hunde allein im Garten zu lassen. Weißt du, zu was der Typ alles in der Lage ist?“

„Du spinthst doch, um in unther Garten thu kommen, muthst du über drei Thäune klettern. Echt, du hathst thie nicht mehr alle, mich tho zu erschrecken.“ Sie schüttelte empört den Kopf, schob die Zahnbürste wieder in den Mund und entschwand erneut ins Badezimmer.

Als sie zurückkam und wieder deutlich sprechen konnte, erklärte sie mir noch einmal genauer, dass der Garten wirklich von keiner Straße aus zu erreichen und damit ziemlich sicher war.

„Okay, hast mich überzeugt, außerdem waren deine Frikadellen wirklich nur Frikadellen, also weder vergiftet noch sonst was. Du hast halt einen etwas strangen Verehrer, mehr wohl nicht. Der hat allerdings eine Katze. Du kannst ja mal überlegen, ob du einen etwas seltsamen Kunden mit Katze hast. So, jetzt gib mir mal die

Adresse von deiner Werkstatt und deinen Autoschlüssel, dann mache ich mich auf die Socken und daran, diesen Dennis das Fürchten zu lehren."

Hella kicherte, stand auf und holte den Bund aus ihrer Handtasche. „Hier, leg ihn später einfach auf den Tisch, ich habe noch einen zweiten. Die Adresse habe ich dir schon aufs Handy geschickt. Wie geht das jetzt eigentlich mit deiner Kommissarin weiter? Bleibt sie oder fährt sie wieder?"

„Ach, richtig, das weißt du ja noch gar nicht. Sie bleibt, fängt schon heute in Kaiserslautern an. Die haben doch einen Mordfall und sind daher froh, ein neues Team aus Lu zu kriegen. Wir wissen nur noch nicht, wie wir das machen wollen, pendeln, Hotel oder Pension suchen oder gleich eine Wohnung. Andererseits, irgendwann muss ich wieder nach Dürkem zurück, schließlich habe ich meine Detektei dort und nicht in Zweibrücken. Also, einer wird immer fahren müssen."

„Warum? Wenn deine Verlobte hierher versetzt ist, also nach Lautere, dann verleg du doch deine Detektei auch dahin. Spart Zeit und Geld."

„Na ja, ganz so einfach ist das nicht, außerdem wird es in Kaiserslautern eine Menge Konkurrenz geben und ich müsste bei null anfangen. Außerdem ist mir die Stadt zu groß, ich mag's lieber etwas kleiner und gemütlicher, genau wie Alli auch."

„Dann komm halt nach Zweibrücken. Bis Lautere ist es nicht weit und hier findet ihr bestimmt schneller eine Wohnung als dort."

„Mal sehen, erstmal bringe ich jetzt dein Auto weg, und dann kümmere ich mich endlich um meinen eigentlichen Job. Darum bin ich nämlich hier. Wollen wir hoffen, dass die Karre jetzt anspringt, sonst wird das auch nichts."

Hellas Auto tat mir den Gefallen und sprang an, als sei nie irgendwas gewesen, und ich fuhr problemlos bis ins wenige Kilometer entfernte Saarländische Homburg. Dennis entpuppte sich als mittelalter, mittelgroßer, mittelblonder und semi-sympathischer Typ in blauem Overall und mit großer Klappe. Nachdem ich ihm deutlich zu verstehen gegeben hatte, was ich davon hielt, wenn ein Auto nicht anspringt, obwohl es gerade aus der Inspektion kommt, nölte er: „Der Wagen war Hundertpro okay, keine Ahnung, warum der nicht angesprungen ist. Ich guck ma."

„Mach das, aber guck genau und ich gucke dir über die Schulter."

„Hä? Nee, das geht nicht, für Privatpersonen ist die Werkstatt tabu, Versicherung und so", versuchte der Typ mich loszuwerden.

„Wenn das so ist, dann muss ich wohl mal mit dem Inhaber reden, wie heißt der gleich?"

„Der ist nicht da, aber wenn Sie unbedingt wollen, dann kommen Sie eben mit."

Na also, ging doch und da ich von Autos keinen Plan hatte, beschränkte ich mich darauf, fachmännisch zu gucken und ab und an zu nicken. Dennis schraubte hier, klopfte da, guckte auf sein Tablett, kratzte sich an der Nase und dann tatsächlich im Schritt, bevor er schließlich die Motorhaube wieder zuknallte.

„Ich find da nix, keine Ahnung, echt, der ist voll in Ordnung. Warum ist denn Frau Dr. Labrius nicht selber gekommen, ist sie krank?"

„Gut, wenn das so ist, vielen Dank, wenn nicht, stehe ich heute Nachmittag wieder auf der Matte. Haben wir uns da verstanden? Und nein, sie ist nicht krank, sie hat zu tun, und ich werde auch derjenige sein, der wiederkommt, wenn was nicht stimmt."

„Was denn? Ich sage, der ist in Ordnung, was wollen Sie noch von mir hören?“

„Möglichst gar nichts. Alles gut, ich will nur, dass dieses Auto tut, was Autos tun sollen, nämlich fahren. Ansonsten sieht man sich.“

Ich fuhr auf direktem Weg zu Hella in die Praxis, um die gute Nachricht samt Schlüssel zu überbringen und erfuhr von Urs XY, Nachnamen hatte ich vergessen, dass sie beschäftigt sei.

„Schon wieder ein Opfer dieses Irren“, schimpfte er, „diesmal hat es einen Welpen erwischt. Nicht einmal vier Monate alt und vermutlich schon tot. Ich verstehe aber auch die Leute nicht, verdammt noch mal. Warum sind die so leichtsinnig? Es hat in allen Zeitungen gestanden, dass jemand Giftköder im Bereich Rosengarten, Gestüt, Rennbahn auslegt. Muss ich da einen Welpen ungeschützt frei rumrennen lassen? Ist doch klar, dass der so ein vermeintliches Leckerchen sofort frisst. Frau Labrius hat mir erzählt, dass Sie hier sind, um dem das Handwerk zu legen? Wie es aussieht, haben Sie damit nicht allzu viel Erfolg.“

Sein Gesichtsausdruck hatte von wütend zu höhnisch gewechselt und ich hätte ihm gern von dem durchschlagenden Erfolg erzählt, den ich leider nicht vorzuweisen hatte. Daher sagte ich geheimnisvoll: „Nur keine Sorge, ich bin ihm auf der Spur, mehr kann ich im Moment noch nicht sagen. Dürfte aber nicht mehr lange dauern, bis die Zweibrücker wieder sorgenfrei ihre Hunde ausführen können. Daher muss ich jetzt los. Geben Sie bitte Hella den Schlüsselbund und sagen Sie ihr, dass mit dem Wagen alles in Ordnung ist. Ich melde mich später.“

Damit ließ ich ihn stehen und wollte Alli holen, bis mir auffiel, dass ich ihm mit dem Schlüsselbund gleichzeitig den Haustürschlüssel übergeben hatte. Umkehren und mich erneut vorführen lassen, oder ohne Alli recherchieren gehen? Letzteres, ich brauchte Erfolge und Alli war mit seiner Elfie ohnehin glücklicher als mit mir. Ich fuhr erneut auf den Parkplatz in der Nähe von Valentins Biergarten und überdachte meine nächsten Schritte. Ich wollte denjenigen anrufen, der angeblich einen Mann beobachtet hatte, der sich verdächtig benahm. Leider fiel mir der Name, den mir Tabea genannt hatte, nicht mehr ein und an ihr Handy ging sie nicht, drückte mich einfach weg. Okay, sie hatte zu tun, ich würde auch allein zurechtkommen. Siri verschaffte mir ohne Probleme die Nummer von diesem Füßler, der sich zu meinem Glück prompt meldete.

„Ach, sieh an, der Dackelmann. Wie geht's ihm denn? Ich hoffe, es war nichts Schlimmes oder hat er etwa ...?"

„Nein, Gott sei Dank nicht, auch wenn ich tausend Tode gestorben bin. Er hat sich nur auf die Zunge gebissen, vermutlich vor lauter Begeisterung, als er Tabea, ich meine Frau Kühn, gesehen hat."

„Und? Hängt der Haussegen immer noch schief oder hat er sich wieder eingerenkt?"

„Mehr als nur eingerenkt, wir sind seit gestern verlobt", verkündete ich stolz und wunderte mich gleichzeitig darüber, wieso ich das einem fast Fremden erzählte.

„Na, das ist doch erfreulich, dann sind Sie bestimmt schon wieder in Dürkheim, oder?"

„Nein, eher im Gegenteil. Meine Frischverlobte hat sich nach Kaiserslautern versetzen lassen, und ich erwäge daher einen Umzug in die hiesige Gegend. Außerdem habe ich hier noch einen Job zu erledigen. Ich weiß nicht, ob Sie schon wissen, dass der Tote, den wir gemeinsam gefunden haben, keines natürlichen Todes gestorben ist.

„Ja, habe ich gehört, er wurde anscheinend vergiftet. Wissen Sie Näheres? Von wem, womit, warum?"

„Nein, leider nicht, Tabea darf darüber mit mir nicht sprechen, Dienstgeheimnis und so, kennen Sie bestimmt. Warum ich Sie aber eigentlich anrufe, es gibt da einen jungen Kollegen von Ihnen, der hat in der Nacht von Samstag auf Sonntag etwas beobachtet. Dazu möchte ich gern mit ihm reden, habe aber den Namen vergessen. Ich dachte, Sie könnten mir da vielleicht helfen, er ist nämlich ebenfalls bei der Rheinpfalz."

„Hm, keine Ahnung, wie sah der denn aus, wissen Sie das?"

„Ne, ich habe ihn ja nicht gesehen, er war wohl mit einem anderen Mann zusammen unterwegs, mehr weiß ich leider nicht."

„Vielleicht Patrick Göbel ..."

„Ja, genau, das war der Name. Geil, ich wusste doch, dass ich mich auf Sie verlassen kann", lachte ich. „Wenn Sie mir jetzt noch seine Telefonnummer geben, schließe ich Sie für immer und ewig in mein Nachtgebet ein."

„Kann ich brauchen, glauben Sie mir. Moment, ja, hier habe ich sie. Ich schicke Sie auf Ihr Handy. Im Gegenzug lassen Sie mich wissen, wenn Sie was rausfinden, was für die Zeitung von Interesse sein könnte. Deal?"

„Klar, aber ich beschäftige mich nicht mehr mit dem Mord, ich will das Arschloch finden, dass hier Hunde vergiftet oder auf andere schreckliche Art und Weise ums Leben bringt."

„Ach so, und Sie glauben, der Patrick hat den gesehen?"

„Weiß ich noch nicht, aber irgendwo muss ich ja mal anfangen. Ich habe nicht die geringste Spur."

„Na, dann mal viel Glück und einen schönen Tag noch."

„Danke, bis demnächst mal."

Ich erreichte Göbel nach langem Klingeln und er klang so, als hätte ich ihn geweckt.

„Moin, mein Name ist Detlev Menke, und ich hätte da mal eine Bitte. Sie haben in der Nacht von Samstag auf Sonntag einen Mann beobachtet, der sich seltsam benommen hat. Oberkommissarin Kühn hat mir davon berichtet und ich hätte dazu noch ein paar Fragen. Wäre es möglich, dass wir uns kurz treffen?" Ich hoffte, die Erwähnung einer Oberkommissarin würde meiner Bitte einen amtlichen Anstrich geben, aber Göbel war nicht beeindruckt.

„Wieso? Ich habe dem Beamten alles gesagt, was ich weiß, bzw. was wir gesehen haben. Das war nicht besonders viel, nur, dass der Typ irgendwie komisch wirkte. Mehr nicht, also kann ich Ihnen dazu auch nicht mehr sagen. Tschüss."

Der hatte einfach aufgelegt, was sagt man dazu? Ne, lieber Patrick Göbel, nicht mit mir, so nicht. Ich drückte auf Wahlwiederholung und wartete grinsend, bis er sich erneut meldete.

„Ja, ich noch mal, bin wohl in ein Funkloch gefahren, Sie waren plötzlich weg. Wann sagten Sie, könnten wir uns treffen?"

„Ich sagte gar nichts und jetzt lassen Sie mich bitte in Ruhe weiterschlafen ..."

„Halt, bitte nicht wieder auflegen, sind Sie ein Tierfreund? Wenn ja, dann müssen Sie mir einfach helfen."

„Tierfreund? Ich dachte, es geht um den Toten vom Herzogplatz?"

„Nein, der interessiert mich nicht. Wissen Sie schon, woran der gestorben ist? Wenn nicht, verrate ich es Ihnen und dafür treffen Sie sich mit mir. Sie sind doch Journalist, oder nicht?"

„Sie wissen, woran der gestorben ist? Woher denn das?"

„Nun, ich bin mit der Oberkommissarin verlobt, da hört man schon mal dies und das", log ich und hoffte, er würde nicht weiter nachfragen. Tat er auch nicht, ich hatte Glück.

„Okay, kennen Sie das Joni's? Kommen Sie um 12 Uhr da hin, ich warte dort auf Sie."

Noch bevor ich fragen konnte, wie ich ihn denn erkennen würde, hatte er schon wieder aufgelegt. Da das Joni's nicht weit entfernt und es noch keine 11 Uhr war, beschloss ich, mit meiner Recherche zu beginnen, ließ den Porsche stehen und machte mich zu Fuß auf den Weg. Die ersten Leute mit Hund traf ich nach drei Metern; ein Rentnerpaar mit einem deutschen Schäferhund in gleichem Alter. Ich setzte mein freundlichstes Gesicht auf, grüßte höflich, zeigte auf den Hundeopa und behauptete: „Da haben Sie aber einen schönen Hund, ich liebe Schäferhunde."

„Das sind keine Hunde für Leute, die solche Autos fahren", raunzte mich der männliche Part des Paares an und wies über meine Schulter auf den Porsche.

„Stimmt", nickte ich, „der würde da nicht reinpassen, darum habe ich auch nur einen Dackel. Trotzdem liebe ich Schäferhunde."

„Nun sei doch nicht so unfreundlich zu dem jungen Mann, Ottfried", ergriff nun die Frau meine Partei. „Ja, unser Rex war mal ein richtig schöner Hund, aber jetzt ist er halt alt, er ist schon 13 und hat wohl nicht mehr lange. Danach wollen wir auch keinen neuen mehr, wissen Sie. In unserem Alter ist es schwer, einem Tier gerecht zu werden."

„Ach was, Marianne, was du immer erzählst. Der Rex ist noch sehr gut beieinander und so alt sind wir nun auch wieder nicht. Aber wenn er mal stirbt, einen Dackel will ich jedenfalls nicht." Er funkelte mich über seine Brille nicht eben freundlich an.

Ich schwieg und kraulte Rex die graue Schnauze. Der schaute aus trüben Augen müde zu mir hoch und leckte meine Hand.

„Ach, guck doch mal, Ottfried, Rex mag den jungen Mann, er leckt ihm die Hand." Marianne hatte fast Tränen in den Augen vor Rührung, aber Ottfried war nicht zu beeindrucken.

„Ja, macht er immer, weißt du doch. Und jetzt komm, wir wollten spazieren gehen, nicht spazieren stehen. Rex braucht Bewegung.

„Haben Sie keine Angst hier lang zu gehen?", schoss ich nun meine erste Frage ab.

„Angst? Wovor denn? Wir haben doch Rex dabei, der lässt niemanden an uns ran, da können Sie aber Gift draufnehmen!", ließ Ottfried mich wissen und lieferte mir mein Stichwort.

„Ich meinte, weil jemand hier doch Giftköder auslegt. Haben Sie keine Angst, dass Rex davon fressen könnte?"

„Nein, habe ich nicht, der frisst nichts, was auf dem Boden liegt. Sie haben von Schäferhunden wohl nicht viel Ahnung, junger Mann, oder?"

Ich nickte, lächelte der Frau zu und ließ Rex mit seinen Besitzern hinter mir. Von denen würde ich nichts erfahren.

Als nächstes traf ich auf eine junge Frau mit einem wuscheligen Mischling an der Leine. Ich grüßte und fragte sie, ob ihr bekannt sei, dass hier Giftköder ausgelegt wurden. Sie wurde blass, schüttelte erst den Kopf, dann meine Hand, bedankte sich überschwänglich für die Warnung und suchte mit ihrem Hund das Weite.

Zweihundert Meter weiter kam mir erneut ein Hundehalter entgegen, ebenfalls im fortgeschrittenen Alter, allerdings freundlicher.

„Ja, ich habe das gelesen, unglaublich. Wer tut so was und warum? Ich meine, klar, nicht alle Leute heben die Hinterlassenschaft ihrer Hunde auf, obwohl hier überall Behälter dafür sind. Sie sind zu faul, sich zu bücken, lassen die Haufen liegen. Jogger, Spaziergänger oder gar Kinder treten rein, das ist eine Schweinerei und die Leute ärgern sich darüber. Kann ich verstehen, aber darum bringe ich doch nicht wahllos Hunde um. Wer das tut, ist nicht richtig im Kopf und gehört eingesperrt. Na ja, die kriegt man leider nie und wenn, was passiert denen schon? Ein „Dududu" und eine kleine Geldstrafe, das reicht einfach nicht.

Unsere Tiere müssen besser geschützt werden, wozu zahlen wir schließlich einen Haufen Hundesteuer?“

„Ja, da haben Sie sicher recht“, stimmte ich zu. „Haben Sie hier mal etwas Verdächtiges gesehen, etwas beobachtet? Jemanden, der sich komisch benommen hat vielleicht?“

„Was meinen Sie? Glauben Sie denn, einer, der Giftköder auslegt, tut das am helllichten Tag, lässt sich dabei beobachten und benimmt sich auch noch auffällig? Ne, mein Lieber, dieses feige Gesindel kommt bei Nacht und Nebel, wenn niemand es sieht.“

„Hm, ja, da könnten sie durchaus richtig liegen“, nickte ich, darüber habe ich noch gar nicht nachgedacht, vielen Dank für die Anregung.“

Es stimmte, ich war hier falsch. Niemand der jetzt, am hellen Vormittag spazieren ging, würde den Kerl zu sehen kriegen. Der kam nur, wenn er sicher sein konnte, niemandem zu begegnen. Nachts oder sehr früh am Morgen. Jetzt verschwendete ich meine Zeit, auch wenn ich genug davon hatte. Mein Handy klingelte und Tabea meldete sich.

„Tut mir leid, dass ich dich weggedrückt habe, aber ich konnte grad nicht reden. Hast du was Neues?“

„Oh, mega, dass du anrufst, ich treffe mich gleich mit diesem Patrick Göbel. Der war misstrauisch und nicht begeistert von einem Treffen, daher musste ich ihm versprechen, etwas aus dem Nähkästchen zu plaudern, und mein Nähkästchen bist du. Daher hoffe ich inständig, dass du mir irgendwas Neues zu dem Toten sagen kannst, natürlich ohne Gewissensbisse und Kündigungsgefahr.“

„Krass, mein Lieber. Du weißt doch, Mann sollte keine Versprechungen machen, von denen er nicht weiß, ob er sie halten kann, aber ich will mal nicht so sein. Es war die Ehefrau, die ihn vergiftet hat. Sie war felsenfest davon überzeugt, dass ihr Mann der Typ mit den Ködern ist. Wir sind auch noch nicht sicher, ob sie damit nicht sogar Recht hatte ..."

„Glaube ich nicht. Als ich Hella das Auto wiedergebracht habe, behandelte sie gerade ein weiteres Opfer dieser Köder."

„Das mag sein, aber wer weiß, wie lange der Köder schon da gelegen hat. Das beweist leider noch gar nichts."

„Stimmt, jetzt wo du's sagst. Na gut, dann werde ich einfach weiterrecherchieren und so tun, als liefe der nach wie vor frei rum. Ich bin allerdings sicher, dass kein Hundehalter den je gesehen hat. Die gehen zu Zeiten Gassi, in denen der nicht aktiv ist."

„Ja klar, der wird nachts oder frühmorgens unterwegs sein, gerade damit ihn niemand sieht", antwortete meine kluge Verlobte und ich fühlte mich wieder einmal sehr nach zweitem Bildungsweg. Um davon abzulenken, fragte ich, ob sie ansonsten Neuigkeiten hätte, was sie verneinte. Wir verabredeten uns für den frühen Abend bei Hella und beendeten unser Gespräch.

Zwei Minuten später kam mir ein älterer Mann mit einem sehr großen, sehr lauten Hund entgegen, der aussah, als wollte er sich auf mich stürzen. Ich wartete auf den berühmten Rüttersatz: Der tut nix, der will nur spielen, und der kam in leicht abgewandelter Form. „Die will nur gestreichelt werden, darum macht sie so ein Theater", rief der Senior um die 70, aber sportlich mit Basecap.

„Sind Sie sicher?", fragte ich nach, denn das Riesentier stand auf den Hinterbeinen und war kaum zu halten.

„Bin ich, die tut keiner Fliege was, ist vollkommen harmlos, komm mal ruhig näher, dann beruhigt sie sich."

Ich bewegte mich nicht, aber der Hund schaffte die drei Meter bis zu mir locker und legte sich dann unmittelbar zu meinen Füßen auf den Rücken.

„Siehste, habe ich doch gesagt, jetzt musste ihr den Bauch kraulen, mehr will die nicht."

Ich ging in die Hocke, kraulte, wie mir befohlen und tatsächlich ließ die Hündin albern die lange Zunge aus dem offenen Maul hängen und schloss genießerisch die Augen.

„Gehen Sie hier öfter mit ihrem Hund spazieren?", fragte ich und schaute zu dem Oldie hoch.

„Hin und wieder, warum willste das wissen?"

„Ich bin Privatdetektiv und wurde engagiert, um einem Hundehasser das Handwerk zu legen, der hier präparierte Fleischköder auslegt, um Hunde zu töten. Haben Sie noch nichts davon gehört?"

„Doch, natürlich habe ich davon gehört und ich kann dir sagen, wenn ich den Kerl in die Finger kriege, dann gnade dem aber Gott."

„Ihnen ist nicht zufällig irgendwas aufgefallen? Ich meine, manchmal beobachtet man ja Menschen, die sich seltsam benehmen oder so was."

„Leider nicht, ich habe genug damit zu tun, aufzupassen, dass Luna nicht zufällig irgendwas frisst, was hier rumliegt. Altes Brot, Kippen, Pariser, die mag alles, dieser verfressene Köter."

Er schaute dabei verklärt lächelnd auf das Ungetüm runter, so dass seine Worte wie eine Liebeserklärung klangen. Ich musste lachen und erhob mich, da mir langsam die Beine einschliefen. Ein fataler Fehler, denn damit war Luna ganz und gar nicht einverstanden. Mit einer Geschwindigkeit, die ich ihr nicht zugetraut hätte, raffte sie sich zum Sitzen auf und knallte mir die tellergroße Pfote genau in den Schritt. Ich stöhnte vor Schmerz und klappte wie ein Taschenmesser zusammen.

„Oh, das tut mir jetzt aber leid", hörte ich durch den Nebel aus Schmerz gedämpft die Stimme des Mannes, „das macht sie gerne, ich hätte dich warnen sollen. Sie meint das aber nicht böse, sie möchte nur, dass du sie weiter kraulst."

Antworten konnte ich mangels Luft nicht, blinzelte die Tränen weg, die mir in die Augen gestiegen waren und beschloss, mir niemals einen Hund anzuschaffen, dessen Pfoten höher als bis zu meinen Knien reichen würden. Als ich wieder aufrecht stehen konnte, stellte ich fest, dass Luna samt Herrchen schon hinter der nächsten Ecke verschwunden waren. Vorsichtig setzte ich einen Fuß vor den anderen und überlegte, ob das Treffen mit Luna wohl Auswirkungen auf meine künftigen Vaterschaftswünsche haben würde.

Zehn Minuten vor der Zeit traf ich im Joni's ein, schaute mich drinnen um, sah niemanden, der so aussah, wie ich mir Göbel vorstellte und beschloss, mich nach draußen zu setzen.

Draußen war gut, aber das mit dem Setzen war keine gute Idee. Daher stand ich wieder auf und wanderte über die Brücke Richtung Herzogplatz. Am Bismarckdenkmal war Betrieb. Eine Gruppe Frauen unterhielt sich lautstark und hatte offensichtlich eine Menge Spaß. Lachen klang über den Platz und ich hielt es für eine gute Idee, die Zeit zu nutzen und die Damen zu befragen! Ich schlenderte langsam auf sie zu, bemüht, nicht allzu O-beinig daherzukommen.

„Ja, wen haben wir denn da?"

Eine der jüngeren Damen, blondgelockt, mit lauter, fröhlicher Stimme, hatte sich zu mir gedreht und strahlte mich an. Bevor ich antworten konnte, fuhr sie schon fort: „Du lieber Himmel, was ist los mit dir? Du läufst ja, als hättest du die letzten drei Tage im Sattel gesessen. Gehörst du zum Gestüt? Für einen Jockey bist du eindeutig zu groß."

Jetzt hatte ich sie erreicht, schüttelte abwehrend den Kopf und sagte: „Das ist eine lange Geschichte; aber ich gehöre weder zum

Gestüt, noch kann ich reiten. Ich fühle mich allerdings, als hätte mich ein Pferd getreten, dabei war's nur ein Hund. Hat leider eine sehr sensible Stelle getroffen ..."

„Luna", erklang es aus mindestens drei Mündern und die gesamte Gruppe brach in lautes Gelächter aus.

Irritiert starrte ich von einer zur anderen, bis eine von ihnen sich halbwegs beruhigt hatte. „Tach, ich bin Beate und wir lachen natürlich nicht über Sie, nur über, na ja, also, wir kennen einen Hund, genauer gesagt eine Hündin, die heißt Luna. So ein Riesenvieh, total harmlos, will immer gestreichelt werden. Fängt man damit erst einmal an, muss man sich unbedingt in Sicherheit bringen, bevor man wieder aufhört. Sie haut dir sonst üble Kratzer mit ihrer Pfote und so wie Sie laufen ..."

„Krass, dann ist das also bekannt, dass dieses Tier hinterhältig versucht, arglose Spaziergänger zu kastrieren und niemand warnt einen davor?"

„Bist du immer so wehleidig oder nur heute?", wollte eine schlanke Frau mit Kurzhaarschnitt wissen und wieder wollten sich die anderen ausschütteln vor Lachen.

„Schön, dass ihr so gut drauf seid und ich zu eurer guten Laune beitragen kann", nölte ich und bereute, mich nicht doch ins Joni's gesetzt zu haben.

„Ach komm, nimmt's mit Humor, Lachen ist gesund", ergriff jetzt wieder Blondy mit den Locken das Wort. „Ich nehme mal an, du bist nicht von hier und hast auch nicht die Absicht, dich uns anzuschließen? Schade eigentlich, so einen gut aussehenden jungen Mann würden wir schon mitnehmen. Wir sind die Spaziergeh-Freunde und bei uns ist jeder willkommen, der nett und lustig ist. Ich bin übrigens Ilka, Beate kennst du schon, das da ist Inge, da vorne stehen Monika und Heidi und hinter mir zweimal Marianne. Wen haben wir noch? Ah ja, da kommen noch Martha,

Christin und Gaby mit Gerhard, mehr sind wohl heute Morgen nicht. Du siehst, die männliche Fraktion könnte durchaus Verstärkung gebrauchen.“

„Aha“, sagte ich lahm, erschlagen von diesem Redeschwall, besann mich aber auf meine gute Erziehung und stellte mich ebenfalls vor.

„Ich bin Detlev Menke aus Bad Dürkheim und beruflich hier. Vielleicht könnt ihr mir sogar helfen, wer weiß?“

„Wenn du uns sagst, wobei, tun wir, was wir können“, lachte die, die Ilka hieß.

„Klar, die Sache ist die, ich bin Privatdetektiv und soll dem Typen auf die Spur kommen, der hier Köder für Hunde ...“

„Davon habe ich gelesen“, „hoffentlich kriegst du das Schwein“, „wird auch Zeit, dass dem jemand das Handwerk legt“, „weißt du noch, ich habe doch letztens erzählt, dass der Hund von meiner Nachbarin ...“

Alle redeten jetzt gleichzeitig und ich hatte Mühe ihnen zu folgen. Jemand, der nicht mit dem hiesigen Dialekt, dem „Pälzisch“, vertraut war, hätte vermutlich kein Wort verstanden, aber ich konnte zum Glück folgen.

„Okay, ich sehe schon, ihr wisst, um was es geht, daher meine Frage: Hat jemand von euch was gehört, gesehen, einen Verdacht, irgendwas, was mir weiterhelfen könnte?“

Schweigen, alle guckten sich an und schüttelten den Kopf. Wieder war es Ilka, die als erste ihre Sprache wiederfand.

„Nee, gesehen haben wir nix, aber davon gehört und gelesen natürlich. Wer macht so was? Der muss doch total krank im Kopf sein, oder? Also, ich glaube nicht, dass einer, der seine fünf Sinne beisammen hat, zu so etwas fähig ist.“

Alle Frauen nickten zustimmend, schwiegen aber.

„Na gut, solltet ihr was erfahren, könnt ihr mich dann anrufen, bitte?“ Ich fischte eine etwas zerknitterte Visitenkarte aus meiner Jeanstasche und hielt sie Ilka hin. Die nahm sie mit spitzen Fingern; warf einen Blick drauf und nickte.

„Machen wir, versprochen, wir müssen jetzt aber mal los. Mitkommen willst du eher nicht, oder?“

„Äh, also ...“

„Brich dir bloß keine Verzierungen ab.“ Ilka lachte lauthals und die anderen stimmten ein. Dann machte sich die gesamte Gruppe zusammen auf den Weg, eifrig ins Gespräch vertieft.

„Also, danke und viel Spaß noch“, rief ich ihnen nach und ein paar Hände hoben sich winkend. Ein Blick aufs Handy zeige mir, dass es zwei Minuten vor 12 Uhr war und ich wandte mich willig erneut dem Joni‘s zu.

An einem freien Tisch nahm ich sehr vorsichtig und bedächtig auf einem Stuhl Platz und wünschte alle Lunas dieser Welt zum Teufel. Vielleicht lag es am Adrenalin, denn obwohl es noch so früh war, knurrte mein Magen laut und vernehmlich. Die überaus freundliche Bedienung ließ mich wissen, dass ich ruhig schon etwas bestellen könne. Würde nur etwas dauern. Nach einem Blick auf die Karte bestellte ich die Steinpilzgnocchi an Steinpilzsoße und zur Feier des Tages ein großes Bier. Das Bier kam zusammen mit einem etwas verschlafen aussehenden jungen Mann mit einer großen, schwarzen Brille, schwarzen Haaren und klugen Augen.

„Tach, sind Sie derjenige, der mich heute Morgen ständig aufgeweckt hat? Ich bin Patrick Göbel, also, hier bin ich, was wollen Sie wissen und was bieten Sie mir dafür?“

„Ich bin Detlev Menke, Privatdetektiv, wir müssen uns aber nicht siezen, oder? Ich möchte dich bitten, mir den Mann noch einmal ganz genau zu beschreiben, den du in der Nacht von Samstag auf Sonntag beobachtet hast."

„Ich habe den überhaupt nicht beobachtet, der ist mir nur irgendwie aufgefallen und da habe ich zu Daniel gesagt, also Daniel, das ist mein Freund, und zu ihm habe ich gesagt, dass der Typ da drüben merkwürdig ist. Das war schon alles."

„Kannst du mir das *merkwürdig* näher beschreiben?"

„Wie näher? Was meinst du denn? Der ist da langgegangen und immer hinter Bäumen verschwunden und wieder aufgetaucht. Also, einmal könnte ich verstehen, aber mehrmals hintereinander? Das ist doch wohl merkwürdig oder etwa nicht?"

„Hast du erkennen können, was er anhatte? Ob er jung war oder alt, groß oder klein, blond oder braun?"

„Nicht wirklich, alt war er nicht, glaube ich, und was er anhatte ... ich meine eine schwarze Hose und ein Shirt, würde ich aber nicht beschwören."

„Könntest du deinen Freund fragen? Vielleicht hat der etwas mehr gesehen?"

„Weiß ich nicht, der Typ hat uns wirklich nicht besonders interessiert. Wir waren müde, wollten nach Hause und ins Bett, es war schließlich fast schon Morgen."

„Kannst du ihn trotzdem anrufen und fragen, bitte? Danach erzähle ich dir etwas, versprochen."

„Mann, du bist echt krass. Na gut, Moment."

Göbel zog sein Smartphone aus der Hosentasche, tippte auf eine Taste, stand dann auf und ging weg. Als er wiederkam, kamen auch meine Gnocchi, und ich bestellte mir noch ein Bier.

„Willst du auch eins?", fragte ich ihn, aber er wollte lieber Cola. Auch gut, die Jugend sollte ohnehin nicht so viel Alkohol trinken, befand ich aus der abgeklärten Weisheit meiner 28 Jahre. „Was ist denn nun? Hat er was gesehen oder nicht?"

„Er ist sich ziemlich sicher, dass der eine schwarze Hose und ein Shirt mit irgendwas drauf anhatte. Was, das konnte er nicht erkennen. Jetzt bist du aber am Zug, was weißt du, was ich noch nicht weiß?“

„Der Tote wurde von seiner Ehefrau vergiftet, sie hielt ihn für den Typen, der Giftköder auslegt, um Hunde zu töten. Unter anderem ihren eigenen.“

„Das ist ja krass“, staunte Göbel mit großen Augen. „Und? War er‘s?“

„Das wissen wir noch nicht, darum bin ich eigentlich hier. Ich suche den Typen, was ziemlich schwierig ist, weil niemand einen Plan hat, wie der aussieht und warum er das macht.“

„Ach so, jetzt verstehe ich das erst. Du glaubst, der Typ, den wir gesehen haben, war der, der ...?“

„Könnte zumindest sein, oder nicht? Er verschwindet hinter Bäumen, was tut er da? Pinkeln? Einmal vielleicht, aber doch nicht an jeden Baum, außer, seine Prostata ist groß wie ein Fußball. Also legt er da vielleicht etwas ab. Mal ehrlich, wer geht morgens um halb fünf so spazieren? Ohne Hund, ganz alleine?“

„Ja, echt komisch. Krass, wir haben den also gesehen, ohne zu wissen, wer das ist, sonst hätten wir ja genauer hingesehen oder ihn gleich festgehalten. Ich hasse solche Kerle und mein Freund auch.“

„Vielleicht könnt ihr noch helfen, wenn wir ihn erst haben. Könnte sein, dass ihr ihn dann doch wiedererkennt.“

„Ja, vielleicht. Jetzt muss ich aber los, wenn mir noch was einfällt, rufe ich dich an.“

„Alles klar, bis dann.“

Viel schlauer als vorher war ich nicht geworden, dafür vernebelten zwei große Bier leicht mein Denkvermögen und der Schmerz pochte unverändert in meinen Lenden. Ich beschloss, mein Hotelzimmer aufzusuchen und mich aufs Ohr zu legen. Natürlich kam etwas dazwischen. Gerade als ich schmerzverzerrt versuchte, mich in meinen Porsche zu zwängen, klingelte mein Telefon.

-16-

Hella Labrius öffnete die Tür des Behandlungszimmers, um zu sehen, ob weitere Patienten auf sie warteten. Niemand war da, und aus dem Röntgenraum rief Urs: „Dein Dackelfreund war hier und hat einen Schlüssel gebracht. Ich soll dir ausrichten, dass dein Auto wieder läuft. Bist du eigentlich sicher, dass er der richtige für diesen Job ist? Irgendwie macht der auf mich einen etwas verpeilten Eindruck und zumindest bis eben war er keinen Schritt weitergekommen mit seinen Ermittlungen. Ich habe den Eindruck, der macht hier eher Urlaub mit seiner Freundin, als dass er nach dem Kerl sucht, der die Hunde vergiftet."

Hella zuckte die Achseln und sah ihm von der Tür aus zu, wie er einen Schrank mit Medikamenten umsortierte.

„Nun, am Wochenende konnte er nicht wirklich viel tun. Heute Morgen hat er meinen Wagen in die Werkstatt gefahren, aber jetzt ist er dran und recherchiert. Er hat einen guten Ruf und ich bin sicher, er findet den Kerl, wirst schon sehen. Du könntest jetzt übrigens Mittag machen, ich warte noch auf den Völler, der müsste jeden Augenblick hier sein."

„Den Pharma–Völler? Oh je, den kann ich dir abnehmen, wenn du willst. Du hattest doch vorhin schon einen von denen hier, und ich weiß, dass vor allem Völler dich nervt."

„Danke, aber ich schaffe das schon, wird nicht lange dauern, wir brauchen eigentlich nichts. Was gefehlt hat, habe ich schon nachbestellt. Mach du nur Mittag, wir sehen und später."

„Okay, wenn du meinst, dann haue ich jetzt ab."

Sie sah Urs durch das Fenster nach, wie er auf ein Auto zusteuerte, auf dessen Fahrersitz eine Frau saß, die erfreut lächelte, als sie ihn kommen sah. Ob er zu ihr ins Auto stieg, konnte sie nicht mehr beobachten, da jetzt der Pharmavertreter auf das

Haus zukam. Urs hat Recht, dachte sie, ich kann diesen Völler nicht leiden, er ist mir ausgesprochen unsympathisch. Er sieht nicht schlecht aus, ist gepflegt und modisch gekleidet, ausgesprochen höflich und macht mir ständig Komplimente, aber ich fühle mich in seiner Gegenwart seltsam unwohl. Sie schüttelte diese Gedanken ab und öffnete die Tür. Knapp zehn Minuten später verabschiedete sie den Mann mit einem tiefen Seufzer der Erleichterung. Als es keine Minute später erneut läutete, dachte sie, er hätte noch etwa vergessen und spielte mit dem Gedanken, sich einfach totzustellen, aber dann siegte ihr Pflichtbewusstsein, und sie ging öffnen. Der Mann, der dort stand, war nicht Völler, kam ihr aber vage bekannt vor, auch wenn sie nicht drauf kam, woher. Er hielt einen Tragekorb in der Hand, aus dem ein klägliches Maunzen erklang.

„Bitte entschuldigen Sie, Frau Doktor, ich weiß, Ihre Sprechstunde ist schon zu Ende, aber ich weiß nicht, was mit Faruk los ist. Ich bin von der Arbeit nach Hause gekommen und habe ihn so vorgefunden.“ Er hielt Hella den Korb vor die Nase und wies mit einer Hand in das Innere.

Die Katze maunzte ohne Unterbrechung weiter und Hella erkannte, dass sie eine ordentliche Schwellung am Kopf hatte.

„Hm, vielleicht wurde sie gestochen? Ist sie Freigänger oder Wohnungskatze?“

„Er, es ist ein Er, also ein Kater. Faruk, wie gesagt, und er ist ein reiner Wohnungskater, er darf nicht raus.“

„Mit *sie* meinte ich nur *die Katze*, aber gut, kommen Sie rein, ich schaue mir den Kater an.“

Sie ging voraus in Richtung Behandlungszimmer, drehte sich auf halbem Weg um, da ihr das Geräusch der zufallenden Tür fehlte. Sie sah den Schlag nicht kommen, auch der Schmerz war nur sehr kurz und verschwand gleich darauf in einem unbekannten Nichts.

-17-

Tabea lächelte, als sie das Gespräch mit Menke beendet hatte und überlegte, was sie als nächstes tun sollte. Offiziell hatte sie Urlaub und doch wieder nicht, schließlich war sie ebenso offiziell heute an den Ermittlungen in einem Tötungsdelikt beteiligt gewesen. Dass der Fall so schnell geklärt werden konnte, hatte keiner ahnen können, daher war sie jetzt wieder in den ursprünglichen Stand zurückversetzt und der hieß Urlaub. Mindestens noch zwei Wochen.

Ein Blick auf ihr Handy und ein deutlich knurrender Magen zeigten ihr, dass es Zeit zum Mittagessen war. Menke schied als Gegenüber aus; der traf in Kürze einen Informanten, und sie hielt nichts davon, Arbeit und Privatleben miteinander zu vermischen. Allerdings hielt sie auch nichts von alleine essen, und sie überlegte, ob sie Hella zum Mitkommen bewegen könnte. Die hatte jetzt ohnehin Mittagspause und war vielleicht ganz froh ebenfalls Gesellschaft zu haben.

Zwanzig Minuten später parkte sie vor der Praxis und klingelte. Da niemand öffnete, ging sie die wenigen Meter zur Wohnung und versuchte es dort. Von innen hörte sie Alli bellen und ein tiefes Heulen, dass eher nach Elfie klang, sonst tat sich nichts. Sie nahm ihr Telefon, wählte Hellas Nummer, ließ es lange klingeln; niemand meldete sich. Sie schaute sich um, und entdeckte Hellas Wagen nicht weit entfernt, also fiel ein plötzlicher Hausbesuch aus. Beunruhigt dachte sie an die Fleischbällchen vor der Tür und drückte noch einmal lange auf die Klingel.

Da öffnete sich ein Fenster im ersten Obergeschoss und eine ältere Frau schaute heraus: „Was soll denn der Lärm? Die Frau

Doktor ist noch in der Praxis und Sie können ihr sagen, dass das Gebell da unten aufhören muss, das geht so nicht weiter. Die Köter machen schon seit einer Stunde Krach, da kriegt man ja kein Auge zu."

„Sind Sie sicher, dass Frau Labrius noch in der Praxis ist?", wollte Tabea wissen.

„Natürlich. Ich habe gesehen, wie sie einem Mann mit Katzenkorb die Tür geöffnet hat und habe noch gedacht: *Na toll, jetzt dauert das Gekläffe da unten noch länger*."

„Sie haben nicht zufällig einen Schlüssel zu der Praxis?"

„Warum? Klingeln Sie doch einfach, wenn Sie was von der Frau Doktor wollen."

„Das habe ich getan, aber sie öffnet nicht. Hier, sehen Sie, ich bin von der Polizei, mein Name ist Tabea Kühn und es könnte sein, dass Frau Labrius etwas zugestoßen ist. Also, was ist, haben Sie einen Schlüssel?"

„Ach Gottchen, wieso denn zugestoßen? Die Frau Doktor ist doch eine ganz Liebe, nur dass die Hunde jetzt so einen Krach machen, das wollte ich ihr schon ... also, ja, ich habe einen Schlüssel, weil ich doch in der Praxis sauber mache. Aber den gebe ich nicht aus der Hand, auch nicht, wenn Sie von der Polizei sind. Man hört ja so viel heutzutage ... Leute geben sich als Polizisten aus und am Ende wird man ausgeraubt ..."

„Wie heißen Sie, Frau ...?"

„Warum wollen Sie denn das wissen? Also, ich mache jetzt das Fenster zu, und Sie hören auf zu klingeln, sonst rufe ich nämlich die richtige Polizei!"

„Das ist eine gute Idee, tun Sie das, aber dann kommen Sie bitte runter und bringen den Schlüssel mit. Es ist wichtig, glauben Sie mir."

Das Fenster wurde mit einem deutlichen Knall geschlossen und Tabea konnte nur hoffen, dass die resolute Nachbarin tatsächlich die Polizei rief. Sie würde noch einige Minuten warten, dann selber anrufen. Dazu kam sie nicht, die Haustür wurde geöffnet und die Nachbarin erschien.

„So, ich habe die Polizei angerufen, damit Sie es gleich wissen, kommen Sie also nicht auf irgendwelche komischen Ideen."

„Versprochen. Hier ist mein Ausweis. Da steht, dass ich bei der Polizei bin. Haben Sie den Schlüssel?"

„Ach was, Ausweis, so was fälschen diese Banden doch dauernd, das ist für die kein Problem. Gucken Sie denn überhaupt kein Fernsehen, die warnen doch immer davor. Ich sage jedes Mal zu Karl, also Karl ist mein Mann und zu dem sage ich immer ..."

„Bitte! Frau ...?"

„Krömer, Herta Krömer, ist ja gut und wedeln Sie mir doch nicht andauernd mit diesem Ding vor den Augen rum. Ohne Brille kann ich das sowieso nicht lesen. Wo bleibt denn nur die Polizei? Na bitte, wer sagt's denn, wenn man sie braucht, ist sie auch da. Noch können Sie wegrennen, wenn ihr Ausweis gefälscht sein sollte."

Tabea seufzte tief und schüttelte resigniert den Kopf. Der Streifenwagen hielt neben ihnen und Schwerer stieg mit seiner jungen Kollegin aus.

„Kollegin Kühn, dass ich ihretwegen mal gerufen würde, hätte ich mir auch nicht träumen lassen. Ich habe gehört, Sie hätten sich als Polizistin ausgegeben?" Er lachte über das ganze Gesicht, während die Kollegin keine Miene verzog.

Frau Krömer schaute von einem zum anderen und war sichtlich irritiert. „Also hatte ich Recht, die Frau ist eine Betrügerin, das habe ich mir doch gleich gedacht, auch Karl hat gemeint ..."

„Nein, gute Frau, die Frau Oberkommissarin ist wirklich bei der Polizei und keine Betrügerin, aber es war richtig, dass Sie uns informiert haben. Vorsicht ist besser als Nachsicht, nicht wahr?" Damit wandte er sich wieder an Tabea: „Was beunruhigt Sie genau, können wir helfen?"

„Ich bin nicht sicher, aber Frau Labrius öffnet weder in der Praxis noch hier die Tür. Die Hunde sind im Haus und gewohnt, um diese Zeit rausgelassen zu werden. Die Sprechstunde ist schon länger vorbei. Irgendwas stimmt nicht, zumal ihr Wagen da vorne steht. Na ja, und nach dieser Frikadellengeschichte gestern bin ich beunruhigt."

„Okay, da ist dann sicherlich Gefahr im Verzug, also lassen wir die Tür öffnen ..."

„Brauchen wir nicht, Frau Krömer hat einen Schlüssel, wollte ihn mir aber nicht geben."

„Hier, Sie können ihn haben, jetzt ist ja die richtige Polizei da", feuerte diese noch eine Breitseite ab und hielt Schwerer den Schlüssel hin. Der nahm ihn und reichte ihn an Tabea weiter.

„Sie kennen Frau Labrius persönlich, also gehen Sie ruhig vor. Wir warten auf Ihre Anweisungen."

Tabea nickte, lief auf die Praxis zu und rief, sobald sie die Tür aufhatte: „Hallo? Hella? Ich bin's, Tabea, ist alles in Ordnung? Sag was, bitte!" Da keine Antwort kam, öffnete sie die Tür zum Wartezimmer und lief, da es leer war, weiter in den Behandlungsraum.

Sie brauchte nicht lange zu suchen. Hella lag auf dem Metalltisch, die gefalteten Hände auf der Brust, die Augen geschlossen. Dass sie nicht einfach ein Nickerchen machte, darauf wies eine Blutlache hin, die von einer Wunde an ihrem Hinterkopf gespeist wurde.

-18-

Eddy war unzufrieden mit ihm. Er mochte es nicht, wenn er die Beherrschung verlor. Darum gab er sich große Mühe, ihm zu erklären, warum er derart ausgerastet war.

„Du verstehst das vielleicht nicht, aber diese Demütigungen, die Zurückweisungen, das ist unerträglich für mich. Es reißt mir das Herz aus der Brust. Warum tut sie mir das an? Sie muss doch begreifen, dass sie auserwählt wurde. Ja, ich weiß, ich hätte das nicht tun dürfen, du hast Recht, aber sie hat mich nicht erkannt. Verstehst du, sie hat mir ins Gesicht gesehen und mich nicht erkannt. Kannst du dir vorstellen, wie sich das für mich anfühlt? So wenig bedeute ich ihr, dass sie sich nicht einmal an mein Gesicht erinnert. Du hast ja keine Ahnung, wie das ist. Dich haben alle geliebt, jeder, der dich kannte, war von dir verzaubert. Niemand wäre auf die Idee gekommen, dich zurückzuweisen. Das alles ist mir keineswegs leicht gefallen, das kannst du mir glauben. Faruk zu schlagen, war furchtbar schlimm für mich. Du weißt, ich liebe Katzen, ich liebe sie genauso, wie du. Er wird auch wieder gesund werden, ich war schon in der Apotheke und habe eine Salbe für ihn mixen lassen. Du wirst sehen, er behält nichts zurück von dem Schlag. Schau doch nur, er putzt sich schon wieder, und das ist ein gutes Zeichen. Eine Katze, die sich putzt, ist gesund. Eddy, bitte, sei wieder gut mit mir, es bricht mir das Herz, wenn du böse auf mich bist.

Er begann zuerst leise, dann zunehmend lauter zu weinen, rang verzweifelt die Hände und riss sich an den Haaren. Nach einer Weile hielt er abrupt inne, lauschte eine Weile, bevor er sich schwer auf das breite Ledersofa fallenließ und den Kopf in den Händen vergrub.

Der Kater hörte auf sich zu putzen. Das Hinterbein weiterhin steif von sich gestreckt, beobachtete er interessiert den schluchzenden Mann. Als der nichts weiter tat, verlor er das Interesse und widmete sich erneut der Fellpflege. Nach einer ganzen Weile wurde der Mann still, nur ab und an erklang ein leises Wimmern, dann erstarb auch das und er schlief ein. Als er wieder erwachte, war er verwirrt, wusste nicht, wieso er auf der Couch lag. Er richtete sich auf, schaute umher und sein Blick fiel auf den schlafenden Kater, oben auf der Lehne. Mit Macht überfiel ihn die Erinnerung, er sprang auf, beugte sich über das Tier, strich ihm sanft über eine schorfige Stelle am Kopf und sagte mit kindlich, hoher Stimme: „Armer Faruk, tut mir leid, ich wollte dir nicht weh tun, aber ich wusste mir keinen anderen Rat. Sie musste doch bestraft werden, das verstehst du sicher, oder? Du wirst sehen, die Salbe wird dir schnell helfen. Und du", wandte er sich an seinen imaginären Mitbewohner, „du brauchst gar nicht so überheblich zu tun. Du bist kein bisschen besser als ich. Ach was, du bist sogar schlimmer, schließlich bringst du mich erst dazu, diese Dinge zu tun, das weiß ich genau. Aber lassen wir das jetzt, ich muss arbeiten, mich konzentrieren, ich kann mir keine Fehler leisten."

Er strich noch einmal dem Kater über den Kopf, ging dann in das kleine Badezimmer, und betrachtete sich lange und nachdenklich im Spiegel. Schaute plötzlich zur Seite, als sähe er dort jemanden und lächelte ...

„Nein, mach dir keine Sorgen, ich glaube nicht, dass sie tot ist, ich habe nicht besonders fest zugeschlagen, auch wenn ich wirklich wütend auf sie war. Sehr, sehr wütend. Trotzdem habe ich mich zurückgehalten, aber sie muss verstehen, dass das nicht geht, dass sie mich so nicht behandeln darf. Du weißt doch wie die Frauen sind. Wenn man ihnen nicht Einhalt gebietet, machen sie aus jedem Mann einen Narren, der nur noch nach ihrer Pfeife tanzt. Soweit darf man es nicht kommen lassen, und darum musste es eben sein. Vielleicht hatte mein Vater doch recht und meine Mutter ... Ja, ich weiß, sie hat mein Gesicht gesehen, aber sieh doch selbst, mit dem falschen Bart, diesen Augenbrauen und der Brille sehe ich völlig anders aus ... oh nein, das darf nicht wahr sein. Eddy, was habe ich nur getan?“

Fassungslos, mit aufgerissenen Augen, starrte er in den Spiegel, und riss sich mit einem Schrei die Brille von der Nase. Packte dann mit hastigen Bewegungen den Bart und die buschigen Brauen und warf beides angewidert in das Waschbecken. „Das war der Grund, Eddy. Sie konnte mich gar nicht erkennen. Nicht mit dieser Maskerade. Oh, ich habe ihr Unrecht getan, habe sie vielleicht grundlos getötet. Viel zu früh, viel zu früh. Was soll ich tun, sag es mir, bitte, sag es mir doch. Ja, du hast recht, ich muss ihr verzeihen, ihr sagen, dass ich verstehe.“ Er verstummte, lauschte in die völlige Stille der Wohnung hinein, nickte nachdrücklich und sagte bestimmt: „Ja, das mache ich sofort, das ist eine gute Idee.“

-19-

Ich hörte sofort an Tabeas Stimme, dass etwas nicht stimmte und mein Magen verkrampfte sich umgehend. „Deti, du musst herkommen, egal, was du gerade machst. Hella ist in ihrer Praxis niedergeschlagen worden. Sie ist nicht lebensgefährlich verletzt, hat aber eine ordentliche Platzwunde. Sie ist bereits auf dem Weg ins Krankenhaus, die Wunde muss versorgt werden und ein CT wird auch nötig sein, um ernstere Verletzungen auszuschließen."

„Fuck, hat sie gesehen, wer es war? Hast du sie gefunden?"

„Ich konnte sie noch nicht fragen. Sie war bewusstlos, als ich sie gefunden habe. Da habe ich erst einmal dafür gesorgt, dass sie ärztlich versorgt wird. Ich dachte, wir treffen uns im Krankenhaus und reden zusammen mit ihr?"

„Natürlich, ich komme sofort, wo liegt sie denn?"

„Im Nadini in der Kaiserstraße."

„Alles klar, bis gleich."

Ich setzte den Versuch fort, ohne weitere Gefahr für meine Zeugungsfähigkeit, ins Auto zu steigen. Mit zusammengebissenen Zähnen rutschte ich millimeterweise hinter das Lenkrad und hatte das erste Mal in meinem Leben den Wunsch, einen Rock tragen zu können. Kuppeln tat weh, Gas geben auch und ich konnte nur hoffen, dass kein Verkehrsteilnehmer mich zu einem plötzlichen Bremsmanöver zwingen würde. Ich ließ mich von Siri zur Kaiserstraße manövrieren, und stellte den Porsche ein Stück entfernt auf einem Parkplatz hinter einem Reisebüro ab. Tabea musste nicht unbedingt mitbekommen, wie ich schmerzverzerrt aus dem Auto kroch. Als ich es geschafft hatte, holte ich tief Luft und machte mich auf den Weg zum Haupteingang der Klinik. Im Foyer saß Tabea, und ich bemühte mich um einen aufrechten Gang und einen erfreuten Gesichtsausdruck.

„Da bist du ja. Weißt du, wo Hella liegt und ob sie überhaupt Besuch bekommen darf?“

„Besuch? Ich bin doch kein Besuch, ich bin die Polizei und dich lassen wir einfach unter den Tisch fallen“, lachte sie. „Nein, ich bin nicht im Dienst, außerdem wäre das nicht meine Zuständigkeit, schließlich ist sie nicht ermordet worden, sondern wurde nur niedergeschlagen. Aber Scherer müsste jeden Augenblick hier sein, der hat sicherlich nichts dagegen, dass wir unsere Freundin besuchen wollen. Ach, wenn man vom Teufel spricht ...“ Tabea drehte sich zur Tür, durch die in diesem Augenblick Oberkommissar Scherer reinkam.

Er nickte uns zu, ging dann zur Anmeldung und kam mit der Information wieder, dass Hella im 2. Stock, Zimmer 214 zu finden sei. Tabea wandte sich der Treppe zu und mir brach der Schweiß aus; da rettete mich Scherer.

„Ihr Sportsgeist in allen Ehren, aber ich hab‘s im Rücken und nehme daher lieber den Fahrstuhl“, lachte er und drückte auf den Knopf.

Tabea zögerte einen Moment, nickte und stimmte ihm zu: „Okay, obwohl Sie gerade dann eher Bewegung brauchten, fahren wir also Fahrstuhl. Du auch, Deti, oder nimmst du lieber doch die Treppe?“

„Ich? Ach nee, schon gut, ich fahre gern mit euch hoch, obwohl mir ein bisschen Bewegung sicher auch gut tun würde“, erwiderte ich lässig. „Ich bin ja die letzten Tage nicht mal mehr zum Joggen gekommen. Entweder kam was dazwischen oder es hat geregnet“, quasselte ich weiter und lächelte ihr zu. Vermutlich hatte ich etwas übertrieben, denn ihr Blick wurde eindeutig misstrauisch. Ich musste besser aufpassen, wenn ich meine alberne Behinderung weiterhin vor ihr verbergen wollte.

Hella lag im Bett, sah aber aus wie immer, wenn man von dem weißen Kopfverband einmal absah. Als sie uns erkannte, verzog sie ihr Gesicht zu einer Grimasse.

„Ihr seht aus, als wäret ihr auf dem Weg zu meiner Beerdigung. Entspannt euch, ich werde überleben, das haben zumindest die Ärzte gesagt. Eine Platzwunde, die wurde mit ein paar Stichen genäht und eine leichte Gehirnerschütterung, die keiner weiteren Behandlung bedarf. Ein paar Tage Ruhe und ich bin so gut wie neu. Ihr müsst euch aber unbedingt um die Hunde kümmern. Ich habe zwar Urs gebeten, sie in den Garten zu lassen, aber das ich ja keine Dauerlösung."

„Na klar, das machen wir direkt im Anschluss an unseren Besuch hier", stimmte Tabea zu und zog sich einen Stuhl neben das Bett. Scherer und ich blieben stehen, weil es nur diesen einen gab, wofür ich schon wieder dankbar war.

„Können Sie uns irgendwas dazu sagen, wer Sie niedergeschlagen hat?", begann jetzt Scherer mit der Befragung.

„Na ja, es war ein Mann, soviel weiß ich, aber das wars auch schon. Er hat geklingelt, hatte einen Katzenkorb samt einer Katze dabei und ... ne, keine Katze, einen Kater. Der hatte eine Beule über dem, Moment, dem linken Auge. Ich wollte ihn untersuchen, bin vorgegangen in mein Behandlungszimmer und ab da ... Filmriss. Dann erinnere ich mich erst wieder daran, dass Tabea mein Augenlid in die Höhe gezogen hat."

„Können Sie den Mann beschreiben? Kannten Sie ihn? Hat er den Namen der Katze erwähnt? Irgendwas, was Ihnen aufgefallen wäre?"

„Ich kannte den nicht, obwohl ich es einen Augenblick lang dachte. Er kam mir bekannt vor, aber ich habe keine Ahnung, woher. Er war nicht besonders groß, vielleicht 1,75 Meter, höchstens 1,78 Meter, schlank, aber nicht dünn. Er hatte dunkelblonde, glatte Haare, einen Bart und ... ja, er trug eine Brille. Seinen Namen hat er nicht genannt, nur den des Katers, aber ich komme nicht drauf, wie der hieß. Mein Hirn funktioniert noch nicht wieder, wie es sollte."

„Das macht nichts, Frau Labrius, das ist überhaupt nicht schlimm. Sie machen das sehr gut, was passierte noch?"

„Nichts weiter. Ich habe ihm gesagt, er solle mit mir kommen, habe mich umgedreht, bin auf mein Behandlungszimmer zugegangen, da überfiel mich plötzlich so ein komisches Gefühl. Ich wollte mich umdrehen, aber da bekam ich den Schlag auf den Kopf und muss bewusstlos geworden sein."

„Sind Sie selber auf ihren Behandlungstisch gestiegen oder hat er ..."

„Ich bin nirgendwohin gestiegen, das wüsste ich. Das muss der Typ gewesen sein, dieser Irre. Boh, wenn ich mir vorstelle, dass ich dem vollkommen hilflos ausgeliefert war ... wer weiß, was der mit mir gemacht hat." Hella schüttelte sich in gespieltem Entsetzen, grinste aber dabei.

„Waren Sie zu diesem Zeitpunkt allein in der Praxis?"

„Ja. Mein Vater ist im Urlaub, meine Tierarzthelferin war schon zu Tisch und mein Kollege war ebenfalls gegangen. Normalerweise wäre ich auch nicht mehr dagewesen, hatte aber noch einen Termin mit einem Pharmareferenten. Den hatte ich kurz zuvor verabschiedet, sonst hätte ich gar nicht mehr geöffnet. Ich dachte, der hat vielleicht etwas vergessen."

„Sind Sie in der Lage einem Phantomzeichner zu beschreiben wie der Mann ausgesehen hat?"

„Sicher, ich erinnere mich ziemlich genau, habe überhaupt ein gutes Gedächtnis für Gesichter, aber ... ach, ich weiß auch nicht, bei dem war irgendwas falsch. Ich weiß nicht, wie ich es anders ausdrücken soll, ich hatte den Eindruck, er sah anders aus, als er aussehen sollte. Verstehen Sie, was ich meine?“

Da Scherer einigermaßen ratlos aussah, mischte sich Tabea in die Befragung ein: „War er vielleicht maskiert?“

„Maskiert? Du meinst ... ja, das könnte es gewesen sein. Die Brille oder der Bart vielleicht. Ich bin mir fast sicher, dass ich den Mann kenne, also, kenne ist zu viel gesagt, aber schon mal gesehen habe. Allerdings anders.“

„Wir können das digital verändern, warten Sie ab. Ich rufe einen Kollegen, mit dem zusammen machen Sie zuerst eine Phantomzeichnung, alles andere kommt dann später. Jetzt lassen wir Sie zuerst einmal ausruhen, sie haben schließlich einen ordentlichen Schlag auf den Kopf bekommen.“

„Ja, das finde ich auch“, stimmte Tabea zu. „Deti und ich fahren gleich zu dir und kümmern uns um die Hunde. Vielleicht ist es gut, wenn wir einfach in deinem Gästezimmer bleiben, bis du entlassen wirst, was meinst du?“

„Ach Mensch, das tut mir verdammt leid, dass ich euch jetzt die Zeit so verderbe, ihr hattet sicherlich andere Pläne, aber ...“

„Bullshit“, sagte ich jetzt auch mal was und verlagerte ganz vorsichtig mein Gewicht von einem Bein auf das andere. „Du kannst doch überhaupt nichts dafür, außerdem hängt das bestimmt mit dem Fall zusammen, den du mir übertragen hast. Die Hunde sind kein Problem, aber was ist mit der Praxis? Kann dieser Urs die allein führen oder sollen wir deinen Vater anrufen?“

„Bloß nicht, der lässt alles liegen und stehen und regt sich wieder furchtbar auf. Dann darf ich mir erneut endlos lange Vorträge anhören, dass das alles nur passiert ist, weil ich allein lebe, nicht verheiratet bin, keine Familie habe, nicht hinter dem Herd stehe, wie es sich für eine Frau gehören würde. Nein, nein, den lassen wir, wo er ist. Urs schafft das schon ein paar Tage ohne mich. Ich rufe ihn an und kläre das. Wenn ihr die Hunde und meine Blumen, respektive den Garten in eure Obhut nehmen würdet, wäre mir verdammt viel geholfen. Viel gießen werdet ihr kaum müssen, da sich dieser August wie ein milder November verhält."

„Das machen wir gern, zerbrich dir darüber nicht deinen ohnehin kaputten Kopf. Einer von uns fährt jetzt direkt zu dir, der andere holt unsere Sachen aus dem Hotelzimmer. Alles kein Ding", sagte ich mit einem Optimismus, den ich nicht verspürte. In meinen Lenden tobten Schmerzen, die sich bei jeder Bewegung verschlimmerten.

Plötzlich richtete sich Hella auf und schlug mit den geballten Fäusten auf ihre Bettdecke ein. „Ich will diesen Kerl finden, das könnt ihr aber glauben", schimpfte sie. „Niemand schlägt mich hinterrücks bewusstlos und legt mich dann auf meinen eigenen Behandlungstisch. Außerdem frage ich mich die ganze Zeit, was der arme Kater hatte. Ich habe die Beule gesehen, die war ordentlich. Hoffentlich hat dieses perverse Stück Scheiße die dem nicht selber zugefügt. Boh, nee, wie ich solche Typen hasse. Vermutlich ist sein Schniedel nicht grösser als sein Daumen und er hasst deswegen alle Frauen."

„Ich bin nach wie vor sicher, dass es sich immer um den gleichen Mann handelt", sagte Tabea. „Also um den, der die Hunde umbringt, dir Frikadellen und sonstiges vor die Tür legt und der dich jetzt überfallen und niedergeschlagen hat. Er ist wütend, die Zeit der Geschenke ist vorbei, er fährt härtere Geschütze auf. Du musst ihn mit irgendwas verärgert haben. Wen hast du in letzter Zeit gesehen, mit wem vielleicht einen Disput gehabt?"

„Mit niemandem und gesehen habe ich nur euch, den Urs und zwei Vertreter. Na ja, ein paar Patienten natürlich, aber einen Disput oder gar Streit hatte ich mit keinem von denen."

„Was ist denn mit diesem Dennis?“, warf ich ein. „Der war ganz schön angepisst und hat sich auffällig häufig erkundigt, warum du nicht selbst gekommen bist.“

„Dennis? Du meinst den Schrauber in meiner Autowerkstatt? Kann ich mir nicht vorstellen, was hätte der für einen Grund, angepisst zu sein? Es war doch mein Auto, das wieder mal nicht angesprungen ist, nicht seins. Ich hätte also Grund, nicht er.“

„Das sehen Sie so, er kann das völlig anders sehen“, ergriff Scherer, der bisher schweigend zugehört hatte, das Wort. „Gehen wir davon aus, er ist in Sie verliebt. Sie sind seine Obsession, er glaubt, Sie gehören nur ihm, die Realität interessiert ihn nicht mehr. Nun kommen aber nicht Sie mit dem Wagen, den er natürlich manipuliert hat, sondern ein anderer Mann. Darüber kann er schon in Wut geraten sein, glauben Sie nicht auch?“

„Woher soll ich das wissen? Ich bin kein durchgeknallter Kerl, der sich beim Gedanken an mich einen runterholt“, empörte sich Hella. „Bisher habe ich den eigentlich für ganz normal gehalten, aber was weiß ich, was in einem kranken Hirn so vor sich geht. Er war es allerdings nicht, der mich niedergeschlagen hat, den hätte ich auf alle Fälle erkannt.“

„Bist du sicher? Ich werde hinfahren und ihn fragen, wo er am Montag gegen 13.00 Uhr gewesen ist“ bot ich an, aber Tabea schüttelte den Kopf.

„Lass mich das machen, ich zeige ihm ganz diskret meinen Ausweis, dann wird er schon damit rausrücken.“

„Vielleicht sollte das doch lieber die richtige Polizei machen?“, lachte Scherer, „die Mordkommission ist da vermutlich überqualifiziert.“

„Okay, was ist mit den anderen? Den Vertretern? Hat es mit einem Schwierigkeiten gegeben? Hat dich einer von ihnen mal angebaggert und hat 'nen Korb gekriegt oder sowas?", wollte ich wissen.

„Ach was, na ja, der Völler ist irgendwie schleimig, ich mag ihn nicht. Er macht mir ständig blöde Komplimente und ist immer so eindeutig zweideutig. Nicht direkt sexistisch, auch nicht beleidigend, trotzdem fühle ich mich in seiner Gegenwart unwohl. Urs wollte ihn mir an dem Tag auch abnehmen, aber ich habe abgelehnt. Vorher war noch Tobias Berger da, mit dem arbeite ich schon seit Jahren zusammen. Er ist nett, seit einem Jahr verheiratet, seine Frau erwartet das erste Kind, alles völlig easy. Der hat damit nichts zu tun, dafür lege ich meine Hand ins Feuer. Na ja, und Urs eben. Der ist vielleicht ein bisschen strange, ein Weiberheld, wenn du mich fragst, aber von mir will der nichts, jedenfalls nicht, dass ich wüsste. Also, ich musste mich seiner nie erwehren, oder wie sagt man?" Hella lachte lauthals, fasste sich aber schnell an den Hinterkopf und stöhnte. „Aua, das tut immer noch weh. Nee, Urs können wir streichen, der war das nicht, außerdem hätte ich die doch alle erkannt, egal in welcher Maskerade. Das war niemand aus meinem näheren Umfeld, aber ich zerbreche mir seit Stunden den Kopf, an wen mich der Typ erinnert hat."

„Er muss es ja nicht selber gemacht haben, vielleicht hat er jemanden dafür bezahlt, dich in deiner Praxis ..."

„Menke, hör auf, du spinnst", unterbrach Tabea meine kriminellen Überlegungen, „Auftragskiller in Zweibrücken, das ist wirklich eine etwas gewagte Theorie, merkste selber, oder?"

„Na ja, Auftragskiller vielleicht nicht, nur ein Auftragsniederschläger", lachte ich, musste aber zugeben, dass das weit hergeholt war.

„Hella, es hilft nichts. Da draußen läuft ein Typ rum, der es auf dich abgesehen hat. Zuerst hat er es mit Geschenken versucht und als das nicht zum gewünschten Erfolg geführt hat, mit Gewalt. Ich bin sicher, er wird nicht aufhören und es wieder versuchen. Natürlich werden alle, die mit dir Kontakt hatten, überprüft. Trotzdem, wenn du hier raus bist, musst du Polizeischutz beantragen. Hella schüttelte abwehrend den Kopf.

„Ihr spinnt wohl. Das fehlte mir gerade noch, dass den ganzen Tag ein Polizeiwagen vor meiner Tür steht, kommt überhaupt nicht infrage. Außerdem wird der sich dann sicher nicht sehenlassen und ihr könnt mich nicht bis ans Ende meiner Tage beschützen."

„Polizei ja, Wagen nein", lächelte Tabea. „Ich habe schließlich Urlaub und nichts zu tun. Du stellst mich als deine neue Mitarbeiterin ein und so bin ich unauffällig immer in deiner Nähe. Dein merkwürdiger Verehrer wird nicht lange warten, bis er wieder auftaucht, da bin ich ziemlich sicher. Hast du Urs gefragt, ob es in den letzten Tagen Hunde gab, die an einem dieser Köder verendet sein könnten?"

„Nein, noch nicht, aber er hätte es mir sicherlich erzählt, wenn dem so gewesen wäre. Und du wirst nicht deinen Urlaub für mich opfern, das geht mal gar nicht, Ende der Diskussion."

„Ich opfere nicht meinen Urlaub, ich bin Undercover im Dienst. Ich werde das mit meiner zukünftigen Vorgesetzten abklären und es genehmigen lassen, keine Sorge. Bisher hat die Untersuchung kaum etwas gebracht. Keine Fingerabdrücke, keine Zeugen, nichts. Wenn wir nichts tun, sind die Spuren sehr bald schon eiskalt. Das dürfen wir nicht zulassen, also sag schon Ja, ein Nein akzeptiere ich sowieso nicht."

Hella seufzte gespielt theatralisch, nickte dann und sagte: „Okay, dann also willkommen im Team der Tierarztpraxis Labrius. Ich hoffe, du fällst nicht um, wenn's mal blutig wird." „Keine Bange, ich habe bestimmt schon schlimmeres gesehen", wehrte Tabea ab und zog ihr Handy aus der Tasche, um ihre Vorgesetzte von ihrem Vorhaben in Kenntnis zu setzen.

Nachdem wir uns verabschiedet hatten, nahmen wir diesmal ohne Diskussion gleich den Fahrstuhl und verabschiedeten uns in der Lobby von Scherer. Dann blieb Tabea stehen und sah mich an.

„So und jetzt will ich wissen, was mit dir los ist?“, befahl sie in ihrem besten Oberkommissarinnenton.

Ich setzte eine fragende Miene auf, aber sie winkte ab. „Versuch‘s gar nicht erst, ich weiß, dass etwas mit dir nicht stimmt, also los, raus damit.“

Seufzend gab ich meinen Widerstand auf und erzählte ihr von meiner Begegnung mit Luna und ihrem Herrchen. Ich wartete auf lautes Lachen, aber das kam nicht. Auch sonst nichts. Sie drehte sich einfach um und ging zur Anmeldung. Ich stand da und schaute ihr betroffen nach, bis sie wieder vor mir stand.

„Komm mit, du Held, ich will nicht riskieren, dass du am Ende impotent wirst. Mit Verletzungen der Manneszierde ist nicht zu spaßen.“

„So schlimm ist es nicht“, wehrte ich ab, aber ich wusste bereits, dass sie keinen Millimeter nachgeben würde und so war es auch. Sie würdigte mich nicht einmal einer Antwort, nahm stattdessen meinen Arm und zog mich hinter sich her. Zum Glück nicht weit, dann schob sie mich in einen kleinen Raum, in dem eine Liege, ein Schreibtisch, ein Medikamentenwagen und ein Stuhl standen, sonst nichts.

„Nicht weglaufen“, sagte sie und zeigte auf die Liege. „Der Arzt kommt gleich und guckt sich das an.“

„Du gehst aber raus, damit das klar ist“, sagte ich und Tabea seufzte.

„Ist klar, schließlich könnte ich was sehen, was ich bisher nicht gesehen habe. Menke, du bist echt sehr merkwürdig.“

„Kann sein, aber mir ist das eben peinlich. Hättest du mich gern bei einer gynäkologischen Untersuchung dabei? Neben dem Arzt, nicht neben deinem Kopf?“

„Na ja, nicht unbedingt, also gut, wenn du dich dann besser fühlst, dann gehe ich eben raus.“

Ich kam nicht dazu, ihr zu versichern, dass ich mich dann ungleich besser fühlen würde. Die Tür öffnete sich und Jennifer Lopez betrat den Raum. Im Arztkittel, dessen Schild sie als Dr. M. Fröhlich auswies. Mir wurde heiß und ich wünschte mir nichts sehnlicher, als dass sich die Erde auftun möge, um mich zu verschlucken. Tat sie nicht. Die attraktive Ärztin kam näher, schüttelte mir die Hand und wollte wissen, wie sie mir helfen könnte. *Indem sie wieder verschwinden*, wäre vermutlich die falsche Antwort gewesen, also riss ich mich zusammen, erinnerte Tabea mit einem Wink an ihr gegebenes Versprechen, und sie verließ kopfschüttelnd den Raum. Erst als hinter ihr die Tür ins Schloss fiel, gab ich erneut meine Geschichte zum Besten und ich bin sicher, Dr. Fröhlich hatte große Mühe, sich das Lachen zu verkneifen.

„Na ja“, sagte ich dann wegwerfend, „so schlimm ist es nicht, aber meine Verlobte war sehr besorgt um meine ... sie verstehen schon.“

„Natürlich, das verstehe ich, denke aber, ihre Besorgnis ist unbegründet. Eine auf diese Art entstandene Verletzung an Hoden oder Penis ist natürlich schmerzhaft, aber sicherlich harmlos. Ich werde es mir anschauen, machen Sie sich bitte frei.“

Da war er, der Satz, vor dem ich mich fürchtete, seit sie den Raum betreten hatte. Idiotischerweise überlegte ich, was für eine Unterhose ich trug, als würde das irgendwas an der Situation ändern. Dann ließ ich resigniert alle Hüllen fallen und wartete gottergeben darauf, dass Dr. Fröhlich endlich ihre Handschuhe übergestreift hatte.

„Legen Sie sich bitte hin und entspannen Sie sich“, bat sie und brachte mich damit fast zum Lachen. Welcher Mann kann sich entspannen, wenn eine Jennifer Lopez seine Kronjuwelen in Händen hält? Ich befahl mir, an etwas sehr Unangenehmes zu denken. Wurzelbehandlung, Steuerprüfung, Blinddarmdurchbruch, egal was, bloß jetzt keine Freude zeigen.

„Stehen Sie bitte auf, und stellen Sie sich ganz entspannt auf beide Füße. Ja, so ist es gut, ich bin gleich fertig. Tut das weh? Und hier? Okay, dann können Sie sich wieder anziehen. Sie haben eine ordentliche Prellung am rechten Hoden, ansonsten ist alles unverletzt. Sie können ihn kühlen, aber bitte ziehen Sie sich dabei keine Erfrierungen zu. Und natürlich müssen Sie sich ein paar Tage schonen, also keine sexuellen Aktivitäten. Aber, ich glaube, danach ist Ihnen in nächster Zeit ohnehin nicht so.“ Sie lächelte freundlich, zog die blauen Handschuhe aus und entsorgte sie in einem Eimer. Dann reichte sie mir die Hand und verabschiedete sich.

Da Tabea nicht kam, verließ ich den Raum und sah sie zusammen mit der Ärztin auf dem Flur stehen. Beide Frauen lachten gerade herzhaft und ich beschloss, umgehend in ein Kloster einzutreten. Frauen waren grausam. Als ich sie erreicht hatte, drehte sich Dr. Fröhlich winkend um und lief schnellen Schrittes einen Gang entlang, Tabea nahm meinen Arm und streichelte über meine Hand.

„Du Armer, das muss schlimm sein und sicherlich ist es sehr schmerzhaft, aber ich bin sicher, wäre es nicht dir passiert, sondern irgendjemand anderem, du müsstest auch lachen. Gib‘s zu.“

Ich wollte vehement verneinen, aber so ganz gelang mir das nicht, ich wusste, dass sie Recht hatte. „Wer den Schaden hat, das spottet jeder Beschreibung“, sagte ich daher düster, bevor ich aufgab und in ihr Lachen einstimmte.

„Gut, gut. Immerhin musst du mein Leiden mit mir tragen“, grinste ich. „Ich brauche Ruhe und Schonung, du musst mich also von vorne bis hinten bedienen und Sex gibt‘s auch keinen, damit du es nur weißt.“

„Weiß ich schon“, erwiderte meine schöne Verlobte ungerührt. Dr. Fröhlich hat es erwähnt. Sie ahnte wohl, dass du mir diesen Teil ihrer Anweisung vorenthalten würdest.“

„Hätte ich bestimmt nicht und wenn, du hättest es spätestens bemerkt, wenn wir in medias res gegangen wären. Meine Schmerzensschreie könntest nicht einmal du ignorieren“, lachte ich und fand plötzlich alles nicht mehr so schrecklich peinlich. „Fährst du zum Hotel, unsere Sachen holen und ich fahre zu Hella? Ich lasse aber die Hunde nur in den Garten, zu größeren Wanderungen bin ich in meinem Zustand nicht in der Lage.“

Tabea stimmte zu und wir trennten uns vor der Tür des Krankenhauses, um zu unseren Autos zu gehen. Nachdem ich erneut langsam und vorsichtig hinter das Steuer gerutscht war, schwor ich mir, demnächst ein anderes Auto zu kaufen. Eines, in das man einsteigen konnte, ohne sich wesentliche Teile seiner Anatomie endgültig zu zerstören.

Vor Hellas Haus traf ich auf Urs Mittler, der gerade die Haustür zu ihrer Wohnung ins Schloss zog. Mit unbewegter Miene schaute er zu, wie ich mich aus dem Porsche quälte und sagte ironisch: „Vielleicht sind die Tage für solche Autos vorbei? Sie sehen aus, als hätten Sie mindestens einen Bandscheibenvorfall.“

„Das nun nicht direkt“, gab ich langsam zurück, „aber, ich weiß nicht, ob Sie es wissen, ich habe mich gestern verlobt und die letzte Nacht war ... na ja, Sie verstehen schon.“

Er zog nur maliziös die Brauen in die Höhe, ohne mir zu antworten, dafür hielt er mir den Schlüssel hin.

„Bitte, Frau Labrius hat mich bereits informiert, dass Sie die nächste Zeit hier wohnen werden, um sich um Elfie und Ihren eigenen Hund zu kümmern. Ich habe genug anderes zu tun", sprach's und ging an mir vorbei zur Praxis. *Du mich auch*, dachte ich und steckte den Schlüssel ins Schloss.

Elfie flog aus dem Wohnzimmer auf mich zu, bremste aber freundlicherweise, bevor sie meine Intimitäten erreichte und Alli stimmte das Lied vom *„von Herrchen verlassener Dackel"* – alle 12 Strophen an. Ich ließ mich vorsichtig auf einer Sesselkante nieder, hinderte ihn daran, auf meinen Schoss zu klettern und kraulte als Ersatz beidhändig seine langen Ohren.

„Jetzt tu man bloß nicht so", sagte ich in strengem Ton. „Wer hat mich denn die ganze Zeit ignoriert? Hä, wer war das denn? Mein Herr Dackel, oder etwa nicht? Du hast doch eindeutig diese Dame da vorgezogen, also musst du jetzt nicht beleidigt sein, weil ich meine Dame auch mal vorziehe. Also, wir sind quitt, und jetzt gehen wir eine kleine Runde Gassi. Was haltet ihr davon?" Da ich keine Antwort bekam, ging ich davon aus, dass sie nichts davon hielten und das war mir sehr recht, denn auch, wenn es nur eine Prellung war, machten mir die Schmerzen echt zu schaffen. Ich überlegte, wie man einen Hoden am besten kühlt und entschied mich für eine kalte Dusche. Als Tabea kurze Zeit später kam, fühlte ich mich schon sehr viel besser, aber als ich sie davon überzeugen wollte, wehrte sie ab.

„Nix is, Menke, du musst dich schonen. Wir wollen doch keine Spätfolgen riskieren, also hör schon auf. Mir musst du nicht beweisen, was für ein harter Typ du bist. Wie wäre es stattdessen mit einem schönen Spaziergang? Die Hunde könnten auch mal wieder Bewegung gebrauchen. Die sind die letzte Zeit eindeutig zu kurz gekommen. Also auf, lass uns die Stadt erkunden, ich habe Hunger.“

„Ein Spaziergang ist ein sehr schwacher Ersatz für das, was du mir verweigerst, du grausames Weib, außerdem habe ich heute Mittag köstliche Ravioli mit Steinpilzen gegessen. Daher habe ich keinen Hunger, aber bitte, ich opfere mich und bin bereit, dir beim Essen zuzusehen“, lachte ich.

Tabeas Ellbogen zuckte auf meine Magengrube zu, aber sie bremste sich und sagte: „Ich weiß, du bist schwerverletzt und hast daher Schonfrist, aber die gilt nicht auf Dauer, das solltest du wissen.“

Einvernehmlich spazierten wir kurz darauf in Richtung City, jeder einen Hund an der Leine und damit die ausgiebig schnüffeln und auch notwendige Geschäfte erledigen konnten, liefen wir die Allee rauf und über den Exe wieder zurück. Überall war reger Verkehr. Eltern mit kleinen Kindern bevölkerten den Spielplatz, die etwas größeren plantschten im Wasser und bewarfen sich gegenseitig mit Matsch. Jugendliche saßen oder standen in Grüppchen zusammen, andere kurvten mit Skateboards oder Mountainbikes umher. Es sah harmlos und sehr friedlich aus. Dass es das nicht war, erfuhren wir kaum eine Minute später. Schreie ertönten nicht weit von uns und ich sah einige Frauen wild gestikulieren.

Tabea war wieder schneller als ich und bereits unterwegs, um zu gucken, ob sie helfen konnte. Eine ganze Traube Menschen hatte sich um einen Mischling aller möglichen Hunderassen versammelt, der am Boden lag und heftig zuckte. Ich hinderte Alli daran, ihn zu beriechen und nahm Tabea, die bereits neben dem Hund kniete, Elfie ab. Sie prüfte seinen Herzschlag, seinen Puls, schüttelte den Kopf und erhob sich.

„Wann hat das angefangen", wollte sie von der laut weinenden Frau, die die Leine umklammerte, wissen.

„Das hat überhaupt nicht angefangen, er ist einfach umgefallen und hat dann so gezuckt."

Sie zeigte auf den Hund, dessen Zuckungen tatsächlich schlimmer zu werden schienen; außerdem entleerte er gerade schwallartig seinen Darm.

„Der Hund muss umgehend zu einem Tierarzt gebracht werden, wo ist der nächste?", wollte Tabea wissen, und ein wirres Durcheinander brach los. Handys wurden hervorgeholt, um Google zu befragen.

„Dr. Grüning, der hat aber erst ab 16.00 Uhr Sprechstunde und Dr. Labrius auch, beide haben aber Notfallnummern. Ist das ein Notfall?", wollte ein junger Mann wissen, der das Rennen im Internet für sich entschieden hatte.

„Ein absoluter Notfall. Rufen Sie an, bitte und sagen Sie, es geht um einen Hund, etwa 12 kg schwer, starke Vergiftungserscheinungen, Ataxie ... oder warten Sie, geben Sie mir bitte Ihr Handy, ich mache das selbst."

Der Mann zögerte, offensichtlich nicht bereit, sich seine wichtige Rolle so einfach abnehmen zu lassen, aber Tabea streckte ihm so kategorisch die Hand entgegen, dass er kapitulierte.

„Hallo, Kühn hier, wer? Ach so, ja dann. Also, wir sind auf dem Exe und es ist gerade ein Hund kollabiert. Was? Nein, weder noch, ein fremder. Tachykardie, Ataxie und Diarrhoe, sieht alles nach einer Vergiftung aus, bereiten Sie bitte alles vor, wir bringen ihn direkt. Danke", sagte sie dann zu dem jungen Mann gewandt und reichte ihm das Telefon zurück. „Die Praxis Labrius ist bereit, haben Sie ein Auto?", wollte sie dann von der Hundehalterin wissen, die schluchzend neben ihrem Hund kniete.

„Was, nein, ich wollte doch nur mit Ronny spazieren gehen, da nehme ich kein Auto mit. Oh Gott, was mache ich denn jetzt nur?“

Mit verweinten Augen schaute sie verzweifelt die versammelte Menschenmenge an, von der allerdings keiner bereit schien, den zuckenden, stinkenden Hund in seinem Auto zu transportieren.

„Nehmt den Hund und kommt vorne an die Straße“, ertönte eine tiefe, mir bekannt vorkommende Stimme und ich erkannte Füßler, der sich aus der Menge schälte.

Ich schaute auf die Frau, die vergeblich versuchte, ihren krampfenden Hund vom Boden zu lösen. Tabea hatte das ebenfalls bemerkt, schnappte sich den Hund und rannte mit ihm auf dem Arm hinter Füßler her. Zwei Minuten später kam der angefahren, sprang aus einem Qashqai in Silber–Metallic und riss den Kofferraum auf.

Tabea bettete den mittlerweile bewusstlosen Vierbeiner auf die dort liegende Decke und drehte sich zu mir: „Ich fahre kurz mit, warte in der Nähe auf mich, ich komme bald zurück.“ Sie nahm das immer noch bitterlich weinende Frauchen von Ronny am Arm und bugsierte sie auf die Rückbank. Sie selber setzte sich auf den Beifahrersitz neben Füßler, und der trat aufs Gas.

Ich schaute etwas belämmert hinterher und wusste nicht recht, was ich als Nächstes tun sollte, da sprach mich der Mann an, der so schnell im Internet unterwegs gewesen war.

„War bestimmt wieder der kranke Typ mit den Ködern oder was meinst du?“

„Was denn für Köder?“, gab ich mich ahnungslos.

„Bist wohl nicht von hier, sonst hättest du davon gehört. So ein Spacko killt hier die Hunde mit Giftködern oder so. Hat schon einige ins Nirwana geschickt, echt krass so was.“

„Ja, das ist übel. Hast ja grad gesehen, wie die Tiere leiden müssen. Also, wenn mir das passieren würde, also ich meine, einem meiner Hunde, ich würde den Typen bis ans Ende der Welt jagen. Mein Wort drauf."

„Bist 'nen Tierfreund, dachte ich mir schon", schloss er scharfsinnig und zeigte auf die beiden Hunde.

„Ich hab's ja nicht so mit Hunden, steh eher auf Schlangen, aber killen muss man sie trotzdem nicht. Was meinste denn, kommt der da lebend beim Doc an?" Er zeigte in die Richtung, in die Füßler verschwunden war.

„Keine Ahnung, kommt wohl drauf an, welche Ursache es für seinen Zustand gibt. Vielleicht hat er Epilepsie oder so was."

„Glaub ich nicht, so krass wie der gezuckt hat und dann der Dünnschiss, ey. Boh, das Auto von dem Menschenfreund stinkt sicher wie ein Pumakäfig."

Ich sagte zwar nichts, gab ihm aber innerlich Recht, die kurze Fahrt war sicherlich kein Vergnügen. Ich rechnete es Füßler deshalb schon mal hoch an, dass er sich nicht gedrückt hatte, wie all die anderen Gaffer. Wie ich in der Situation mit meinem geliebten Porsche reagiert hätte, darüber nachzudenken vermied ich tunlichst.

„Na ja, denn man schönen Tag noch", verabschiedete sich mein Gesprächspartner und verschwand Richtung City. Auch alle anderen Zuschauer der Szene waren ihrer Wege gegangen. Ich stand allein mit meinen Hunden an der Straße und wusste nicht recht weiter. Ich hatte tausend Dinge erlebt, war aber in meinen Ermittlungen keinen einzigen Schritt weitergekommen. Möglicherweise war auch dieser Hund ein Opfer des Irren geworden.

Da ich fest davon überzeugt war, den Kerl tagsüber nicht zu Gesicht zu kriegen, beschloss ich, mich in der kommenden Nacht auf die Lauer zu legen. Es wurde Zeit, dass ich etwas tat für mein Geld. Tabea würde ich allerdings mit Sicherheit nicht in meinen Plan einweihen, da sie mit ebensolcher Sicherheit versuchen würde, ihn mir auszureden. Zum Glück hatte sie einen sehr gesunden Schlaf, und wenn sie schlief, war es schwer bis unmöglich, sie aufzuwecken. Es sollte daher ein Leichtes für mich sein, mich davonzuschleichen. Vielleicht hätte ich einen Gedanken daran verschwenden können, dass meine Ideen nicht immer die allerbesten waren und mich schon mehr als einmal in sehr unangenehme Situationen gebracht hatten.

-20-

Eddy hatte Recht. Er musste das wieder gutmachen, was er ihr angetan hatte und er konnte nur hoffen, dass es dazu nicht zu spät war. Der Gedanke, sie vielleicht getötet zu haben, brachte sein Inneres zum Beben und er verbot sich schnell, weiter darüber nachzudenken. Es durfte nicht sein, also war es nicht so. Er würde ihr Blumen vor die Tür legen, viele Blumen oder Pralinen. Vielleicht mit einer Karte, ein paar Zeilen, einer Entschuldigung.

Euphorisch fuhr er die Hohenfelstraße entlang, und als er einen Blumenladen entdeckte, hielt er an und ging hinein. Zehn Minuten später schloss eine sehr zufriedene Floristin hinter ihm und einem riesigen Strauß rosafarbener Rosen die Tür. Als er aber in ihre Straße einbog, kamen ihm erneut Zweifel. Was, wenn sie ihn entdeckte, wenn irgendjemand ihn beobachtete, wie er die Blumen ablegte? Er musste davon ausgehen, dass die Polizei hier gewesen war und die Leute daher jeden Fremden misstrauisch beobachten würden. Nein, das konnte er nicht riskieren. Er fuhr an ihrem Haus ebenso vorbei, wie an der Praxis, und hielt erst 500 Meter weiter an. Dann klappte er den Spiegel runter und betrachtete sein Gesicht. Er hatte weder den falschen Bart noch die buschigen Augenbrauen erneut angeklebt, nicht einmal die dunkle Brille mit dem Fensterglas eingesteckt.

Das war sehr nachlässig von dir, sagte er laut mit fremder Stimme und zuckte unter dieser Kritik zusammen. *Ich weiß, das stimmt, es tut mir wirklich leid, aber ich war so durcheinander und wollte doch so schnell es geht, deine Idee umsetzen. Es war doch deine Idee, ihr Blumen zu schenken, damit sie weiß, wie Leid es mir tut. Ja natürlich, ich hätte trotzdem daran denken müssen, bitte entschuldige.* Seine Stimme hatte jetzt den Tonfall eines weinerlichen Kindes, das eine Strafe erwartet und hofft, sie abwenden zu können. Mit aufgerissenen Augen und halb-offenem Mund lauschte er auf etwas, nickte schließlich mehrmals bestätigend, lächelte erleichtert und verließ den Wagen. Als er nach einer Weile zurückkam, war sein Gang federnd und sein Gesichtsausdruck erwartungsvoll. *Das habe ich doch wirklich gut gemacht, das musst du zugeben,* sagte er nach dem Einsteigen in die Stille des Wagens hinein, wartete einen Augenblick und als erneut die fremde, harte Stimme erklang, zuckte er zusammen und hielt beide Hände schützend über seinen Kopf, als erwarte er Schläge.

Gut gemacht? Bist du jetzt von allen guten Geistern verlassen? Du hast dich angreifbar gemacht, dich und mich, ist dir das nicht klar? Der Mann hat dich gesehen, er kann dich beschreiben und wird das sicherlich auch tun, wenn ihn jemand fragt, ob irgendetwas Ungewöhnliches war. Und es ist verdammt ungewöhnlich, persönlich eine Rechnung abzuholen. Es ist überhaupt ein Wunder, dass der Kerl nicht sofort die Polizei gerufen hat. Ich fürchte, er hat damit nur gewartet, bis du die Tür hinter dir geschlossen hattest. Guck dich um, vielleicht kommen sie schon, um dich abzuholen. Schweiß stand auf der Stirn des Mannes und sein Mund zuckte nervös, als er den Kopf drehte, um die Straße abzusuchen. *Da ist niemand, du willst mir nur wieder Angst machen. Warum tust du das, was habe ich dir getan? Ich tue alles, was du vorschlägst und immer sagst du, es war falsch. Es war doch deine Idee, oder etwa nicht? Immerhin habe ich erfahren, dass sie nicht tot ist. Sie liegt im Krankenhaus und es geht ihr gut. Ich werde ihr die Blumen dorthin bringen, ich gebe sie an der Pforte ab und schreibe eine Entschuldigung dazu. Wie findest du das? Komm, sag doch was, bitte. Sei mir nicht wieder böse, das ertrage ich nicht und das weißt du.*

Er hob die Hand, als würde er jemandem über die Wange streicheln und spitzte die Lippen, als erwarte er einen Kuss. Dann veränderte sich sein verklärter Gesichtsausdruck abrupt, er verzog den Mund zu einem ironischen Lächeln und ließ ein verächtliches „Pah“ hören. Seine Stimme klang komplett anders, hart und kalt. *Du glaubst, du kannst mich rumkommandieren, mit mir umspringen, wie es dir gefällt. Mich ungestraft wie einen Idioten behandeln, der alles tut, nur damit du zufrieden bist. Oh nein, so läuft das nicht, mein Lieber. Es war eine Scheißidee von dir, mich da hinzuschicken, um nach dieser blöden Rechnung zu fragen. Du hast genau gewusst, in welche Gefahr ich mich damit gebracht habe, hast dich wahrscheinlich köstlich darüber amüsiert, dass ich dumm genug war, es zu tun. Komm schon, gib es zu. Du hast hier gesessen und dir ins Fäustchen gelacht, oder sogar gehofft, dass die Polizei dort bereits auf mich* wartet. *War es so? Los sag was! War es so?* Außer sich vor Wut, drosch er wie von Sinnen mit beiden Fäusten auf die Kopfstütze des Beifahrersitzes ein und hielt erst erschrocken inne, als kräftig an die Scheibe geklopft wurde.

-21-

Der Gestank im Auto war trotz geöffneter Fenster infernalisch, aber in stiller Übereinkunft verlor niemand ein Wort darüber.

„Wie heißen Sie eigentlich?“, fragte Tabea und drehte sich zu der weinenden Frau auf dem Rücksitz um.

„Brigitte Arndt“, schluchzte sie, „und Ronny ist erst zwei Jahre alt. Der hat doch keinem was getan, ich verstehe das einfach nicht.“

„Hat er irgendwas gefressen, was er auf der Straße gefunden hat oder haben Sie ihm etwas gegeben?“

„Er hat bestimmt nichts von der Straße gefressen, da passe ich auf wie ein Luchs. Man weiß doch, dass hier ein Hundehasser am Werk ist. Nein, bestimmt nicht, da bin ich ganz sicher und sonst ... hm, da war die nette Mutter mit ihren zwei kleinen Töchtern, die hat ihm einen Keks geschenkt. Er hat so niedlich danach gebettelt, wissen Sie, richtig getanzt hat er, auf den Hinterbeinen und die Vorderpfötchen hat er zum Bitte – Bitte gehoben. Das fand die Dame auch so niedlich, dass sie hat ihm den Keks gegeben hat.“

„Nur einen? Oder waren es mehrere?“

„Ich weiß nicht genau, ich meine, das größere von den beiden Mädchen hätte ihm auch noch ein oder zwei zugesteckt. Das ist aber bestimmt nicht der Grund dafür. Er bekommt zuhause öfter mal einen Keks, die hat er immer gut vertragen.“

„Wir sind da, Frau Arndt, kommen Sie, ich nehme wieder Ronny, wenn Sie einverstanden sind. Herr Füßler, sind Sie so nett und klingeln schon mal? Dann können Sie gern wieder fahren. Wer weiß, wie lange das hier dauert.“

„Mach ich“, antwortete der Angesprochene, kletterte hinter dem Lenkrad hervor, lief auf die Tür zu und presste den Daumen auf die Klingel. Als Urs Mittler in der Tür erschien, drehte er sich um, ging zurück zu seinem Fahrzeug, überlegte es sich dann anders und lief hinter den beiden Frauen her ins Haus.

„Könnte 'ne Story werden, man weiß ja nie“, sagte er zu niemandem Bestimmten.

Mittler untersuchte bereits mit konzentriertem Gesichtsausdruck den bewusstlosen Hund, hörte Herztöne ab, fühlte seinen Puls und legte dann einen Zugang.

„Keine Ahnung, ob es wichtig ist, aber der Kleine hat auf dem Spielplatz etliche Kekse abgestaubt“, informierte Tabea ihn und Mittler hob den Kopf.

„Wie viele genau und was für Kekse waren das?“ Er schaute fragend zur Hundehalterin rüber.

„Na ja, so genau weiß ich es doch nicht. Drei oder vier vielleicht und was für Kekse? Wie meinen Sie das denn?“

„Waren es gekaufte oder selbst gebackene? Heutzutage wird viel mit Birkenzucker gebacken, also mit Xylitol und das ist hochtoxisch für Hunde. Wäre nicht der erste, der daran stirbt, weil es niemand erkannt hat. Ich wüsste es auch nicht, hatte aber schon einmal so einen Fall und daher ...“ Er drehte sich zu einem Schrank um, entnahm ihm eine kleine Flasche, hängte sie an einen Infusionsständer und schloss sie an den bereits gelegten Zugang an. „Das ist Glucose, und wenn ich Recht habe mit meinem Verdacht, dass Ihr Hund eine Xylitolvergiftung hat, könnten wir Glück haben und sein Leben retten. Birkenzucker führt bei Hunden, Frettchen, Kaninchen, Kühen, Ziegen und Pavianen zu einer rasanten Ausschüttung von Insulin und einem damit verbundenen Abfall der Blutglukose, außerdem kann es zu schweren Leberschäden bis hin zu einem kompletten Leberversagen kommen. Glukose hilft ihm jetzt erstmal das Insulin zu binden.“

„Davon habe ich noch nie etwas gehört“, sagte Frau Arndt und sah hilfesuchend Tabea an.

„Ich zufällig schon. Mein Verlobter hat einen Dackel, der auch sehr gern alles Mögliche frisst, was ein Hund nicht fressen sollte. Kaugummis zum Beispiel und zum Glück stand auf denen eine Warnung, daher habe ich mich über Xylitol informiert. Hundebesitzer sollten daher möglichst nichts im Haus haben, was diesen Zuckerersatzstoff enthält, Katzen haben damit allerdings kein Problem.“

„Pferde, Ratten und Rhesusaffen auch nicht“, ergänzte Mittler, „aber die fressen ohnehin eher selten Kaugummi. Allerdings macht man sich das Xylitol zu Nutze, um die Ratten in den Städten zu dezimieren, indem man es mit Gift mischt. Die Süße verdeckt dessen Geschmack und da es zeitversetzt wirkt und nicht weh tut, kann eine Ratte, die es gefressen hat, die anderen nicht davor warnen, wie sie es sonst täte. Ratten sind bekanntlich schlaue Tiere und sehr sozial.“

„Wann können Sie sagen, ob Ronny es schafft?“, wollte sein Frauchen wissen und rang erneut die Hände.

„Ich würde ihn gern über Nacht hierbehalten. Er muss beobachtet werden, falls es zu Komplikationen kommen sollte. Morgen früh wissen wir mehr.“

„Oh Gott, oh Gott, was denn für Komplikationen, Herr Doktor?“

„Nun machen Sie sich mal keine unnötigen Sorgen, ich werde gut auf Ronny aufpassen, versprochen. Er hat Glück, dass ich so schnell die richtigen Hinweise bekommen habe und ihm damit die richtige Behandlung geben konnte. Viele Hunde mit einer Xylitolvergiftung sterben, weil niemand es erkennt.“

„Gut, dann werden wir hier wohl nicht mehr gebraucht. Kommen Sie, Frau Arndt, ich kann Sie mit zurück in die Stadt nehmen“, sagte Tabea und nickte Mittler freundlich zu.

„Nee, lassen Sie mal, ich wohne ja gar nicht weit von hier, ich laufe lieber. Ich brauche jetzt Bewegung und frische Luft. Ich bedanke mich aber ganz herzlich bei Ihnen für Ihre Hilfe. Ich weiß gar nicht, was ich ohne Sie getan hätte. Und ohne Sie natürlich, wandte sie sich zu Füßler um, der schweigend in einer Ecke des Raumes stand."

„Gut, ganz wie Sie wollen, Frau Arndt. Ich drücke Ronny alle Daumen und bin sicher, es wird alles gut. Er wird Sie morgen früh freudig und quicklebendig begrüßen. Ganz bestimmt." Innerlich war sie amüsiert darüber, dass Frau Arndt all ihre Dankbarkeit nur über die beiden Männer ausschüttete, ihren Anteil an Ronnys bisherigem Überleben hatte sie offenbar vollkommen vergessen. „Herr Füßler, ich würde ehrlich gesagt auch lieber laufen. Ein bisschen Bewegung tut mir nach der Aufregung ganz gut", wandte sie sich jetzt an ihren Fahrer. Der nickte, zuckte die Schultern und wandte sich an Frau Arndt.

„Wenn das so ist, würde ich gern noch kurz mit Ihnen reden. Ich bin der Meinung, dass es eine gute Idee wäre, darüber zu berichten, dass nicht nur Giftköder eine Gefahr darstellen, sondern dass auch ein harmloser Keks einen Hund das Leben kosten kann. Was halten Sie davon?"

„Kommen wir dann in die Zeitung, Ronny und ich?", wollte sie wissen und klang eher freudig als besorgt.

„Wenn Sie das möchten, sogar mit Bild", lachte der Gefragte und nahm sie am Arm. „Kommen Sie, lassen wir den Doc hier seine Arbeit machen. Wir gehen nach draußen."

„Sie können sich gern ins Wartezimmer setzen, von mir aus auch ein Foto vom Hund machen. Ich finde es gut, wenn die Hundehalter gewarnt werden."

„Super, und wenn Sie einverstanden sind, nehme ich Sie gleich mit aufs Foto, das kommt immer gut. Ich hole schnell meine Kamera, bin gleich wieder zurück."

Fünf Minuten später war er wieder da, sehr blass und mit Schweißperlen auf der Stirn.

„Frau Kühn, kommen Sie schnell", rief er schon von der Tür aus, „draußen auf der Straße liegt eine Tote."

-22-

Herta Krömer war dankbar für den spannendsten Tag seit langem. Viel passierte in ihrem Leben nicht mehr, seit sie und ihr Mann in Rente waren. Früher, als die Kinder noch im Hause lebten, war das ganz anders gewesen, Karl hatte seinen Beruf gehabt und auch sie war halbtags arbeiten gegangen. Im Supermarkt an der Kasse hatte sie geschafft und das war abwechslungsreich gewesen. Die Unterhaltung mit den Kollegen, mit Kunden, das eigene Geld, die Verantwortung. Doch mit 65 war sie in den „wohlverdienten Ruhestand" verabschiedet worden, auch wenn sie gern noch länger geblieben wäre. Der Filialleiter hatte es auch bedauert, aber seine Anweisungen ließen nichts anderes zu und er konnte da nichts machen.

„Sehen Sie es positiv, Frau Krömer", hatte er mit der sonnigen Selbstverständlichkeit eines jungen Menschen gesagt, „jetzt haben Sie endlich mal Zeit für das richtige Leben."

Ja und das lebte sie jetzt seit fast fünf Jahren und mochte es bis heute nicht. Der Höhepunkt ihrer Woche war der Einkauf am Freitag und einmal im Monat gingen sie in ein Restaurant zum Essen, das war alles. Na ja, die Kinder kamen gelegentlich vorbei, aber die führten ihr eigenes Leben, hatten eigene Kinder und wenig Zeit. Karl lebte für seine Fische, da ging er ganz drin auf. Er hegte und pflegte sie, reinigte drei große Aquarien und las unentwegt Fachliteratur. Anfangs hatte sie noch versucht, ihn für diverse Unternehmungen zu begeistern, hatte ihm Artikel aus der Zeitung ausgeschnitten, Anzeigen hingelegt, gefragt, ob sie hier oder da mal anrufen solle. Er hatte nie direkt nein gesagt, aber sie auch nicht weiter ermutigt. So war daraus nichts geworden und nun saß sie da, wurde demnächst 70 und fürchtete sich vor jedem neuen, endlos langen Tag.

Sie solle sich ein Hobby suchen, riet Karl ihr immer, wenn sie sich über Langeweile beklagte. „Warum strickst du nicht was, du hast doch früher immer so schöne Sachen gestrickt, oder hast du gehäkelt? Du könntest Kreuzworträtsel lösen oder Kartenlegen, basteln oder Orchideen züchten. Es gibt unendlich viele Möglichkeiten. Guck mal, ich langweile mich doch auch kein bisschen, im Gegenteil, ich habe mehr zu tun, als mir lieb ist.“ Er schüttelte verständnislos den Kopf und sie fühlte sich wie ein Kind, mit dem die Eltern unzufrieden sind.

Seit zwei Monaten hatte sie zum Glück eine Beschäftigung. Die nette Frau Doktor, die unten im Haus wohnte, hatte sie gefragt, ob sie nicht bei ihr die Praxis putzen könnte. Es sei sehr schwierig, jemand Vertrauenswürdigen zu finden; es handele sich um eine verantwortungsvolle Aufgabe. Sie müsse nicht einfach nur Böden wischen, sondern auch alles desinfizieren und das sei sehr wichtig. Sie brachte ihr sogar so viel Vertrauen entgegen, dass sie ihr einen eigenen Schlüssel gegeben hatte, damit sie ihre Arbeit erledigen konnte, wann es ihr am besten passte. Und dieses Vertrauen war gerechtfertigt; niemals hätte sie ihren Schlüssel einfach dieser Frau gegeben. Da konnte schließlich jeder kommen und behaupten, er sei von der Polizei. Nein, erst dem netten Beamten in Uniform hatte sie ihn ausgehändigt. Dass der ihn dann doch an diese Frau weitergegeben hatte, fand sie nicht richtig, aber dagegen konnte sie nichts machen. Immerhin war es ihr Schlüssel gewesen, der der netten Frau Doktor das Leben gerettet hatte. Sie war niedergeschlagen worden, in ihrer eigenen Praxis, das musste man sich vorstellen. Erst war der Notarzt gekommen, dann ein Rettungswagen und noch mehr Polizei. Nachbarn waren zusammengelaufen und hatten sie gefragt, was denn passiert wäre. Sie war die einzige gewesen, die darüber Auskunft geben konnte, weil sie einen Blick über die Schulter des Beamten geworfen und die Frau Doktor auf dem Tisch liegen gesehen hatte.

„Das war der Kerl mit der Schachtel“, hatte sie gedacht und lange überlegt, ob sie das der Frau erzählen sollte, die behauptete, eine Polizistin zu sein. Als sie sich endlich dazu durchgerungen hatte und entschlossen zu ihr hingehen wollte, war sie von einer derart jungen Frau in Uniform aufgehalten worden, die locker ihre Enkelin hätte sein können.

Sie könne da jetzt nicht rein, hatte die ihr kurz und knapp gesagt und die Tür versperrt. Als sei sie irgendwer, der nur seine Neugierde stillen wollte. Sie hatte tief Luft geholt und gesagt, sie habe wichtige Informationen, aber bitte, wenn man daran nicht interessiert sei ...

Da war das junge Ding richtig unsicher geworden und hatte die Tür schon freigeben wollen. Leider musste genau in diesem Augenblick Karl auftauchen und mit dem Zeigefinger auf seine Armbanduhr pochen. Erschrocken hatte sie registriert, dass es bereits nach 13.00 Uhr war.

Karl war nicht gewohnt, auf sein Mittagessen warten zu müssen und er war stets sehr ärgerlich geworden, wenn es doch einmal vorgekommen war. Darum war sie schnell nach Hause gelaufen und hatte ihr Vorhaben darüber einfach vergessen. Erst nach ihrem Mittagsschlaf war es ihr wieder eingefallen, aber da war die Polizei natürlich längst weg gewesen, nur der Kollege der netten Frau Doktor war in der Praxis.

Plötzlich kam ein Auto angerast, Menschen sprangen heraus und genau die Polizistin, zu der sie gewollt hatte, war auch dabei. Das konnte kein Zufall sein, das war ein Zeichen. Sie ging ins Bad, strich sich mit der Bürste durch die Haare, benutzte ihren Lippenstift und zog sich schnell noch die Augenbrauen nach, erst dann verließ sie leise die Wohnung. Sie würde in der Nähe warten, bis die wieder aus der Praxis kam, sie dann ansprechen und ihr erzählen, was sie beobachtet hatte.

Als sie die Straße rauf und runterschaute, glaubte sie beinahe ihren Augen nicht trauen zu können, als sie das Auto von dem Kerl, der diese komische Schachtel bei der Frau Doktor vor der Tür abgelegt hatte, nicht weit entfernt parken sah. Sie ging näher, um sich zu überzeugen und sah einen Mann hinter dem Steuer sitzen, der wild mit den Armen fuchtelte. Erst als sie direkt neben dem Seitenfenster stand, erkannte sie, dass er mit den Fäusten auf die Kopfstütze des Beifahrersitzes einschlug. Auch wenn sie sein Gesicht nicht sehen konnte, war sie doch sicher, dass es derselbe Mann war, den sie beobachtet hatte.

Was wollte der schon wieder hier und wieso benahm der sich so seltsam? Der hatte was mit dem hinterhältigen Überfall auf die Frau Doktor zu tun, da war sie sich ganz sicher. Wenn sie das der Polizistin erzählen, den entscheidenden Hinweis geben würde, der notwendig war, um den Täter zu fassen, das wäre großartig. Sie würde sicher in die Zeitung kommen, wahrscheinlich sogar mit Foto und so. Der Reporter würde ihr Fragen stellten, sie konnte erzählen, wie viel Vertrauen die Frau Doktor in sie hatte, dass es überhaupt ihr Schlüssel gewesen war, der ihr vermutlich das Leben gerettet hatte und lauter solche Sachen. All das ging ihr durch den Kopf und gefiel ihr besser, je länger sie darüber nachdachte. Sie würde ihn jetzt fragen, warum er sich andauernd hier herumtrieb, andeuten, dass sie ihn beobachtet hatte und bereit war, es der Polizei zu melden.

Entschlossen hob sie die Hand und klopfte mit den Knöcheln ihrer rechten Hand gegen die Scheibe. Er fuhr herum und als sie seine Augen sah, in denen der Wahnsinn loderte, fuhr ihr die Angst in die Knochen. Ihr Herz begann zu rasen, die Kehle war wie zugeschnürt und ihre Knie zitterten so sehr, dass sie sich kaum auf den Beinen halten konnte. Ein furchtbarer, reißender Schmerz fuhr durch ihren Körper und sie riss verzweifelt den Mund auf. Ihr Blick irrte umher, suchte stumm nach Hilfe, aber die Straße lag verlassen im leichten Sommerregen.

-23-

„Wo?“ Tabea machte nicht viele Worte, startete umgehend und Füßler streckte die Hand in die Richtung, in die sie gehen sollte.

„Ich habe die Leitstelle schon informiert, die sind unterwegs“, rief er ihr noch nach, bevor er sich schwer auf einen Stuhl im Wartezimmer fallen ließ. „Du liebe Güte, mit der erlebt man Sachen, das glaubt einem ja keiner. Jeden Tag eine neue Leiche, sterbende Hunde und was weiß ich noch alles. Das ist nichts mehr für meine Nerven. Ich glaube, ich brauche einen Schnaps“, japste er, aber Mittler schüttelte den Kopf.

„Sie stehen unter Schock, da ist Alkohol das letzte, was Sie gebrauchen können, aber warten Sie, ich hole Ihnen Wasser. Flüssigkeit ist immer gut in einer solchen Situation. Was für eine Tote liegt denn draußen?“ Seine Frage hätte auch lauten können: *Was für einen Tag haben wir denn heute*, so wenig Interesse lag in seiner Stimme.

„Eine ältere Frau, mehr weiß ich auch nicht, ich kenne sie nicht. Ich habe ihr den Puls gefühlt, der war nicht mehr tastbar, und kurz darauf kamen zwei Männer aus einem Haus gerannt, die sagten, sie seien Sanitäter. Als die mit der Reanimation begonnen haben, wurde ich nicht mehr gebraucht und bin gegangen. Unglaublich, was ist denn hier los in letzter Zeit?“

Mittler kam mit einem Glas Wasser in der Hand und reichte es ihm. „Ein Unglück kommt selten allein, scheint was dran zu sein. Vielleicht liegt es an diesem Menke. Seitdem der aufgetaucht ist, ist das so.“

„Menschen, die Unglück bringen?“ Füßler guckte den Tierarzt verblüfft an. „Das ist nicht ihr Ernst, oder? So was gibt es nicht. Entweder ist das alles ein blöder Zufall oder es hängt irgendwie miteinander zusammen, wir wissen nur noch nicht wie. Mit dem Menke hat das aber bestimmt nichts zu tun."

„Wenn Sie das sagen", nickte Mittler gleichgültig und ging in sein Behandlungszimmer, um nach Ronny zu sehen.

„So, Frau Arndt", Füßler wandte sich zu der wartenden Frau um, „sind Sie in der Lage, mir ein paar Fragen zu beantworten oder sind Sie jetzt zu aufgeregt?"

„Nein, nein", beeilte sich die Angesprochene, zu antworten. Das ist kein Problem, ich habe mich wieder beruhigt, mein Ronny ist ja in guten Händen."

Dass keine 500 Meter von ihr entfernt ein Mensch tot auf der Straße lag, schien sie nicht zu interessieren und schon gar nicht weiter zu beunruhigen.

Tabea rannte auf eine kleine Menschenansammlung zu, ihren Polizeiausweis in der Hand. Erstaunt erkannte sie, dass es Frau Krömer war, um die sich zwei Männer bemühten. Der ältere der Beiden schüttelte gerade den Kopf und keuchte: „Das wird nix mehr, die ist tot."

„Mach einfach weiter, Fred, der Notarzt kommt bestimmt gleich."

„Ich löse Sie ab", bestimmte Tabea, kniete sich neben die Frau und begann wieder mit der Herzdruckmassage. Von Ferne hörte man die Sirene schon, bevor das Fahrzeug des Notarztes um die Kurve geschlittert kam, dicht gefolgt vom Rettungswagen.

Zehn Minuten später gab auch der Notarzt auf. Es war klar, dass keine Reanimation Frau Krömer mehr zum Leben erwecken konnte, sie hatte diese Welt verlassen, gerade, als sie endlich wieder einmal spannend geworden war.

„Sieht nach plötzlichem Herztod aus, aber genau kann ich das natürlich nicht sagen. Äußere Verletzungen, die auf einen Unfall hindeuten würden, gibt es nicht, auch für eine Vergiftung oder einen Erstickungstod keinerlei Anzeichen. Sie ist etwa 30 Minuten tot, erste Leichenflecken bilden sich gerade aus. Kennt jemand die Frau?“, wandte er sich an die umstehenden Nachbarn.

„Ich kenne sie“, antwortete Tabea, „ihr Name ist Krömer und sie wohnt in dem Haus dort drüben. Meine Kollegen werden sicherlich jeden Augenblick eintreffen. Ich werde den Ehemann informieren und fragen, ob seine Frau Vorerkrankungen hatte.“

„Warten Sie“, hielt der Notarzt sie auf. „Nehmen Sie einen der Rettungssanitäter mit, man weiß ja nie, wie jemand eine solche Nachricht aufnimmt.“

Tabea nickte und einer der beiden jungen Männer packte sich einen Koffer und lief neben ihr her.

Sie gingen die wenigen Meter zurück und Tabea drückte die Klingel über dem Namensschild „Krömer“.

„Ja, wer ist da?“, tönte es aus der Gegensprechanlage.

„Mein Name ist Kühn, ich bin von der Polizei und hätte Sie gern gesprochen.“

Der Summer ertönte und Tabea öffnete die Tür, stieg eine Treppe rauf und wurde von Karl Krömer an der Tür erwartet.

„Meine Frau ist grad nicht da, ist wohl zum Einkaufen oder so“, brummte er ohne einen Gruß.

„Ich will zu Ihnen, Herr Krömer. Können wir vielleicht reingehen, ich muss Ihnen etwas mitteilen.“

„Zu mir? Wieso denn zu mir? Ich habe doch mit der Praxis gar nichts zu schaffen, das war allein Sache meiner Frau. Sie hätte das auch nicht machen müssen, also, meinetwegen jedenfalls nicht. Sie wollte das ja unbedingt, war regelrecht versessen darauf, denen den Dreck wegzumachen. Versteh einer die Frauen.“

„Herr Krömer, vielleicht setzen Sie sich lieber, ich habe ein traurige Nachricht für Sie. Es tut mir sehr leid, aber ich muss Ihnen mitteilen, dass Ihre Frau gestorben ist.“

„Was? So ein Unsinn, die ist nicht gestorben, die ist nur einkaufen gegangen. Hätte sie mir wirklich sagen können, hat sie aber nicht. Nun ja, vielleicht haben wir am Freitag etwas vergessen…“

„Nein, leider ist sie nicht zum Einkaufen gegangen, sie ist auf der Straße zusammengebrochen und gestorben. Sie hat nicht gelitten, sie war gleich tot, daher konnte ihr niemand mehr helfen. Herr Krömer, war Ihre Frau krank? Ich meine, war sie vielleicht herzkrank, bekam sie Medikamente?“

„Ja, sie hatte ein etwas schwaches Herz, sollte sich schonen, nicht aufregen. Darum verstehe ich auch nicht, dass sie unbedingt in dieser Praxis da drüben arbeiten wollte. Wir haben doch unsere Renten, kommen zurecht, das Geld hätten wir nicht gebraucht. Ich muss ihr das ausreden …“ Karl Krömer nickte vor sich hin, starrte auf den Tisch und wusste nicht, wie er mit der Nachricht umgehen sollte. Sein Gehirn weigerte sich, das Gehörte aufzunehmen.

„Könnten Sie mir die Medikamente bitte geben, ich muss sie dem Notarzt zeigen.“

„Dem Notarzt? Aber wieso denn, ich meine … ich habe davon gar nichts mitbekommen, ich habe das Aquarium gereinigt, das musste wirklich dringend gemacht werden. Verstehen Sie, die Axolotl sind da sehr empfindlich, selbst wenn die Wassertemperatur nur um ein Grad abweicht oder der Sauerstoffgehalt…“

„Herr Krömer, haben Sie verstanden, was ich Ihnen gesagt habe? Soll ich jemanden anrufen, der herkommt? Vielleicht ihre Kinder? Ihren Hausarzt? Den Pfarrer?“ Sie gab dem jungen Sanitäter einen Wink, der packte eine Blutdruckmanschette samt Messgerät aus und näherte sich damit Karl Krömer.

„Ich würde gern Ihren Blutdruck messen, wenn Sie erlauben“, sagte er freundlich und Krömer streckte ihm den Arm hin, ohne den Kopf zu heben. „190 zu 140, haben Sie immer Bluthochdruck? Nehmen Sie Medikamente dagegen? Herr Krömer? Nehmen Sie Tabletten?“

„Ist meine Herta wirklich tot? Einfach so, allein da draußen auf der Straße gestorben, ohne dass ein Mensch bei ihr war?“ Krömer hatte den Kopf gehoben und starrte den Sanitäter an.

Der sah sich hilfesuchend nach Tabea um, die Krömers Hand nahm und sich neben ihn auf die Sessellehne setzte. „Ja, Herr Krömer, Ihre Herta ist gestorben, aber sie hat nicht gelitten, es ging ganz schnell. Ihr Herz hat einfach aufgehört zu schlagen. Wen können wir informieren, wer soll herkommen? Ich kann Sie hier nicht allein zurücklassen. Aber vorher brauchen wir bitte die Medikamente Ihrer Frau, das wäre sehr wichtig.“

„Wieso sind die denn jetzt noch wichtig? Sie sagen mir doch, dass meine Frau tot ist, da werden ihr doch die Tabletten auch nicht mehr helfen.“

„Der Notarzt braucht sie, um einen natürlichen Tod bestätigen zu können. Wenn feststeht, dass Ihre Frau einen Herzfehler hatte und dagegen Medikamente nahm, liegt eine natürliche Todesursache sehr nah. Wer war denn ihr Hausarzt?“

„Doktor Frohns, schon seit vielen Jahren. Könnte sie denn noch an was anderem gestorben sein als an ihrem schwachen Herzen? Ich meine, wenn Sie erst die Tabletten brauchen, um da sicher zu sein ...“

„Es gibt wirklich keinen Grund, etwas anderes als Todesursache anzunehmen. Sie hat keinerlei äußere Verletzungen, also war es kein Autounfall oder eine sonstige Gewalteinwirkung. Geben Sie mit jetzt bitte die Medikamente Ihrer Frau und sagen Sie mir, wen ich für Sie anrufen soll.“

Krömer erhob sich ächzend aus seinem Sessel, ging mit hängenden Schultern zu einem Schrank, öffnete eine Schublade und entnahm ihr zwei Schachteln, die er Tabea hinstreckte. „Hier bitte, das ist alles, mehr hat sie nicht genommen."

Tabea warf einen Blick auf die Schachteln und erkannte einen Beta-Blocker und Digitalis.

„Ich danke Ihnen, Herr Krömer. Kommen Sie, setzen Sie sich besser wieder hin, nicht, dass Sie uns umfallen." Sie hielt dem Sani die Schachteln hin und gab ihm mit einer Kopfbewegung zu verstehen, dass er sie dem Notarzt bringen sollte.

Der nahm sie und sagte: „Man sollte den Hausarzt verständigen, der Blutdruck ist sehr hoch."

„Gut, machen Sie das bitte, ich warte hier so lange, bis er eintrifft." Der junge Mann nickte zustimmend und verließ die Wohnung.

„Wenn die Herta nicht einkaufen war, was wollte sie denn auf der Straße? Um die Praxis zu putzen ist es doch viel zu früh, das hat sie immer erst gemacht, wenn die Feierabend hatten. Das hat bestimmt was mit dem Überfall auf die Frau Labrius zu tun. Das hat sie sehr mitgenommen, sie konnte sich gar nicht wieder beruhigen."

„Hat sie Ihnen vielleicht etwas erzählt? Hat sie etwas beobachtet oder so?"

„Nein, hat sie nicht, sie hat sich nur furchtbar aufgeregt und das war ja nicht gut für ihr Herz. Vielleicht war das der Grund dafür, dass meine Herta ..."

Der alte Mann begann zu zittern und dann zu schluchzen, schlug beide Hände vor das Gesicht, und weinte schließlich laut seine Verzweiflung heraus. Tabea ließ ihn weinen und sagte kein Wort, strich ihm nur mitfühlend über die eingesunkenen Schultern.

Krömer weinte immer noch, als es kurze Zeit später klingelte und der Hausarzt eintraf. Er versprach, die Angehörigen zu informieren und dafür zu sorgen, dass Herr Krömer mit seinem Kummer nicht allein bleiben würde. Tabea bedankte sich bei ihm und verließ leise, von Krömer unbemerkt, die Wohnung.

Vor der Haustür fiel ihr Menke ein, der vergebens auf ihre Rückkehr wartete und sie rief ihn an. „Tut mir leid, aber hier ist etwas passiert und ich habe dich darüber völlig vergessen."

„Okay, das kann ich verstehen, aber was weiter? Kommst du noch? Du hattest doch Hunger und wir wollten essen gehen?"

„Ich spreche noch kurz mit den Kollegen, dann komme ich, versprochen. Wo bist du?"

„Ich sitze ein weiteres Mal im „Joni's" und versuche zu verhindern, dass die Hunde ständig von irgendwem mit irgendwas gefüttert werden. Eine anstrengende Beschäftigung, das kannst du mir glauben."

„Du Armer", lachte Tabea, dankbar für diese normale Unterhaltung. Die Trauer des alten Mannes hatte ihr zugesetzt. „Halte durch, ich bin bald da und unterstütze dich tatkräftig."

Der Notarzt war noch da und unterhielt sich mit Burkhardt, der Tabea freundlich begrüßte.

„Keine Sorge, ich glaube nicht, dass es Arbeit für die Moko gibt. Die Frau ist wohl eines natürlichen Todes gestorben und der Staatsanwalt wird die Leiche freigeben. Was mich allerdings beschäftigt, worüber hat sie sich derart aufgeregt, dass ihr Herz das nicht überstanden hat?"

„Ihr Mann hat mir erzählt, dass der Überfall auf Frau Labrius sie sehr mitgenommen hat. Es könnte also durchaus sein, dass es das war." Tabeas Blick fiel auf ein junges Mädchen, vielleicht 14 oder 15 Jahre alt, das aufgeregt auf eine Frau, vermutlich die Mutter, einredete und mit dem Finger auf den Rettungswagen zeigte.

„Ich glaube, wir haben da drüben eine Zeugin. Ich bin gleich zurück", sagte sie zu Burkhardt und ging zu dem Teenager rüber.

„Hallo, ich bin Oberkommissarin Kühn, und für mich sieht es so als wolltest du uns irgendwas erzählen. Ist das richtig? Wie ist denn dein Name?"

„Ach was, meine Tochter fantasiert sich da was zusammen, sie guckt zu viele Videos. Entschuldigen Sie bitte ..."

„Ich fantasiere überhaupt nicht. Was ich gesehen habe, habe ich gesehen", widersprach das Mädchen und schaute hilfesuchend Tabea an.

„Lassen Sie sie ruhig erzählen, dann entscheiden wir, ob es wichtig ist oder nicht", nickte Tabea. „Also, wie heißt du und was hast du beobachtet?"

„Ich heiße Anna, Anna Gerber, und ich habe gesehen, wie die Frau an ein Autofenster geklopft hat. Wer da drinsaß konnte ich nicht erkennen, aber dass sie geklopft hat, weiß ich sicher. Dann hat sie sich plötzlich erst an den Hals und kurz darauf so an die Brust gegriffen und ist einfach umgefallen." Anna imitierte einen schmerzlichen Gesichtsausdruck, ahmte die beschriebenen Gesten nach und hätte sich vermutlich auch noch zu Boden geworfen, wurde aber von Tabea daran gehindert.

„Schon gut, Anna, schon gut, ich kann es mir vorstellen. Wurde vielleicht das Autofenster geöffnet oder die Tür?"

„Nee, keins von beiden. Der Fahrer hat sich überhaupt nicht darum gekümmert, dass die Frau auf dem Boden lag, er hat das Auto gestartet und ist abgehauen. Das fand ich echt krass. Ich habe es meiner Mutter erzählt, aber die hat gemeint, ich soll mich da raushalten." Sie warf einen triumphierenden Blick auf die Frau neben sich, der das sichtlich peinlich war.

„Kannst du mir sagen, was das für ein Auto war? Marke, Farbe, Nummer?"

„Puh, also Autos sind nicht so mein Ding. Es war schwarz, das weiß ich sicher und die Nummer war ZW, mehr weiß ich nicht."

„Es war ein Mitsubishi", sagte jetzt Annas Mutter leise, „was für einer weiß ich aber auch nicht. Ich habe ihn nur für einen Augenblick gesehen, bevor er da hinten um die Kurve verschwunden ist. Da kamen aber auch schon Leute gerannt und haben sich um die arme Frau gekümmert", fügte sie entschuldigend hinzu.

„Alles klar, vielen Dank, sie haben mir sehr geholfen, besonders du, Anna", sagte Tabea anerkennend und ging zurück zu Burkhardt.

„Die junge Dame da drüben hat beobachtet, dass die Tote an die Scheibe eines Autos geklopft hat, dann plötzlich zu Boden gestürzt ist. Es war ein Mitsubishi mit ZW-Kennzeichen, mehr ist nicht bekannt. Der Fahrer hat weder das Fenster noch die Tür geöffnet, ist auf und davon, ohne sich um die Frau zu kümmern. Er hat sich zumindest der unterlassenen Hilfeleistung schuldig gemacht. Ob sie an seine Autoscheibe geklopft hat, weil sie fühlte, dass etwas mit ihr nicht stimmt, oder ob es dafür einen anderen Grund gab, werden wir leider von ihr nicht mehr erfahren. Das Modell des Wagens ist nicht bekannt und vom Nummernschild nur ZW, damit dürfte eine Fahndung keinen Erfolg haben."

„Na ja, zumindest können wir Fremdverschulden damit wohl endgültig ausschließen, der Mann kann seine Frau beerdigen und Sie genießen einfach weiter Ihren Urlaub. Das ist doch auch etwas wert. Allerdings muss ich sagen, dass ich es schon verdächtig finde, dass in ein und derselben Straße, an ein und demselben Tag, gleich zwei Ereignisse die Polizei auf den Plan rufen. Sie etwa nicht?"

„Doch, ich auch, allerdings bin ich der Meinung, dass nichts davon Zufall ist, dass alles miteinander zusammenhängt. Angefangen mit dem Toten vom Herzogplatz, dem merkwürdigen Geschenk für Frau Labrius, dem Überfall auf sie und nun diesem plötzlichen Tod einer Frau, die ebenfalls eine Verbindung zu der Tierarztpraxis hatte."

„Haben Sie einen Verdacht, wie das miteinander verwoben sein könnte?"

„Nein, woher auch? Ich bin fremd in Zweibrücken, kenne außer Frau Labrius hier niemanden, schon gar nicht näher, aber irgendwas sagt mir, dass es einen Zusammenhang geben muss. Mal gänzlich ins Unreine gesprochen: Der Typ, der die Hunde umbringt, ist der gleiche, der Hella Labrius diverse Geschenke gemacht hat, zuletzt diese Fleischbällchen. Er ist aber auch derjenige, der sie in ihrer Praxis niedergeschlagen hat. Er hat danach den Aufmarsch an Polizei und Notarzt beobachtet, hat in seinem Wagen gesessen, um sich zu überzeugen, ob sein Opfer noch lebt oder tot ist. Dann taucht Frau Krömer auf. Warum auch immer ist sie in der Nähe seines Autos, ihr wird übel, sie hat starke Schmerzen in der Brust, bekommt Panik, klopft an die Scheibe, ruft vielleicht um Hilfe ... das kann er nicht gebrauchen, er will keine Aufmerksamkeit, also haut er ab. Ist das schlüssig, oder übersehe ich da irgendwo was?"

„Den Toten vom Sonntag?"

„Der hat mit all dem hier nur ganz am Rande zu tun, nicht unmittelbar. Seine Frau hat zwar geglaubt, er wäre der Hundemörder, aber das war er nicht, davon bin ich fest überzeugt. Den Fall können wir komplett vernachlässigen, der ist abgeschlossen."

„Juristisch mögen Sie Recht haben, aber moralisch nicht. Der Kerl, der diese verdammten Köder auslegt, hat auch das Ehepaar auf dem Gewissen. Ohne den wäre die Frau doch gar nicht auf eine solch absurde Idee gekommen und hätte weder ihren Mann noch sich selbst getötet."

Tabea lachte freudlos, nickte zustimmend und sagte dann: „Irgendwie schon, aber dafür wird ihn kein Gericht der Welt zur Rechenschaft ziehen."

„Stimmt", nickte Burkhardt und lachte bitter. „Ein weltliches nicht, aber Sie wissen doch, Karma is a bitch."

Noch bevor Tabea ihr Auto erreichte, sah sie Menke mit den beiden Hunden die Straße entlang kommen. Sie blieb stehen und hob in einer entschuldigenden Geste beide Arme: „Tut mir so leid, echt, ich bin beim Burkhardt hängen geblieben, aber jetzt war ich auf dem Weg."

„Schon gut, ich bin es ja gewohnt, dass ich bei dir immer an letzter Stelle komme und total vernachlässigt werde", antwortete er lachend, legte den freien Arm und ihre Schulter und küsste sie auf die Nase. „Komm, bringen wir die Hunde ins Haus und sehen wir zu, dass du endlich etwas zwischen die Zähne bekommst", schlug er vor und wandte sich dem Haus zu.

Weit waren sie noch nicht gekommen, als ein lauter Pfiff ertönte.

-24-

Die Finger so fest um das Lenkrad geklammert, dass die Knöchel weiß wurden, raste er die Homburger Straße entlang, ohne die vorgeschriebene Höchstgeschwindigkeit von 50 Stundenkilometer zu beachten. Vielleicht hatte jemand beobachtet, wie die Alte neben seinem Wagen umgekippt war, nachdem sie wie eine Verrückte an seine Scheibe gehämmert hatte. Wo war die so plötzlich hergekommen und was hatte sie von ihm gewollt? Verdammt, er musste vorsichtiger sein. Eddy hatte Recht, er wurde leichtsinnig und das konnte schnell ins Auge gehen. Sein Blick fiel auf den überdimensionalen Rosenstrauß, der vor dem Beifahrersitz im Fußraum lag und fuhr langsamer.

Jetzt sag nicht, dass du auch noch in das Scheißkrankenhaus fahren willst, sag nicht, dass du dich ein weiteres Mal der Gefahr aussetzen willst, gefasst zu werden. Die harte, fremde Stimme klang durch das Auto und er packte das Lenkrad wieder fester. *Nun sei doch nicht so. Ich konnte doch nichts dafür, dass diese Frau plötzlich aufgetaucht ist. Ich bin auch sofort weggefahren, es wird mich bestimmt niemand gesehen haben.*

Seine weinerliche Stimme wurde von der harten, lauten unterbrochen. *Nichts dafür, nichts dafür, was bist du nur für ein Jammerlappen. Ich weiß wirklich nicht, warum ich mich überhaupt mit dir abgebe. Du machst einen Fehler nach dem anderen und hörst mir nicht zu, wenn ich etwas sage. Du wirst immer nachlässiger mit deiner Arbeit, deine Kunden interessieren dich schon lange nicht mehr, nur noch diese Frau. Also, rede schon, was hast du nun wieder vor?*

Ich muss ihr doch die Blumen bringen, das hast du selbst zu mir gesagt, weißt du das denn nicht mehr? Als keine Antwort kam, wurde seine Stimme fester und er wiederholte die Frage. *Was ist los, warum sagst du nichts? Weißt du es etwa nicht mehr? Ha, du weißt es nicht, hast es einfach vergessen und darum beschuldigst du mich. So läuft das immer, du machst den Fehler und ich bekomme die Schuld. Tolle Sache, aber davon habe ich langsam genug, das will ich nicht mehr länger, ich bin nicht deine Marionette. Ich will selbst entscheiden, was ich als nächstes tun werde und was nicht, hast du das verstanden?* Er lauschte, fuhr rechts ran, schaute in den Rückspiegel, wendete schließlich den Wagen und fuhr den Weg zurück, den er gerade gekommen war.

So, jetzt sage ich dir, was ich tun werde, ob es dir nun gefällt oder nicht. Ich fahre zu ihr ins Krankenhaus und vielleicht, aber nur vielleicht, gebe ich die Blumen einfach ab. Es könnte aber auch sein, dass es mir besser gefällt, an ihre Tür zu klopfen, um sie ihr persönlich zu überreichen. Was sagst du nun? Klar, gar nichts, das habe ich mir gedacht, denn du kannst ohnehin nichts dagegen tun. Ich tue, was mir gefällt und damit basta. Er nickte nachdrücklich, warf den Kopf in den Nacken und lachte laut. Unterbrach plötzlich sein Gelächter, schaute fragend zum leeren Beifahrersitz rüber und sagte langsam: *Aber, warum denn nur? Was hat sie dir getan? Nein, nein, das will ich nicht, verstehst du, das nicht. Sie ist auserwählt, sie muss am Leben bleiben, so war die Vereinbarung. Wieso denn? Ich habe dir genau erklärt, warum sie mich nicht erkannt hat, es war die Maskerade, es war nicht ihre Schuld und ich habe ihr verziehen. Ich schenke ihr doch die Blumen, weil ich ihr verziehen habe, sie ist die Auserwählte. Wenn sie das erst begriffen hat, wird sie alles bereuen, Eddy, bitte, bitte, ich will das nicht tun, verlang das doch nicht von mir.*

Seine Stimme wurde höher, flehend und Tränen liefen über seine Wangen, die er ungeduldig mit dem Handrücken wegwischte. Schweigend fuhr er Richtung Innenstadt, warf ab und zu einen kurzen Blick auf den Beifahrersitz und seufzte schwer.

Schließlich erreichte er das Katholische Krankenhaus, parkte den Wagen auf dem großen Parkplatz gegenüber, klaubte den Blumenstrauß vom Boden und stieg aus. Dann stand er mit gesenktem Kopf einfach da, als lausche er auf etwas. Als nichts kam, straffte er die Schultern, packte die Blumen fester, überquerte die Straße und ging auf den Eingang zu.

-25-

Der Pfiff kam aus einem Fenster vom Haus gegenüber und war durchdringend. Ich drehte mich um und zuckte fragend die Schultern. Ein Junge, etwa 12 Jahre alt, winkte mir mit einer Hand rüberzukommen.

„Bin gleich zurück, lauf mir bloß nicht wieder weg“, wies ich Tabea an und machte mich auf den Weg. „Hi, was gibt‘s, kann ich was für dich tun?“, fragte ich das Kerlchen, aber das schüttelte den Kopf.

„Ich kann krass viel für dich tun, wenn du verstehst, was ich meine.“ Er rieb dabei Daumen und Zeigefinger bedeutungsschwer aneinander. Ich musste lachen, war aber gleichzeitig neugierig.

„Okay, geschäftstüchtig scheinst du schon mal zu sein, was bist du sonst noch? Wofür sollte ich dich bezahlen?“

„Ich weiß zum Beispiel, wer der Tierärztin ein Paket vor die Tür gelegt hat, wie wär‘s damit für den Anfang?“

„Wieso sollte der jemand was vor die Tür gelegt haben?“, stellte ich mich unwissend, aber das helle Köpfchen schüttelte nur tadelnd das selbige.

„Lassen wir die Spielchen und kommen wir zur Sache“, riet er mir und hörte sich an wie Kiefer Sutherland in *24*.

„Schon klar“, stimmte ich zu, „deine Zeit ist kostbar und du hast sie nicht gestohlen.“

„Exakt Alter, also, wieviel ist dir diese Auskunft wert?“

„Zwei Euro“, schlug ich vor und er das Fenster zu. Ich wartete verblüfft darauf, dass er es erneut öffnen würde, aber das tat er nicht. Stattdessen erschien er höchstselbst in der Tür.

„Alter, so wird das nichts. Ich mag es nicht, wenn man mich wie ein Kind behandelt. Fangen wir mit zwanzig Öcken an. Dafür sage ich dir, ob es ein Mann oder eine Frau war, alt oder jung. Deal?“

„Hör mal“, begann ich die Diskussion und stellte fest, dass mir dieses hoffnungsvolle Exemplar eines zukünftigen Investmentbankers gerade Mal bis zu den Brustwarzen reichte. „Zwanzig sind zu viel, ich gebe dir fünf, aber dafür will ich mehr wissen.“

„Zehn und ich sage dir, was für ein Auto der oder die gefahren hat.“

„Fünf, denn ich weiß bereits, dass es ein Mann war.“

„Woher?“, wollte er wissen und merkte einen Hauch zu spät, dass er mir auf den Leim gegangen war. „Hör auf mit dem Scheiß, sonst sage ich gar nichts mehr, aber gut, fünf. Her damit.“ Er streckte mir die Hand hin.

Ich zückte mein Portemonnaie, zupfte einen Fünfer hervor und hielt ihn ihm zwischen Zeige und Mittelfinger entgegen. „Quit pro Quo“, forderte ich und überforderte ihn damit sichtlich.

„Hä? Was soll das schon wieder heißen? Gib schon her!“ Damit riss er mir den Schein aus den Fingern, bevor ich die Hand zurückziehen konnte.

„Nicht weiter wichtig, wehrte ich ab. Jetzt lass mich schon an deinen Erkenntnissen teilhaben.“

„Laberst du immer so geschwollen oder nur montags?“, wollte er wissen und schüttelte genervt den Kopf. „Also, okay ja, war ein Typ, alt, bestimmt dreißig oder so. War krass drauf, hat sich immer umgeguckt, als würden Scharfschützen im Gebüsch sitzen. Und mit sich selbst geredet hat er auch, hat jedenfalls die Lippen bewegt. Dann hat er ein Päckchen vor die Tür gelegt und ist wie ein Hase zurück zu seinem Auto gerannt. Das war schwarz, glaube ich, vielleicht auch dunkelgrau oder blau oder so. Keine Ahnung, so genau konnte ich das nicht sehen. Auf alle Fälle war es nicht weiß oder rot oder so was.“

„Bisschen dürftig für fünf Euro, merkste selber, oder? Aber gut, ich sehe, du hast Potential. Was hältst du davon, wenn ich dich als Assistenten anstelle? Ich bin Privatdetektiv und ermittele in einer wichtigen Angelegenheit. Ich könnte dich gebrauchen, wenn du bereit bist, die Augen aufzuhalten und mir umgehend zu berichten, wenn du etwas Wichtiges bemerkst. Zum Beispiel, wenn der Typ sich wieder sehenlässt."

„Du willst ein Schnüffler sein", stieß Humphrey Bogart verächtlich hervor. „Glaube ich nicht, musst du schon beweisen, kann ja sonst jeder behaupten."

Ich zog meine Lizenz aus der Hosentasche und hielt sie ihm hin.

„Zufrieden? Können wir jetzt ins Geschäft kommen?"

„Na okay, was bringt mir das denn? Ich meine, ist ja schon 'ne Menge Arbeit, ständig die Straße im Auge zu behalten."

„Du kriegst 'nen Zehner von mir, keinen Cent mehr. Keine Diskussion darüber, sonst ist das Angebot gestorben", gab ich mich als harter Verhandlungspartner und Humphrey nahm's mir ab.

„Cool, im Voraus, oder?"

„Träum weiter, Junge, im realen Leben wird auch niemand im Voraus bezahlt. Liefere mir was und du kriegst dein Geld."

„Und wenn der nicht wiederkommt, was dann? Dann arbeite ich doch am Ende völlig umsonst?"

Ich wollte es nicht auf die Spitze treiben, aber mich auch nicht von diesem geschäftstüchtigen Pubertier übers Ohr hauen lassen. Ich tat, als müsse ich angestrengt überlegen.

„Pass auf, wir machen das so. Du fängst heute Abend um 22 Uhr an und schreibst bis Mitternacht alle schwarzen, dunkelblauen oder grauen Autos auf, die hier durch die Straße fahren. Falls du so lange wachbleiben darfst, natürlich."

„Alter, mir schreibt niemand mehr vor, wann ich schlafen gehe. Deal, ich mache das, aber was, wenn das von dem Typ dabei ist?“

„Dann rufst du mich sofort an.“ Ich reichte ihm meine Visitenkarte rüber, bemerkte, er war beeindruckt und legte nach. „Das ist natürlich alles streng vertraulich, das versteht sich wohl von selbst, also sprich mit niemanden drüber, klar?“

„Logo, mach ich nicht und melde mich sofort, wenn was los ist. Alles klar, Boss.“

„Daniel, was ist schon wieder los. Du sollst jetzt endlich deine Hausaufgaben machen, sonst kannst du das Schwimmbad morgen aber grad vergessen“, erklang eine genervte Frauenstimme aus dem Inneren des Hauses und mein neuer Kollege wurde leicht verlegen.

„Muss dann mal“, murmelte er, ohne mich anzusehen und verschwand im Haus.

„Ich hatte eine ernstzunehmende Konkurrenz, ist mir aber gelungen, sie auf meine Seite zu ziehen und unter Vertrag zu nehmen“, flüsterte ich Tabea zu, die mit den Hunden vor der Tür auf mich wartete. Sie guckte irritiert und zog fragend die Augenbrauen hoch. Einen Atemzug lang hielt ich noch durch, dann brach ich in Gelächter aus und erzählte ihr, möglichst wortgetreu, von meiner Begegnung mit Jung-Bogart.

„Nicht dass du Ärger mit seinen Eltern bekommst“, wandte sie ein, „vielleicht sollten wir mit denen reden.“

„Ey, warst du eigentlich niemals jung? Wie hättest du es gefunden, wenn in einer Situation, in der du dich gerade ernstgenommen gefühlt hast und obercool sein wolltest, jemand geklingelt hätte, um von deinen Eltern die Erlaubnis dafür einzuholen? Nee Tabea, das geht nicht. Ich erwarte doch von dem Kerlchen auch nichts weiter; ist reine Beschäftigungstherapie. Er guckt zwei Stunden aus dem Fenster, fühlt sich als Sherlock

Holmes und kann später seinen Enkeln davon erzählen. Entspann dich!“

„Menke, nicht alle haben dein Faible für alte Filme. Der Kleine weiß nicht mal wer Sherlock Holmes überhaupt war. In welchem Jahrhundert lebst du denn? Die heutige Jugend hat gänzlich andere Helden, aber egal, hoffen wir, dass alles gut geht und uns die Eltern nicht die Polizei auf den Hals hetzen. Jetzt lass uns schnell die Hunde füttern und dann will ich endlich etwas zu Essen, ich habe einen Bärenhunger.“

„Wir könnten uns doch eine leckere Pizza bestellen, Hella hat bestimmt irgendwo eine Flasche Rotwein und wir machen es uns auf der Couch gemütlich. Die Hunde werden sich bestimmt freuen, wenn sie nicht allein bleiben müssen, was hältst du von meinem Vorschlag?“ Ich bemühte mich um einen unschuldigen Gesichtsausdruck, aber meine Frischverlobte kannte mich leider nur zu gut.

„Träum weiter, Menke, du hast Schonzeit, mindestens bis zum Ende der Woche, vorher läuft da gar nichts. Ich muss meine zukünftigen Kinder beschützen, darum ist Pizza gestrichen und Couch erst recht“, lachte sie und stellte zwei Schüsseln auf den Boden.

Ich kam nicht dazu, mich gegen ihren ungerechten Verdacht zu verteidigen, mein Handy klingelte und auf dem Display tauchte Hellas Gesicht auf.

-26-

Er stand in der Eingangshalle und hielt den Rosenstrauß wie ein Schwert umklammert. Seine Entschlossenheit hatte ihn beim Betreten des Krankenhauses komplett verlassen, und er wäre am liebsten geflüchtet. In seinem Kopf herrschte Chaos, verschiedene Stimmen schienen miteinander zu reden, aber er kannte keine davon und verstand ihre Sprache nicht. *Was soll ich nun machen,* dachte er und merkte erst, dass er die Frage laut ausgesprochen hatte, als sich zwei Frauen zu ihm umdrehten und ihn fragend ansahen.

Er lächelte gezwungen, worauf eine der beiden sagte: „Junger Vater? Was ist es denn? Junge oder Mädchen? Nur Mut, Ihre Frau wird sich über die Rosen sicherlich freuen, aber ob sie dafür eine Vase finden? Der Strauß passt höchstens in einen Eimer."

Er schaute die Frau an, dann den Blumenstrauß in seiner Hand und wünschte sich weit weg. *Jetzt steh nicht da wie ein Idiot, du erregst so viel Aufmerksamkeit, dass sich das blöde Weib noch in fünf Jahren an dich erinnern wird.* Die harte Stimme tauchte plötzlich und unerwartet in seinem Kopf auf, alle anderen waren verstummt. Er zuckte leicht zusammen, murmelte eine Entschuldigung, ließ die Frau stehen und wandte sich den Fahrstühlen zu. *Du kannst nur hoffen, dass sie dich nicht genau beschreiben kann, wenn man sie fragt. Warum bist du nur so unendlich dämlich? Stehst da wie ein Schuljunge mit diesem albernen Rosenstrauß, der so groß ist, dass jeder ihn bemerken muss und sich an ihn erinnert. Und was willst du im Fahrstuhl? Du weißt doch gar nicht, wo sie liegt. Mein Gott, jetzt reiß dich endlich zusammen und tu, was du doch unbedingt tun wolltest. Oder bist du am Ende zu feige?"*

Seine Schultern waren eingesunken, den Blick zu Boden gesenkt, stand er vor dem Fahrstuhl, der sich bereits mehrmals geöffnet und wieder geschlossen hatte. Er konnte sich nicht erinnern, warum er hier war. Erneut öffnete sich die Tür des rechten Fahrstuhls, eine Frau trat heraus, und warf ihm, während sie an ihm vorbeieilte, einen kurzen, uninteressierten Blick zu. Der traf ihn wie ein Blitz und holte ihn umgehend aus seiner Starre heraus. Er strich sich durch die wirren Haare, straffte die Schultern und lief ihr mit schnellen Schritten hinterher.

-27-

„Hella, wie geht es dir, was macht dein Kopf?“, fragte ich, nachdem ich den Anruf angenommen hatte.

„Halb so wild, mein Schädel verträgt so einiges und es gehört schon mehr dazu, mich kampfunfähig zu machen“, klang ihr Lachen an mein Ohr. „Ich wollte dir daher auch nur sagen, dass ich auf dem Weg nach Hause bin, nicht, dass ich euch Turteltauben in einer irgendwie verfänglichen Situation erwische oder so.“

„Was? Wieso das denn? Du solltest doch einige Tage zur Beobachtung bleiben, das hat der Arzt gesagt, ich habe es genau gehört. Findest du das richtig, was du da machst?“

„Ach was, Ärzte erzählen viel, wenn der Tag lang ist. Ich habe genug vom Rumliegen und Nichtstun. Wer selbständig ist, kann es sich einfach nicht leisten, nichts zu tun, das solltest du doch auch wissen.“

„Das stimmt schon, aber ...“

„Kein aber, ich habe unterschrieben, dass ich auf eigene Verantwortung diese gastliche Stätte verlasse, obwohl man mich nicht einmal dazu hätte zwingen können. Ist schließlich nur ein Krankenhaus, kein Gefängnis und ich bin ein freier Mensch, der selbst entscheidet, wo er sein will und wo nicht. Punkt.“

„Okay, ich denke es hat wenig Sinn dich noch zu etwas anderem zu überreden, komm also her in Gottes Namen. Wir wollten gerade etwas Essen gehen, warten aber natürlich gern auf dich. Ach so, nee, du hast ja gar kein Auto. Soll ich dich abholen oder lieber Tabea?“

„Weder noch, macht euch bloß keine Umstände, ich nehme mir ein Taxi und warten müsst ihr auch nicht. Wenn ich zuhause bin, gehe ich schnell unter die Dusche, und lege mich dann hin.

Vermutlich schlafe ich bis morgen früh, denn wenn ich ganz ehrlich bin, fühle ich mich noch ein bisschen wackelig auf den Beinen."

„Hast du keinen Hunger? Sollen wir dir was aus der Stadt mitbringen?"

„Nein, habe ich nicht und das ist bei mir kein gutes Zeichen. Ich brauche offensichtlich wirklich noch Ruhe, aber lieber in meinem als in einem Krankenhausbett. Da war von Ruhe nämlich überhaupt keine Rede. Ständig wurde die Tür aufgerissen und jemand wollte was von mir. Wo ist eigentlich Urs? Habt ihr den gesehen?"

„Ja, er hat vor einer Weile einen keksgeschädigten Hund behandelt", lachte ich und erzählte kurz die Story.

„Ah, gut gemacht, ich sehe schon, ihr kommt prima noch eine Weile ohne mich zurecht. Seid bitte leise, wenn ihr zurückkommt, ich schlafe dann bestimmt schon. Tschüss, bis morgen früh."

„Das war Hella, sie ist auf dem Weg hierher, hat sich auf eigene Verantwortung aus dem Krankenhaus entlassen. Leichtsinn, wenn du mich fragst, aber sie ist stur. Immerhin will sie sich gleich hinlegen und bis morgen früh durchschlafen. Wir sollen sie nicht wecken, wenn wir heimkommen."

„Okay, sie ist ein freier Mensch und wird selber am besten wissen, wie es ihr geht. Weiß sie eigentlich schon, dass ihre Nachbarin tot ist? Das sollte man ihr auf alle Fälle sagen, nicht, dass sie es unvorbereitet erfährt."

„Stimmt, nee, das weiß sie noch nicht, woher denn? Aber wer sollte es ihr erzählen, sie kommt, geht ins Bett und schläft. Ich kann mir nicht vorstellen, dass der alte Mann von oben runterkommt, um sie vom Tod seiner Frau zu informieren."

„Der Teufel ist ein Eichhörnchen, das solltest du doch wissen. Nein, ich warte hier, bis sie kommt und erzähle es ihr selbst, das ist sicherer. Ich kann nur hoffen, dass der Mittler sie nicht vorher anruft, der ist nicht gerade der emphatischste Zeitgenosse. Ich ruf den mal an, warte." Tabea zückte ihr Smartphone und tippte die Nummer ein, wartete ein Weilchen und sagte dann: „Ja hallo, hier ist Kühn, wie bitte? Nein, nein, kein neuer Hund, ich weiß nicht, ob Sie darüber informiert wurden, dass es sich bei der toten Frau um Frau Krömer handelt ... was? Doch, müssen Sie kennen, die putzt täglich die Praxis. Ja, genau die und ja, die hieß Krömer, Herta Krömer, um genau zu sein. Ja, höchst wahrscheinlich Herzinfarkt, aber darum geht es nicht. Frau Labrius weiß noch nichts davon und ich wollte Sie bitten, es ihr auch nicht per Telefon mitzuteilen. Sie ist auf dem Weg nach Hause und ich werde hier auf sie warten, um es ihr persönlich zu sagen. Ach so? Nein, noch nicht lange, sie hat erst vor einigen Minuten angerufen, vielleicht ist sie ja noch nicht weg. Aber, sollten Sie sie noch erreichen, bitte denken Sie daran, kein Wort über den Tod von Frau Krömer. Danke, auf Wiederhören."

Tabea schüttelte den Kopf und steckte das Handy ein. „Komischer Vogel. Er tat, als würde er die Frau nicht kennen, aber das kann doch kaum sein, oder? Ich meine, die ist jeden Tag dort gewesen und Hella wird doch mit dem auch mal über sie gesprochen haben. Egal, er war jedenfalls auf dem Weg zum Krankenhaus, um Hella zu besuchen. Ob er sie noch erreicht, keine Ahnung, ist mir auch egal, Hauptsache er hält den Mund."

„Wird er bestimmt, du hast es ihm ja deutlich genug gesagt. Ich hoffe nur, der hält Hella nichts zu lange auf, sonst kriegst du heute gar nichts mehr zu essen."

„Wenn sie in einer halben Stunde nicht hier ist, bestellen wir Pizza und bleiben zuhause. Nur Pizza, ohne Couch, damit das geklärt ist", lachte meine grausame Verlobte und schnitt mir eine Grimasse.

„Wer den Schaden hat, das spottet wirklich jeder Beschreibung“, erwiderte ich mit leidendem Gesichtsausdruck und einem tiefen Seufzer.

Nach dreißig Minuten war Hella nicht aufgetaucht, dafür klingelte wieder einmal Tabeas Handy. Sie warf einen Blick auf das Display, runzelte die Stirn und flüsterte: „Meine neue Chefin“, bevor sie das Gespräch annahm. Zwei Minuten später war klar, dass wir nicht essen gehen würden, nicht einmal Pizza bestellen. Unser gemütlicher Abend zu zweit endete genau jetzt, denn es gab erneut einen ungeklärten Todesfall in Zweibrücken.

-28-

Fast hätte er sie nicht erkannt, daran war der Kopfverband, den sie trug, Schuld. Erst als ihn dieser gleichgültige Blick getroffen hatte, war ihm schlagartig klar geworden, dass sie es war, dass sich ihm hier eine Chance bot, die vielleicht nie wiederkommen würde. Trotzdem hatte er gezögert, bis die laute, harte Stimme in seinem Kopf ihn zwang, ihr zu folgen.

Los jetzt, worauf wartest du? Steh nicht da wie ein Idiot, geh ihr nach und sprich sie an. Mach schon! Er folgte ihr in größerem Abstand, wartete, bis sie das Krankenhaus verlassen hatte und vor der Tür stehenblieb. *Sie wartet auf ein Taxi, also tu was und stell dich bloß nicht wieder so dämlich an. Diese Gelegenheit ist dir in den Schoß gefallen, jetzt nutze sie auch, sprich sie an, verdammt noch mal!*

Er schüttelte heftig den Kopf, als könnte er damit die Stimme zum Schweigen bringen, auch wenn er aus Erfahrung wusste, dass ihm das nicht gelingen würde. Er holte tief Luft, packte den Rosenstrauß fester und sagte leise: „Guten Abend, Frau Labrius, das ist aber ein Zufall, dass ich Sie hier treffe. Haben Sie auch einen lieben Angehörigen besucht?“ Die Angesprochene schaute erstaunt auf den Mann vor sich und auf ihrem Gesicht war nichts als Ratlosigkeit.

„Oh, guten Abend, nein, nein, ich habe selbst für einige Stunden hier gelegen, und warte jetzt auf mein Taxi.“

„Ach so. Darf ich fragen, was Ihnen passiert ist, ich hoffe doch sehr, dass es nichts Ernstes war?“

„Nein, nicht der Rede wert, ich habe mir den Kopf gestoßen und mir eine Platzwunde zugezogen. Die wurde genäht, aber jetzt ist alles wieder in Ordnung.“

„Ich bin nur so erstaunt, weil ich heute erst in ihrer Praxis war und nun treffe ich Sie hier, das ist doch seltsam, nicht wahr?"

„Oh, ja, ich verstehe." Hella lächelte unsicher. In ihrem Kopf arbeitete es. Ein Kunde? Ein Vertreter? Wer zur Hölle war der Kerl?

„Ich nehme an, mein Kollege war da und hat sie gut behandelt, also, natürlich nicht Sie, ich meine ihren ..."

„Nein, nein", unterbrach er sie lachend. „Ich war nur dort, um eine Rechnung abzuholen und die hat mir in der Tat Ihr Kollege ausgehändigt. Alles in Ordnung, machen Sie sich um Himmels Willen keine Sorgen, das schadet ihrem Kopf."

Jetzt hör auf mit diesem Schwachsinn und sieh endlich zu, dass du sie in dein Auto kriegst. Wenn erst das Taxi kommt, ist es zu spät und du hast es wieder einmal vermasselt!

Er ballte die Fäuste vor Wut und kniff die Lippen zu einem Strich zusammen, schaffte es aber lächelnd zu sagen: „Also, ich weiß ja nicht und es geht mich auch bestimmt nichts an, aber glauben Sie, dass es gut für Sie ist, hier im Regen rumzustehen? Mein Auto steht gleich dort drüben, vielleicht darf ich Sie nach Hause fahren? Das ist für mich überhaupt kein Umweg, ich wohne ganz in der Nähe Ihrer Praxis."

Er bemerkte sofort, dass Hella zurückzuckte und hob beschwichtigend die Hand.

„Bitte entschuldigen Sie, ich wollte Ihnen auf keinen Fall zu nahe treten, ich wollte nur helfen. Dann hoffe ich, dass Ihr Taxi bald kommt und darf mich verabschieden, meine Frau wartet sicherlich schon mit dem Essen auf mich. Wir haben nämlich heute Hochzeitstag." Damit hob er den Rosenstrauß in die Höhe, lächelte ihr noch einmal zu und drehte sich um.

„Nein, ich muss mich entschuldigen, ich war nur einen Augenblick verwirrt. Wenn Ihr Angebot noch gilt, würde ich es sehr gern annehmen und natürlich herzlichen Glückwunsch zum

Hochzeitstag. Der Strauß ist wundervoll, ihre Frau wird sich sehr darüber freuen."

Er lächelte freundlich, nickte und bot ihr sogar seinen Arm an.

„Kommen Sie, die Straße ist glatt, nicht dass sie noch stürzen. Nach Kopfverletzungen ist man immer ein bisschen wackelig auf den Beinen. Das hat jedenfalls meine Mutter immer behauptet."

Er spürte, dass Hella sich entspannte, sie lachte und nahm den angebotenen Arm an.

„Ich habe meine Mutter leider nicht gekannt. Sie ist gestorben, als ich noch ein kleines Mädchen war. Ich wünschte, ich hätte auch solche Sätze, die mich an sie erinnern würden."

„Das tut mir sehr leid, kein Kind sollte ohne Mutter aufwachsen müssen. Meine war eine sehr freundliche Frau, ich hatte eine wunderschöne Kindheit. So, mein Wagen steht dort drüben auf dem Parkplatz. Passen Sie auf, hier gibt es riesige Schlaglöcher und die Beleuchtung ist auch nicht wirklich hilfreich."

Hella zerbrach sich den Kopf über den Namen des Mannes. Sie wusste, sie kannte ihn, aber ihr wollte partout nicht einfallen, woher. Da er in ihrer Praxis gewesen war, musste er wohl ein Kunde sein. Ihr Vater hatte recht, sie kannte die Namen aller Tiere, die sie je behandelt hatte, aber die der Halter vergaß sie, sobald diese zur Tür raus waren. Die blieben für sie immer „Frauchen oder Herrchen von ..." Sie überlegte, ob sie ihn fragen sollte, fand das aber blöd und ging in Gedanken alle Hunde, Katzen, Vögel und Reptilien durch, die sie in letzter Zeit in der Praxis gesehen hatte. Der Mann gehörte zu keinem von ihnen. Den Blick auf den Boden gerichtet, versuchte sie, sein Gesicht einem Ort zuzuordnen; es gelang ihr nicht. Auf dem Parkplatz standen Autos dicht an dicht und ihr Begleiter führte sie am Arm zu einem schwarzen Mitsubishi, ganz am Ende der Reihe. Er bat sie, einen Augenblick zu warten, öffnete den Kofferraum und legte den Rosenstrauß vorsichtig hinein. „Sie können gern schon einsteigen, die Tür ist offen“, sagte er dabei und lächelte ihr zu. Hella zögerte, empfand plötzlich ein derart starkes Unbehagen, dass sie sich zwingen musste, nicht davonzurennen. Sie atmete langsam und bewusst ein und aus und bemerkte nicht, dass am anderen Ende der parkenden Fahrzeuge ein Mann stand und sie beobachtete. Langsam ging sie zur Beifahrertür, und als von weitem eine vertraute Stimme ihren Namen rief, wollte sie sich erleichtert umdrehen, aber es war zu spät. Eine kräftige Hand presste sich auf ihren Mund und durch ihr medizinisch geschultes Hirn raste ein Wort: Chloroform. Ihre Beine knickten ein, Dunkelheit breitete sich in ihr aus, und sie bekam nicht mehr mit, wie sie in das Auto gestoßen wurde.

Der hat dich gesehen, dass ist dir doch wohl klar, oder kapierst du das auch nicht? Er hat auch gesehen, dass sie nicht freiwillig in deine Scheißkarre gestiegen ist. Was musstest du so lange mit ihr rumquatschen, das hätte alles viel schneller gehen müssen. Was hättest du denn ohne das Chloroform gemacht? Sie gehen lassen, um dem Kerl von dir zu erzählen? Den hast du jetzt als Zeugen an der Backe, und das geht nicht, das geht auf gar keinen Fall, das gefährdet einfach alles. Lass dir was einfallen, aber schnell, der Typ kommt direkt auf dich zu.

Er nickte unmerklich und sah dem Mann entgegen, der ihn jetzt erreicht hatte.

„Guten Abend, war das nicht Frau Labrius, mit der Sie gerade hier lang gegangen sind?“

„Wie bitte? Ich kenne keine Frau Laberus, ich bin mit meiner Frau hier langgegangen, sie fühlt sich gerade nicht sehr gut. Ich möchte sie daher auf dem schnellsten Weg nach Hause bringen, Sie verstehen?“

„Nein, das verstehe ich ganz und gar nicht, ich bin mir nämlich ziemlich sicher, Frau Labrius erkannt zu haben. Und, Moment Mal, Sie habe ich doch auch schon gesehen. Sie waren erst heute bei mir in der Praxis. Natürlich, Sie wollten eine Rechnung abholen, das ist mir auch schon merkwürdig vorgekommen. Was haben Sie mit meiner Kollegin gemacht? Öffnen Sie sofort die Wagentür, ich will sie sehen und fragen, ob alles in Ordnung ist mit ihr."

Der Mann machte sich jetzt wieder am Kofferraum zu schaffen und redete über seine Schulter. „Lieber Himmel, nun beruhigen Sie sich doch mal. Sind Sie betrunken, oder was? Ich habe Sie in meinem ganzen Leben noch nicht gesehen und Ihre Frau Laberus kenne ich auch nicht. Ich habe *meine Frau* aus dem Krankenhaus abgeholt, sie arbeitet dort. Wir haben heute Hochzeitstag, hier bitte, sehen Sie die Blumen? Auch wenn ich Sie wirklich sehr aufdringlich finde, bitte, wenn es sie beruhigt, kommen Sie und begrüßen Sie meine Gattin."

Hör schon auf zu reden, tu endlich was. Du elender Feigling, nichts kannst du richtig machen. Der hat dich genau erkannt, der weiß, wer du bist! Er richtete sich auf, machte eine einladende Handbewegung, auf die hin Urs Mittler sich zur Beifahrertür umdrehte. Er streckte die Hand nach dem Griff aus, aber mitten in der Bewegung traf ihn der Schlag mit dem Wagenheber. Er war schon tot, als er auf dem Boden aufschlug.

Hey, das war mal richtig gut, mein Freund, das hätte ich nicht gedacht, dass du so zuschlagen kannst. Ich bin stolz auf dich, aber jetzt schaff den Kerl zur Seite und verschwinde von hier, bevor noch mehr Leute auftauchen. Wenn du Glück hast, kommst du ungesehen von hier weg.

Er ließ den Wagenheber sinken und fuhr sich mit der freien Hand über das Gesicht. Sein Herz raste und seine Knie begannen heftig zu zittern. Er starrte auf den toten Mann am Boden, als begreife er nicht, was er sah. Er atmete einige Male heftig ein und aus, rannte dann zum Kofferraum, warf den schweren Wagenheber achtlos auf die Rosen und knallte den Deckel zu.

Das ist deine Schuld, rief er laut, senkte aber gleich darauf die Stimme und fuhr leiser fort: *Dazu hast du mich gebracht. Ich wollte das nicht, ich bin kein Mörder. Eddy, wo bist du, sag mir, was ich machen soll? Ich gehe nicht ins Gefängnis, niemals. Wenn Sie mich kriegen, sage ich ihnen, dass er es war, der mich dazu gebracht hat. Du kannst mich jetzt nicht hängen lassen, bitte ...*

Er riss die Augen auf und versuchte in der Dunkelheit etwas zu erkennen, aber da war nichts, auch die Stimme, auf die er wartete, schwieg. Schließlich packte er die Beine des Toten und zog ihn ein Stück vom Auto weg. Als er sicher war, dass er aus der Parklücke rauskommen würde, ließ er sie achtlos fallen, ging zu seinem Wagen zurück und stieg ein. Hellas Kopf war auf den Fahrersitz gesunken und er musste sich anstrengen, die bewusstlose Frau aufzurichten und zur anderen Seite zu schieben. Sie bemerkte nichts davon und rührte sich nicht.

Er fuhr zügig, hielt sich aber an die Geschwindigkeitsbeschränkungen. *Nur nicht auffallen*, hämmerte es in seinem Kopf. Immer wieder schaute er zur Seite und versuchte zu erkennen, ob Hella noch betäubt oder zu früh schon wieder wach war. Kurz hinter Ixheim begann er ein Lied zu summen, eines von Eddys großen Hits. Er kannte sie alle, jede Note, jedes Wort und er war überzeugt, ihn besser kopieren zu können als jeder andere.

Hör sofort mit dem Gejaule auf, das ist grauenhaft und beleidigt meine Ohren. Hast du wirklich Grund zur Fröhlichkeit? Bist du vielleicht schon am Ziel, ohne dass dich die Polizei angehalten hat? Nein? Dann halt jetzt die Klappe und konzentrier dich auf die *Straße. Wenn du dich da vorne in der Baustelle verfährst ...*

Er schlug heftig mit der Faust der rechten Hand aufs Lenkrad und schrie mit sich überschlagender Stimme: *Warum musst du mich immer kritisieren, warum bist du niemals zufrieden mit mir? Ich habe alles richtig gemacht, sie ist in meinem Wagen, sie gehört mir und den Mann, den Mann vom Parkplatz, den habe ich getötet, nur damit du zufrieden bist, und was tust du? Du beschimpfst mich, beleidigst mich und behandelst mich immer weiter wie einen dummen Jungen. Das bin ich aber nicht, hörst du? Ich bin kein Kind mehr, ich bin erwachsen!*

Seine Stimme war mit dem letzten Satz leiser geworden und er hatte zu weinen begonnen. Tränen liefen über sein Gesicht, und er sah die Straße nur noch verschwommen. Dabei war es ohnehin eine schwierige Strecke, eine endlose Baustelle und jetzt, bei Regen, musste man höllisch aufpassen, nicht von der Fahrbahn abzukommen.

Erwachsen? Das ich nicht lache. Wo wärst du denn ohne mich? Wenn ich mich nicht um dich kümmern würde, dir immer wieder sagen, was du wie machen sollst, wärst du schon längst in der Gosse gelandet, oder in der Klapse. Du hättest den Typen bestimmt am Leben gelassen, oder? Und dann? Der hatte dich erkannt, verdammt noch mal, der wusste, dass du ihr ... Ach komm, jetzt hör auf zu jammern, du weißt, dass ich das nicht ertragen kann. Na gut, sing einen seiner Songs für mich, das machst du doch so gerne.

Er schluchzte noch einmal, zog die Nase hoch und lächelte dann liebevoll. Nachdem er erneut zu summen begonnen hatte, warf er wieder einen kurzen Blick auf die bewusstlose Frau. Da sie sich nicht rührte, wurde er lauter, sang jetzt richtig und trommelte den Takt auf dem Lenkrad. Er war glücklich, sein größter Wunsch würde sich heute erfüllen. Nicht mehr lange, und sie würde ihm gehören und dann sollte sie erleben, was es hieß, ihn zurückzuweisen.

-29-

„Ich muss sofort los, auf einem Parkplatz in der Nähe des Krankenhauses wurde ein männlicher Toter gefunden. Ihm wurde der Schädel eingeschlagen, also eindeutig Fremdverschulden.“ Tabea stand bereits in der Tür und ich überlegte, was ich tun sollte.

„Okay, fahr du, ich bleibe hier und warte auf Hella. Melde dich, wenn du absehen kannst, wie lange es dauern wird, ok?“

„Mache ich, bis später.“ Sie warf mir eine Kusshand und schlug die Tür hinter sich zu.

„Ja Leute, so ist das, wenn man eine Oberkommissarin heiraten will, da muss man ständig auf alles gefasst sein“, erzählte ich meinen Hunden und ging dann den Kühlschrank inspizieren. Der wies nichts als gähnende Leere auf, nur eine einsame Flasche Bier stand in der Tür. Das war nicht genug und ich befragte Siri nach dem nächstgelegenen Pizzadienst. Vielleicht freute sich Hella doch über etwas Essbares, wenn sie kam. Ein Blick auf die Uhr sagte mir, dass es bereits kurz vor 22.00 Uhr war und ich mich mit dem Bestellen beeilen musste. Am anderen Ende erklang dann auch eine müde Stimme, aber der Mann war bereit, mir noch drei Pizzen, eine Flasche Chianti und zwei Bier vorbeizubringen. Glück gehabt, ich musste nicht hungrig ins Bett gehen. Ich setzte mich auf die Couch, stellte fest, dass das mittlerweile wieder fast schmerzfrei möglich war und hoffte daher, die Schonzeit deutlich abkürzen zu können.

Zwanzig Minuten später waren weder Hella noch der Pizzamann gekommen, die Bierflasche war leer und ich griff nach meinem Smartphone. Hella hätte doch längst hier sein müssen, sie konnte unmöglich so lange auf ein Taxi gewartet haben. Es meldete sich die Mailbox, was ich ebenfalls seltsam fand. Ich zögerte eine Weile, wusste nicht, ob es falsch oder richtig war, aber dann rief ich Tabea an, die sich nach dem zweiten Klingeln meldete.

„Deti? Was ist los, ist was passiert?"

„Ich weiß es nicht, aber ich hätte dich nicht angerufen, wenn ich nicht so ein blödes Gefühl hätte. Hella ist immer noch nicht hier, und sie kann doch nicht eine Stunde auf ein Taxi gewartet haben. Vielleicht ist sie wieder umgekippt oder es ist ihr was zugestoßen. Was meinst du, soll ich die Polizei ... also ich meine, die Bereitschaftspolizei anrufen?"

„Ich bin nicht weit vom Krankenhaus entfernt und werde einen Beamten bitten, nachzufragen, ob sie ausgecheckt hat oder noch da ist. Du könntest herkommen, wenn du versprichst, dich im Hintergrund zu halten. Du wirst es ohnehin erfahren, der Tote ist Urs Mittler und wie es aussieht, wurde er erschlagen. Komm her, du kannst uns kaum verfehlen."

Bevor ich meine Betroffenheit zum Ausdruck bringen konnte, hatte sie aufgelegt. Urs Mittler, der Kollege von Hella und die tauchte nicht auf. Das war kein Zufall, da stank etwas ganz gewaltig. Ich schnappte mir die Autoschlüssel, rannte zur Tür und fast in den Pizzamann, der davorstand. Ich ersparte mir und ihm lange Diskussionen, zog 50 Euro aus meinem Portemonnaie, verzichtete auf eventuelles Wechselgeld und rannte mit der schweren Plastiktüte zu meinem Porsche. Während Siri mich erneut zum Nadini–Klinikum lotste, fummelte ich blind ein Stück Pizza aus einer der Schachteln und stillte damit fürs erste den schlimmsten Hunger. Ich sah das Aufgebot an Polizei und Rettungswagen tatsächlich schon von weitem und wurde von einem Beamten der Bereitschaftspolizei zur Seite gewunken.

„Sind Sie der Verlobte der Oberkommissarin?", wollte er wissen und als ich zustimmend nickte, bestimmte er, dass ich meinen

Wagen stehen lassen und zu Fuß bis zum Tatort gehen sollte. Ich nickte der Einfachheit halber erneut, stieg aus und marschierte los.

Auf dem Parkplatz, auf dem ich vor ein paar Stunden ebenfalls gestanden hatte, war die Hölle los. Riesige Scheinwerfer beleuchteten Menschen in weißen Ganzkörperanzügen. Notarzt, Sanitäter, Polizisten mit und ohne Uniform, verliehen dem Ganzen einen surrealen Eindruck. Hätte ich nicht gewusst, dass hier ein Mensch auf furchtbare Weise zu Tode gekommen war, ich hätte es für eine Szene aus einem Tatort halten können. Tabea entdeckte mich schnell und gebot mir mit einer Handbewegung nicht näher zu kommen. Ich winkte ihr zu und wandte mich an einen jungen Beamten, der in der Nähe stand und unser Intermezzo beobachtet hatte.

„Hallo, Sie können sich sicherlich auch was Schöneres vorstellen, als bei diesem Wetter hier rumzustehen, oder?"

„N'abend, na ja, Dienst ist Dienst, da kann man nichts machen. Kennen Sie die Oberkommissarin?"

„Ja klar, ich bin mir ihr verlobt und sie hat mich angerufen, damit ich vorbeikomme."

„Ach so, dann sind Sie ein Kollege. Wissen Sie, was komisch ist? Ich kannte das Opfer. Der Mann war Tierarzt und ich habe einen Hund, also nicht ich direkt, aber meine Oma. Der heißt Moby Dick und da Oma nicht mehr so gut auf den Beinen ist, bin ich mit ihm zum Tierarzt gegangen. Eigentlich gehe ich immer zur Frau Doktor, aber die war beim letzten Mal nicht da, dafür ihr Kollege und der ist jetzt tot. Schreckliche Geschichte, wer tut so was? Ich meine, wer bringt denn ausgerechnet einen Tierarzt um?"

„Das weiß ich leider nicht, aber ich kannte ihn auch. Er hieß Urs Mittler, wie ist er denn ... ich meine, meine Verlobte hat gesagt, er wurde niedergeschlagen?"

„Ja, schrecklich, ihm wurde der Schädel richtiggehend zertrümmert. Vermutlich eine Eisenstange, ein Wagenheber oder so was. Gefunden hat man bisher nichts. Dann hat ihn der Täter auch noch an den Beinen weggeschleift, wohl damit er ihm beim Rausfahren aus der Parklücke nicht im Weg lag. Das hinterlässt ja schließlich Spuren am Fahrzeug und das wollte er wohl vermeiden."

Bei seinen letzten Worten war eine Frau nähergekommen, die uns ansah, als kämen wir vom Mars.

„N´ovend, störe isch? Dat dät mr leid un isch hoffe, d'r Rähn maach üch nix us beim Verzell."

Ich verstand kein Wort, aber irgendwas riet mir zur Vorsicht und ich schwieg. Im Gegensatz zu dem redseligen jungen Beamten. Der drehte sich zu ihr um und sagte streng: „Das hier ist ein Tatort, da haben Sie nichts verloren. Bitte gehen Sie einfach zügig weiter."

„A Tatort es dat? Schön, dass Sie zumindest das begriffen haben. Darum machen Sie verdammt noch mal Ihren Job und halten nicht Schwätzchen mit Zivilisten. Ich bin Hauptkommissarin Schmitz von der Moko Kaiserlautern."

Mein junger Freund hatte förmlich Haltung angenommen und war sehr blass geworden.

„Tschuldigung, Frau Hauptkommissarin, natürlich, die Leiche liegt da vorne und da sind auch alle anderen. Ich habe nur den Kollegen hier über die Vorkommnisse informiert."

„Ach, Sie sind ein Kollege", das ist dann natürlich was anderes, wandte sich Tabeas neue Chefin an mich. „Wie ist denn Ihr Name?"

„Oh, da habe ich mich vielleicht missverständlich ausgedrückt. Nein, ich bin kein Kollege im engeren Sinn, ich bin Privatdetektiv und nur hier, weil ich den Toten gut kannte."

„Aha, Privatdetektiv. Vermutlich aus Dürkem und verlobt mit meiner neuen Oberkommissarin, richtig? Und der Tote hat Sie kurz vor seinem Ableben noch schnell angerufen, und darum gebeten, vorbeizukommen oder woher wissen Sie, dass er getötet wurde?"

„Von mir, ich habe es ihm mitgeteilt, guten Abend, Chefin."

Tabea hatte wohl bemerkt, mit wem ich da zusammengetroffen war und kam herbeigeeilt.

„Ah, na dann. Ist es in Ludwigshafen Usus, Polizeiinterna mit Familienangehörigen zu teilen?"

„Nein, ist es nicht, aber Herr Menke ist in seiner Eigenschaft als privater Ermittler hier, nicht weil er mit mir verlobt ist. Und da ich sicher bin, dass der Tod von Urs Mittler mit dem Fall zu tun hat, an dem er arbeitet, dachte ich, es wäre sinnvoll ihn herzubitten. Er rief mich an, um mir mitzuteilen, dass Frau Dr. Labrius verschwunden zu sein scheint und sie war die Kollegin des Getöteten, also gibt es da einen Zusammenhang. Wahrscheinlich wurde sie entführt, alle Spuren deuten zumindest darauf hin."

„Nun gut, lassen wir das mal dahingestellt. Wieso denken Sie, ist Frau Labrius verschwunden?" Die Frage galt mir, zumindest schaute sie mich dabei an.

„Sie hat angerufen, um uns mitzuteilen, dass sie auf dem Weg nach Hause sei. Sie war da drüben im Krankenhaus, weil sie in ihrer Praxis niedergeschlagen wurde. Sie wollte nicht, dass einer von uns sie abholt, sondern wollte mit dem Taxis kommen. Sie kam aber nicht und darum habe ich Tabea angerufen, damit sie das weiß. Außerdem bin ich sicher, dass es kein Zufall ist, dass Hella verschwindet, während gleichzeitig ihr Kollege in unmittelbarer Nähe zum Krankenhaus ermordet wird. Er wollte sie besuchen, und hat erst von uns erfahren, dass sie sich auf eigene Verantwortung aus dem Haus verabschiedet hatte. Vielleicht hat er den Entführer gesehen, gestört, hat ihn angegriffen ..."

„De leeven Himmel, rädde Se emme esu ville?"

„Was?", fragte ich etwas ratlos und die Schmitz lächelte ironisch.

„Ich habe gefragt, ob Sie immer so viel reden. Sie haben also den Fall bereits gelöst, während wir dummen Polizisten ratlos im Regen rumstehen oder wie darf ich das verstehen?"

„So natürlich nicht, ich habe halt nur eins und eins zusammengezählt. Sie müssen doch zugeben, dass es durchaus so gewesen sein könnte."

„Alles kann, nichts muss", sagte sie und wandte sich dann an Tabea.

„Ist überprüft worden, ob diese Frau Labrius noch im Krankenhaus ist?"

„Natürlich, da ist sie aber nicht. Sie hat sich von der Anmeldung ein Taxi rufen lassen, der Fahrer ist reingekommen, hat sie gesucht und nicht gefunden, worauf er fluchend wieder abgefahren ist. Da vorne gibt es jede Menge Spuren, der Boden ist feucht und matschig und es sieht so aus, als ob ein Mann und eine Frau gemeinsam zu einem Wagen gegangen sind. Die Spuren der Frau enden dann im Nichts und werden teilweise von anderen männlichen Fußspuren überlagert. Nach allerersten Einschätzungen gehören diese Spuren zu den Schuhen des Toten. Das muss erst noch genauer verifiziert werden. Fotos und Abdrücke sind bereits gemacht worden. Ein Arzt aus dem Krankenhaus hat den Toten gefunden und bestätigt, dass der Mann zwar bereits tot, das Blut aber noch nicht geronnen war. Er kann also erst kurz vor seinem Erscheinen am Tatort niedergeschlagen worden sein. Dieser Zeuge hat umgehend die Polizei verständigt, konnte aber keine weiteren Angaben machen, da er nichts weiter gesehen hat. Der Notarzt hat den Zeitpunkt des Todes ziemlich genau eingrenzen können und bestätigt damit die Aussage unseres

Zeugen. Wie gesagt, die Fußspuren und natürlich Reifenabdrücke werden umgehend ins Labor geschickt, aber bis wir das Modell haben, wird das dauern. Mich würde es allerdings sehr wundern, wenn es sich nicht um einen dunklen, vermutlich schwarzen, Mitsubishi handeln würde. Ich habe von Anfang an gesagt …"

„Lassen wir das Spekulieren, Frau Kollegin, und warten wir die Ergebnisse der Spusi ab", unterbrach Schmitz Tabea, bevor sie sich an die letzten Meter zum Tatort machte.

„Krass, die Dame", sagte ich kopfschüttelnd, aber Tabea zuckte nur die Schultern. „Muss man abwarten, wie die sich entwickelt. Sie ist noch neu in der Cheffinnenrolle, vielleicht glaubt sie, sich nur so Respekt verschaffen zu können."

„Sie kennt dich eben nicht, sonst würde sie den Boden küssen, auf dem du läufst. Wird sie mit der Zeit noch machen da bin ich mir sicher." Tabea lachte und auch der redselige Beamte grinste vor sich hin.

„Geh du rüber ins Krankenhaus und versuch mal, ob du noch irgendwas rausfindest. Wer hat Hella beim Verlassen gesehen, hat sie jemand abgeholt, na, du weißt schon. Wir treffen uns dann später zu Hause."

Ich sah ihr noch einen Moment lang nach, dann machte ich mich auf den Weg und betrat kurz darauf das Krankenhaus. Viel los war um diese Zeit in der Halle nicht mehr, auch die Schichten hatten gewechselt, und niemand wusste irgendwas. Nicht sehr ergiebig, dachte ich frustriert, als zwei ältere Damen aus dem Fahrstuhl kamen. Ohne große Hoffnung, ging ich auf sie zu, setzte mein charmantestes Lächeln auf und sagte: „Guten Abend, ich bin auf der Suche nach einer Freundin, die ich eigentlich abholen soll, ich kann sie aber nicht finden. Haben Sie sie vielleicht gesehen?" Damit zog ich mein iPhone und präsentierte ein Foto von Hella.

Beide schauten es sich lange an und schüttelten dann synchron den Kopf.

„Nein, junger Mann, leider nicht. Wissen Sie, hier gehen ja viele Leute ein und aus, die guckt man sich nicht alle so genau an“, sagte die ältere der beiden, die ihre fliederfarbenen Haare an einer Seite bis über das Ohr abrasiert trug.

„Da hat Brigitte recht“, stimmte die andere zu. Da muss sich jemand schon auffällig benehmen oder ganz ungewöhnlich aussehen, sonst merkt man sich die Gesichter nicht.“

„Und ungewöhnlich benommen hat sich niemand?“, fragte ich nach.

„Nein, eigentlich nicht.“ Brigitte schüttelte nachdenklich den Kopf. „Na ja, bis auf den jungen Vater vorhin. Weißt du, wen ich meine?“, wandte sie sich an ihre Freundin. „Na, den mit diesem gigantischen Rosenstrauß, der so geschockt in der Halle rumgestanden hat. Da vorne, da hat er gestanden“, sie zeigte auf eine Stelle in meinem Rücken. „Ich habe ihn gefragt, was es denn geworden ist, Junge oder Mädchen, da ist er plötzlich losgestürzt, als sei der Düwel hinter ihm her. Bis zum Fahrstuhl, da ist er dann wieder stehengeblieben, als wisse er nicht, ob er nun rauf oder runterfahren sollte. Nicht, so war es doch?“

„Ja, stimmt“, antwortete die Angesprochene „der war wirklich völlig durch den Wind. Vermutlich das erste Mal Vater geworden, da sind Männer immer so.“

„Und? Wie ging‘s weiter? Ist er schließlich doch noch eingestiegen?“, wollte ich wissen, obwohl sich mein Interesse an der Story in Grenzen hielt.

„Hm, nein, ich glaube nicht. Wie war das noch? Ellen, weißt du es? Also warten Sie mal, nein, nein, der ist nicht eingestiegen. Eine Frau ist aus einem der Fahrstühle gekommen und der ist er nachgegangen. Also, ob er wirklich ihr nachgegangen ist, weiß ich natürlich nicht, jedenfalls ist er hinter ihr her Richtung Ausgang gegangen. Mehr weiß ich nicht, wir sind ja dann nach oben gefahren, weil mein Mann im 3. Stock liegt. Der hat sich nämlich das Bein ganz kompliziert gebrochen, es musste viele Stunden lang operiert werden. Der Professor hat gesagt, er hätte noch nie einen so komplizierten Bruch gesehen. Ja, was mein Herbert macht, das macht er gründlich. So war er schon immer, schon als ganz junger Mann hat er mal ..."

„Ich danke Ihnen, Sie haben mir sehr geholfen, vielen Dank und gute Besserung für Herbert, aber Sie müssen diese Beobachtung unbedingt der Polizei mitteilen. Sie haben den Mann gesehen und können ihn vielleicht beschreiben. Ich muss sie daher bitten, hier zu warten, bis ein Beamter zu ihnen kommt. Einverstanden? Ich muss jetzt allerdings unbedingt zusehen, dass ich meine Bekannte finde, die sucht bestimmt schon nach mir." Ich griff nach meinem Telefon und rief Tabea an. „Hi, ich habe hier zwei Damen, die einen Mann beobachtet haben, der sich merkwürdig verhalten hat und einer Frau gefolgt ist, die Hella gewesen sein könnte. Sie können ihn sicherlich beschreiben. Ja, sie warten in der Halle. Okay, bis dann."

Ich lächelte den beiden zu und versicherte ihnen, dass es nicht lange dauern würde.

Ich wusste natürlich nicht, ob die Geschichte überhaupt irgendwas mit Hella zu tun hatte, es gab nicht wirklich einen Grund das zu glauben, aber etwas in mir war sicher, dass die Frau aus dem Fahrstuhl Hella gewesen war. Und der Typ mit den Blumen? War das ihr Stalker? Ich griff erneut zum Handy und schickte eine WhatsApp an Tabea. *Kannst du in Erfahrung bringen, ob auf dem Parkplatz Rosenblätter gefunden wurden? Wichtig! Kuss ICH*

Zwei Minuten später hatte ich meine Antwort: *Blätter und zwei abgerissene oder abgebrochene Rosenköpfe wurden gefunden.*

Warum ist das wichtig? Ich überlegte, wie ich es ihr erklären konnte und antwortete: *Der Typ hier hatte einen großen Rosenstrauß dabei. Und wenn die Frau, der er gefolgt ist, Hella war, wissen wir, dass er auf dem Parkplatz war.*

„N'abend", erklang eine Männerstimme nicht weit entfernt von mir und eine Zigarette glühte rot auf.

„Hallo", grüßte ich und sah einen Mann im Rollstuhl auf mich zu fahren. „Sie suchen nach einer Frau? Ich habe gehört, wie Sie mit den beiden alten Schachteln drinnen geredet haben. Die Frau von der die Ihnen erzählt haben, war eine Tierärztin hier aus Zweibrücken, die ich zufällig kenne. Ich stand genau hier, als sie aus der Tür kam, wollte sie noch anquatschen, aber da tauchte dieser Rosenkavalier auf, mit dem sie dann weggegangen ist. Also, falls Sie die suchen, die ist nicht mehr hier."

„Sind Sie sicher, wann war das? Kannten Sie den Mann und wo sind sie hingegangen?" fragte ich atemlos.

„Klar bin ich sicher, meine Augen sind noch ganz in Ordnung, nur meine Lunge macht schlapp. Die Kippen bringen mich langsam, aber sicher ins Grab, aber ich kann's einfach nicht lassen. Selbst hier im Krankenhaus qualme ich immer noch weiter. Sehr zur Freude meiner behandelnden Ärztin, das können Sie mir glauben. Also ja, die ist mit dem Kerl da vorne über die Straße gegangen, aber wer das war? Keine Ahnung, habe den nie vorher gesehen. War sehr geschniegelt, Anzug und Krawatte hatte der an. Sah aus wie ein Vertreter oder so was. War das ihre Freundin oder warum stellen Sie so viele Fragen?"

„Sie ist eine Freundin, nicht meine Freundin, aber ich mache mir Sorgen um sie, sie hätte schon lange Zuhause sein sollen. Ist sie aber nicht. Haben Sie zufällig gesehen, ob sie in ein Auto eingestiegen ist?"

„Nee, tut mir leid, das weiß ich nicht, ich hatte fertig geraucht und bin dann wieder rein. Machen Sie sich mal keinen Kopf, die ist doch erwachsen. Hat wohl einen Kerl kennengelernt und darüber die Zeit vergessen. Die taucht schon wieder auf, wenn er es ihr ordentlich besorgt hat. Wenn Sie verstehen, was ich meine."

„Ja, ich verstehe, was Sie meinen. Wie ist denn Ihr Name, vermutlich müssen Sie der Polizei noch mal erzählen, was Sie mir gerade erzählt haben."

Erneut schickte ich eine WhatsApp an Tabea: *Noch ein Zeuge! Der ist sicher, dass die Frau Hella war und mit unserem Rosenkavalier zusammen Richtung Parkplatz gegangen ist. Er heißt Volker Große und liegt auf der Inneren.*

Ich ging am immer noch hell erleuchteten Tatort vorbei, sah Tabea im Gespräch mit mehreren Leuten und ahnte, dass sie noch lange zu tun haben würde. Ich beschloss nach Hause zu fahren, die Hunde mussten dringend raus, außerdem waren die viel zu lange sich selbst überlassen. Im Auto erinnerte ich mich an meinen Plan, heute Nacht nach dem Hundehasser zu fahnden, und ich hielt es für eine gute Idee, beides miteinander zu verbinden. Tabea hätte mir das hundertpro ausgeredet, aber Tabea war leider nicht da.

-30-

Nach 20 Minuten hatte er sein Ziel fast erreicht, war von der Straße in einen Wirtschaftsweg abgebogen, der anfangs noch zur Durchfahrt freigegeben war, um einen Wanderparkplatz anzusteuern. Danach war er für den normalen Autoverkehr gesperrt. Trotzdem nutzten Ortskundige ihn verbotenerweise gern als Abkürzung. Aber auch die blieben auf dem Fahrweg und die wenigsten wussten, dass es diese Hütte überhaupt gab. Sie lag so gut versteckt, im tiefsten Pfälzer Wald, dass sich nur selten ein Wanderer oder Pilzsammler dorthin verirrte. Außerdem führte nur ein schmaler Waldweg zu ihr, der mit einer Schranke versperrt war. Seit annähernd einem Jahrhundert gehörte sie seiner Familie und war in früheren Zeiten gern und oft zu Wochenendausflügen genutzt worden. Angeblich hatte seine Großmutter mitsamt ihren Kindern im Krieg hier sogar gewohnt, weil ihr Haus in Zweibrücken, von einer Bombe getroffen, in Schutt und Asche lag.

Oft hatte er mit dem Gedanken gespielt, sie zu verkaufen, aber es nie ernsthaft versucht, obwohl er selten hier rausgefahren war. Seine Erinnerungen an diesen Ort waren diffus unangenehm. Manchmal blitzten Bilder in seinem Kopf auf; er sah sich als Kind über die Lichtung vor der Hütte rennen. Sah sein eigenes Gesicht in einer Art Großaufnahme, es war verzerrt vor Angst. Den Grund erkannte er nie, erinnerte sich nicht, vor wem oder was er derart panisch geflüchtet war.

Manchmal hörte er die laute Stimme seines Vaters, das Weinen der Mutter. Sie schienen zu streiten, aber er verstand die Worte nicht. Nach jedem dieser Flashbacks raste sein Herz, daher mied er diesen Ort seit langem. Erst nachdem Eddy ihn darauf hingewiesen hatte, wie ideal er für seine Zwecke war, hatte er sich überwunden, ihn hergerichtet und bewohnbar gemacht. Über

Wochen hatte er Lebensmittel herbeigeschafft, das marode Dach instand gesetzt und den Abzug vom Kamin repariert. Es war zwar noch Sommer, aber der verdiente wieder einmal seinen Namen nicht; es regnete häufig und war viel zu kalt für August. In den beiden Räume war es unangenehm klamm und sie sollte schließlich nicht frieren, ganz im Gegenteil, sie sollte schwitzen vor Angst.

Jetzt stand er vor der Schranke und fummelte den Schlüssel für das Vorhängeschloss aus seiner Hosentasche. Nach einem letzten Blick auf Hella stieg er aus, öffnete und hob das morsche Teil hoch. Er überlegte, ob er hinter sich wieder abschließen musste, verwarf das aber, da er nicht lange bleiben würde. Er stieg wieder ein, fuhr ohne Licht langsam den Weg entlang, bis er nach etwa 800 Metern die Hütte erreichte und den Motor abstellte. Er stieß die immer noch bewusstlose Frau an, schüttelte kräftig ihre Schulter und nickte zufrieden, als sie sich nicht regte. Er stieg aus, öffnete die Haustür und machte Licht, bevor er zurück zu seinem Wagen ging, die Beifahrertür öffnete und Hella von ihrem Sitz zog.

Rückwärts gehend schleppte er sie über drei Stufen, die zum Eingang führten, bis ins Wohnzimmer. Dort ließ er sie keuchend auf den abgenutzten, ehemals rot und blau gemusterten Teppich fallen. Sie gab ein Stöhnen von sich, wachte aber nicht auf. Aus einer, auf dem Esstisch stehenden, Metallkiste holte er eine Packung roter Kabelbinder, eine karierte Stoffserviette und eine Rolle graues Paketband. Dann drehte er sich zu Hella um, ergriff ihr Kinn und öffnete ihren Mund. Mit Anstrengung presste er die gefaltete Serviette hinein und hielt sie mit einem Streifen Klebeband an Ort und Stelle. Sorgfältig achtete er darauf, dass ihre Nase frei blieb, damit sie unter keinen Umständen ersticken konnte. Danach zog er ihre Arme weit über den Kopf, legte sie zusammen um ein Tischbein und verschloss die Hände mit einem der langen Kabelbinder. Sie lag nun wehrlos auf dem Rücken und konnte sich unmöglich selbst befreien. Er betrachtete ihre Beine, überlegte, ob er die noch irgendwo anbinden sollte, entschied sich dafür, nahm einen weiteren Kabelbinder aus der Packung, als ihn die harte Stimme zusammenfahren ließ.

Was anderes fällt dir nicht ein, als sie zu fesseln? Was bist du für ein Mann? Guck doch hin, sie gehört dir, sie kann nicht weg, kann sich nicht wehren, sie ist dir völlig ausgeliefert, du kannst also mit ihr machen, was immer du willst. Also, was willst du?

Er lauschte mit schiefgelegtem Kopf, schaute dann wieder auf Hella und sagte abwehrend: *Nein, jetzt nicht, ich muss noch etwas erledigen. Ich nehme sie mir vor, wenn ich zurückkomme, dann ist sie wach und es macht mehr Spaß.*

Ach ja? Was hast du denn noch zu erledigen? Ich glaube, du bist einfach zu feige und wirst am Ende kneifen. Ich habe das immer gewusst, du bist kein Mann, du bist schlimmer als ein Mädchen ...

Ich bin kein Mädchen! Hör auf damit, sag das nicht immer, du weißt, dass das nicht stimmt. Ich muss nur noch mal zurück, ich habe Faruk nicht gefüttert und das geht nicht. Er kann ja nichts dafür, er soll nicht leiden.

Nicht leiden, nicht leiden, mimimi, das ist doch bloß eine Katze. Du meine Güte, wie albern bist du denn? Das Vieh wird nicht verhungern, das ist dir doch auch klar, es kann gut ein paar Tage ohne Futter auskommen. Also, jetzt hör schon auf, Ausflüchte zu erfinden und fick sie endlich, das ist es doch, wovon du die ganze Zeit geschwafelt hast.

Ja, ja natürlich, das will ich, aber nicht jetzt, nicht so. Ich muss erst Faruk füttern, dann bin ich beruhigter. Es ist doch egal, ob ich es jetzt oder etwas später mache, ganz egal ist das und überhaupt kein Grund, mich wieder zu beschimpfen.

Wenn du es jetzt nicht tust, tust du es nie, du Waschlappen. Aber gut, ich wusste es, du bist nicht Wert, dass man sich mit dir abgibt, dass ist vertane Zeit ...

Sei still, sei endlich still, ich will das nicht hören. Es ist nicht wahr was du sagst, und du sagst das auch nur, um mich zu verletzen. Du weißt, dass es nicht wahr ist. Ich tue immer was du von mir verlangst, ich tue alles, damit du mit mir zufrieden bist. Ich habe sie hierhergebracht, ich habe sogar den Mann getötet ...

Ja, ja, schon gut, nun beruhige dich doch. Reg dich nicht immer so auf, und wenn es für dich derart wichtig ist, dann fahr los und füttere deinen blöden Kater. Komm aber schnell wieder zurück, ich will zusehen, wie du dich mit der Schlampe amüsierst.

Ja, ist gut, ich beeile mich. Du wirst sehen, es dauert nicht lange, ich bin bald wieder zurück.

Er nickte bekräftigend, griff nach Hellas Füßen, in der einen Hand den Kabelbinder, da zog sie in einer einzigen fließenden Bewegung die Beine an die Brust und trat zu. Sie traf ihn genau vor beide Knie, er verlor das Gleichgewicht und fiel um. Er landete vor dem Kamin, Schmerz raste durch seinen Körper und raubte ihm den Atem.

Oh Mann, habe ich es dir nicht prophezeit, habe ich nicht gesagt, dass du unfähig bist? Lässt dich von einer gefesselten Fotze fertigmachen, ich lach mich schlapp. Pass auf, gleich beißt sie sich die Fesseln durch und gibt dir den Rest. Los, steh auf, pack sie dir und gib ihr endlich, was sie verdient. Hättest du gleich auf mich gehört, wäre dir diese Peinlichkeit erspart geblieben.

Er richtete sich auf, ignorierte den Schmerz in seinen Knien und zog sich stöhnend am Kamin in die Höhe. Er starrte auf die Frau am Boden, die ihn aus weit aufgerissenen Augen ansah.

„Das hättest du nicht tun sollen, das nicht. Was jetzt geschieht, hast du dir selbst zuzuschreiben, ich wollte das nicht, aber du musstest mich ja wütend machen."

Er fuhr sich mit einer fahrigen Bewegung der Hände über das Gesicht und machte sich dann am Gürtel seiner Hose zu schaffen, als ein Geräusch ihn innehalten ließ.

-31-

„Nun gut, dann kann der Tote jetzt in die Rechtsmedizin gebracht werden. Als nächstes müssen wir eventuelle Angehörige ausfindig machen und benachrichtigen. In seinen Papieren befindet sich kein Hinweis auf eine Ehefrau, und an seinem Wohnort ist er allein gemeldet. Vielleicht gibt es eine feste Freundin, Geschwister oder Eltern, übernehmt ihr das?" Die Schmitz schaute in die Runde, wartete, bis Burkhardt nickte und wandte sich dann an Tabea. „Wo bleibt eigentlich der Kollege Sand? Der ist doch nicht etwa an die Nordsee gefahren?"

„Ich weiß es nicht, aber, wenn ihn niemand von diesem erneuten Tötungsdelikt informiert hat, ist er wohl davon ausgegangen, Urlaub zu haben und den wollte er nun einmal an der Nordsee verbringen."

„Hm, haben Sie ihn nicht informiert?"

„Ich? Nein, wieso sollte ich, das ist nicht meine Aufgabe, sondern ..."

„Meine? Sprechen Sie es ruhig aus. Rischtisch, wäre meine Aufgabe gewesen und ich habe es vergessen. Ist jetzt auch egal. Wenn wir ihn brauchen, können wir ihn immer noch zurückbeordern. Was meinen Sie, brauchen wir ihn oder klären wir den Fall alleine auf?"

„Ich würde Norman ungern aus dem Urlaub rausreißen, er hat ihn wirklich nötig und mehr als verdient. Außerdem würde es seine Ehe in echte Gefahr bringen, also versuchen wir es erst einmal ohne ihn. Ich weiß natürlich auch, dass die ersten 24 Stunden die entscheidenden sind, danach sind viele Spuren kalt und nutzlos, aber wir haben schließlich eine Menge an Hinweisen.

Sicher ist, dass es sich bei dem Toten um Urs Mittler handelt, einen 34 Jahre alten Tierarzt, wohnhaft in Zweibrücken, ledig, keine Kinder. Mit einiger Sicherheit können wir davon ausgehen, dass er auf diesen Parkplatz gefahren ist, um seine Kollegin, die Tierärztin Hella Labrius, im Krankenhaus zu besuchen. Spekulation ist, dass er hier auf Hella traf, die in Begleitung ihres Entführers war. Ob sie um Hilfe gerufen hat und er versucht hat sie zu befreien wissen wir nicht, aber es erscheint mir logisch, dass dieser Mann, den wir namentlich nicht kennen, ihn getötet hat. Darauf weisen zumindest alle Spuren hin. Der eine Zeuge hat bestätigt, dass Hella Labrius mit einem ihm unbekannten Mann zusammen Richtung Parkplatz gegangen ist. Dieser Mann hatte einen Rosenstrauß dabei und Rosenblätter und Knospen haben wir hier sichergestellt. Die beiden Zeuginnen konnten ihn außerdem recht gut beschreiben. Danach war er Anfang bis Mitte 30, gut gekleidet, benahm sich aber auffällig bis merkwürdig. Nach ihren Angaben wird ein Phantombild angefertigt, das wir an die Rheinpfalz geben können, mit der Bitte um Veröffentlichung. Ich bin sicher, irgendwer wird ihn erkennen und dann wird er uns erklären müssen, was hier passiert ist."

„Klingt zu schön, um wahr zu sein", murmelte die Schmitz und auch Burkhardt war skeptisch.

„Ich bin zwar sicher, dass wir den Kerl irgendwann finden, allerdings wird das nicht so schnell gehen. Heute ist es zu spät für die Zeitung, das geht also frühestens morgen, das heißt, das Bild erscheint erst am Mittwoch. Wir könnten höchstens die Fernsehanstalten um Hilfe bitten, dann wird es morgen gesendet. Immer vorausgesetzt die beiden Damen sind sich einig und das Bild sieht ihm einigermaßen ähnlich. Wenn wir davon ausgehen, und zumindest ich gehe davon aus, dass der Unbekannte Hella Labrius entführt hat, dann ist sie in allerhöchster Gefahr. Daher werde ich als erstes umgehend das LKA informieren, dafür sind die zuständig."

„Okay, aber wir können ihn, unabhängig davon, als Zeugen suchen lassen, denn einen Beweis gegen den Mann haben wir nicht." Tabea sah sich fragend in der Runde um.

„Sischer dat, aber der wird den Braten rieschen und sich ganz bestimmt nicht bei uns melden. Wäre er ja schön dumm."

„Nee, er nicht, aber Leute, die ihn erkennen vielleicht", warf Burkhardt ein. „Niemand ist so unsichtbar, dass es nicht irgendwo jemanden gäbe, der ihn kennt. Die Kollegen klappern die Anwohner ab, vielleicht hat von denen einer was gehört oder gesehen. Außerdem gibt es da vorne an der Ampel eine Kamera. Wenn es das Schicksal gut mit uns meint, ist der bei Rot drüber. Ansonsten können wir hier jetzt nichts mehr tun. Wenn sich was ergibt, erfahren wir es. Kommt, hauen wir ab, morgen sehen wir weiter."

„Ich fahre noch mal in die Praxis der beiden. Vielleicht finde ich irgendeinen Hinweis auf irgendwas, auch wenn ich keine Ahnung habe, wonach ich suchen soll." Tabea zuckte etwas ratlos die Schultern.

„Da ist doch niemand, wie wollen Sie reinkommen?"

„Ich habe einen Schlüssel, Chefin, ich wohne ja zurzeit auch bei Frau Labrius."

„Na okay, dann machen Sie das. Sollten Sie was von Interesse finden, rufen Sie mich an, ich leite es ans LKA weiter. Wir dürfen keine Möglichkeit auslassen, die Frau zu finden, auch wenn ich mir nicht allzu viel davon verspreche. Wir sehen uns dann morgen."

Tabea nickte, winkte in die Runde und marschierte zu ihrem Auto. Fünfzehn Minuten später öffnete sie die Tür zur Tierarztpraxis Labrius und machte Licht. Aufmerksam ging sie durch alle Räume und blieb vor einem Schreibtisch stehen, auf dem lediglich ein silberner Lamborghini im Miniaturformat stand. Kein Foto einer Frau, keine Kaffeetasse, keine Papiere, gar nichts.

Sie ging näher, nahm das Auto in die Hand und drehte es hin und her. Es war, wonach es aussah, ein Auto, mehr nicht. Die oberste Schublade enthielt Briefbögen und einige Umschläge, die anderen waren vollständig leer.

Sehr ergiebig ist das nicht, murmelte Tabea, verließ den Raum und wandte sich der Anmeldung zu. Ein großer Kalender lag aufgeschlagen dort und zeigte, wer heute einen Termin gehabt hatte und bei wem. Urs Mittlers letzter Tag war arbeitsreich gewesen, da er offenbar alle Patienten seiner erkrankten Kollegin mit übernommen hatte.

Zuletzt ging Tabea in das Behandlungszimmer in dem auch Hellas Schreibtisch stand. Darauf zwei Fotos, von denen eines Elfie zeigte, das andere einen Welpen mit großen, dunklen Augen, vermutlich Nele, eine rosa Muschel, ein Brieföffner und ein Kalender. Halb unter diesen geschoben ein handgeschriebener Zettel mit folgendem Text: Dein Steuerberater war hier, komischer Vogel, wollte eine Originalrechnung, habe ihm nur eine Kopie gegeben. Kümmer dich drum, wenn du wieder hier bist. Urs

Tabea drehte den Zettel hin und her, die Rückseite war leer, aber sie kannte dieses Kribbeln zwischen ihren Schulterblättern. Es trat immer dann auf, wenn etwas nicht das war, wonach es aussah. *Warum erscheint ein Steuerberater persönlich, um eine Rechnung abzuholen,* dachte sie, nahm ihr Handy und rief Burkhardt an. „Hallo, ich schon wieder. Ich bin in der Praxis von Hella, da ist nichts Auffälliges, bis auf einen Zettel, der mir irgendwie merkwürdig vorkommt. Ist es normal, dass ein Steuerberater persönlich zu seinem Klienten kommt, um sich eine fehlende Rechnung abzuholen?“

„Ein Steuerberater? Warum sollte er? Sowas fordert der per E-Mail oder mit einem Telefonat an. Es sei denn, der war vielleicht mit seinem Haustier da und hat bei dieser Gelegenheit ...“

„Könnte sein, glaube ich aber nicht. Irgendwas sagt mir, dass da was faul ist, es steht allerdings nicht fest, dass es wirklich ihr Steuerberater war. Vielleicht war es ihr Frikadellenverehrer? Verdammt, Hella ist verschwunden und Urs Mittler ermordet worden, ich muss dem nachgehen. Wir können es uns nicht leisten, auch nur die kleinste Kleinigkeit außer Acht zu lassen. Wer könnte mir jetzt sagen, wer dieser Kerl war?“

„Haben die keine Sprechstundenhilfe, äh, veterinär-medizinische Fachkraft meine ich natürlich?“

„Moment mal, doch, haben sie. Hella hat so was erwähnt, ich habe aber keine Ahnung, wie die heißt.“

„Das dürfte nicht das Problem sein, die ist mit Sicherheit befragt worden, nachdem ihre Chefin niedergeschlagen wurde. Ich kümmere mich drum, melde mich dann wieder.“

„Du bist ein Engel, vielen Dank“, lachte Tabea erleichtert und steckte das Telefon weg.

Knapp zehn Minuten später wusste sie, dass der Mann Bernhard Neumorgen hieß und tatsächlich für eine Steuerberaterpraxis arbeitete. Er war allerdings kein Steuerberater, sondern wurde auf der Homepage unter Steuerfachangestellter aufgeführt. Leider gab es kein Foto, aber auch das fand sie nach einigem Suchen auf Facebook. Sie griff erneut zum Handy, um ihre Vorgesetzte zu informieren. „Ich habe Ihnen ein Foto geschickt. Der Mann heißt Bernhard Neumorgen und ist Mitarbeiter einer Steuerberaterpraxis. Damit dürfte er so ziemlich alles über Frau Labrius wissen, was es zu wissen gibt. Ich habe zwar keine Ahnung, ob das Foto aktuell ist, aber könnten Sie es mit der Phantomzeichnung vergleichen, die nach den Angaben der beiden Damen im Krankenhaus angefertigt wurde?“

„Sischer dat, wartens, mache ich flück ... Ja, das ist der Mann, keine Frage. Gut gemacht, Kollegin. Sie sind noch in Zweibrücken?

Rufen Sie Scherer an, der soll Sie mit einem Team unterstützen. Fahren Sie zu der Wohnung des Mannes, auch wenn ich mir nicht vorstellen kann, dass der die Frau dort gefangen hält, aber man kann ja nie wissen, was in solchen Köpfen vor sich geht. Wenn er nicht da ist, lassen Sie die Wohnung öffnen und suchen nach Hinweisen. Gefahr in Verzug und so, Sie wissen schon. Die öffentliche Fahndung nach ihm können wir uns jetzt sparen, das würde ihn nur nervös machen. Trotzdem sollen die Beamten vom Bereitschaftsdienst mit den Nachbarn sprechen, vielleicht erfahren sie was Brauchbares. Ich rufe seinen Chef an und befrage den nach seinem Angestellten. Sollte sich was Wichtiges ergeben, melde ich mich. Sie halten mich auf dem Laufenden! Bis dann."

-32-

Er sprang zum Lichtschalter und knipste die Lampe aus, zog vorsichtig die karierte Gardine ein Stück zur Seite und spähte hinaus. Die Bäume standen dicht an dicht, und im Licht des abnehmenden Mondes war auf der kleinen Lichtung nichts Ungewöhnliches zu sehen. Trotzdem war er sicher, ein Geräusch gehört zu haben, irgendjemand schlicht hier herum. Unentschlossen kaute er auf seiner Unterlippe, wusste nicht, was er tun sollte. Rausgehen und genauer nachsehen oder so tun, als hätte er nichts bemerkt und einfach abwarten.

Was bist du für ein jämmerlicher Wichser, stehst hier rum und tust so, als wäre da draußen irgendwas nicht in Ordnung. Du bist so leicht zu durchschauen. Ich kann deine Angst riechen, sie quillt dir aus allen Poren. Selbst vor der gefesselten Schlampe da drinnen fürchtest du dich. Was ist es? Hast du keinen Schwanz in der Hose, oder kriegst du ihn nicht mehr hoch? Stehst du auf Kerle oder auf Kinder? Sag schon, was ist los mit dir, dass du dir eine solche Gelegenheit entgehen lassen willst?

Er antwortete nicht, war sich seiner Stimme nicht sicher, außerdem, was konnte er schon sagen? Es stimmte, er war ein Feigling, stand hier am Fenster und glotzte in die Dunkelheit, anstatt die Frau zu ficken, so wie es jeder richtige Mann tun würde.

Er zuckte erschrocken zusammen, riss seine Hände hoch und hielt sich den Kopf. Eine dieser verhassten Erinnerungen fuhr durch sein Hirn, jedenfalls das Bruchstück einer Erinnerung. Ein Junge, nein, nicht irgendein Junge, er selbst, vielleicht 13 oder vierzehn Jahre alt, in kurzen Hosen und kariertem Hemd. Barfuß. Der grobschlächtige Mann neben ihm - war es sein Vater?- sagte etwas zu ihm.

Was, das konnte er nicht verstehen, nur das geringschätzige Lachen dröhnte laut und schmerzhaft in seinem Kopf. Hatte Eddy gelacht? Wo war Eddy überhaupt? Er hatte ihn lange nicht mehr gehört. Er wusste es nicht, er war verwirrt, es waren so viele Stimmen in letzter Zeit. Auch war die *Situation* kein bisschen so, wie er sie sich erträumt und immer wieder ausgemalt hatte.

Ich muss erst nach Faruk sehen, habe ich dir doch schon gesagt, kam es kindlich trotzig aus seinem Mund und Eddy reagierte, wie er es befürchtet hatte. Oder war das nicht seine Stimme?

Ich muss erst noch nach Faruk sehen, äffte sie hämisch seinen weinerlichen Tonfall nach.

Ich traue mich nicht, die Frau zu vögeln, weil ich nämlich kein Mann bin, sondern eine Memme, war es nicht das, was du eigentlich sagen wolltest? Ich habe davon zwar seit Monaten geträumt und gequatscht, aber jetzt, wo es so weit ist, habe ich die Hosen voll, das wars doch, was du sagen wolltest. Gib es zu, ich habe dich doch längst durchschaut.

Fieberhaft überlegte er an einer Antwort, die überzeugen konnte, aber er ahnte, dass es die nicht gab. Er hatte den Mund zu voll genommen, groß getönt, was er alles tun würde, wenn es endlich, endlich so weit war. Nun war es so weit und er versagte jämmerlich. Oh, wie gern hätte er Eddy stolz auf sich gemacht, sich seiner würdig erwiesen, aber vielleicht war es noch nicht zu spät. Vielleicht bekam er noch eine letzte Chance.

Er schluckte seine Verzweiflung runter, ballte die Fäuste, holte tief Luft und drehte sich vom Fenster weg. *Du kannst mich beschimpfen so viel du willst, das ist mir egal, aber ich muss jetzt einfach zu mir nach Hause fahren und mich um Faruk kümmern. Das bin ich ihm schuldig. Danach komme ich wieder zurück und beweise dir, dass ich keine Memme bin. Ich werde sie mir vornehmen, das verspreche ich dir. Sie wird genauso leiden, wie ich ihretwegen gelitten habe. Du wirst mit mir zufrieden sein, wirst schon sehen.*

Er schluckte erneut und wartete schweigend auf eine Antwort. Als keine kam, ging er mit schmerzverzerrtem Gesicht in den Raum zurück. Er vermied es, die am Boden liegende Frau anzusehen und verließ humpelnd die Hütte. Draußen riss er die Tür seines Autos auf und quälte sich hinter das Steuer. Beide Knie schmerzten heftig und auch sein Rücken schien bei dem Sturz etwas abbekommen zu haben. Er biss die Zähne zusammen, startete den Wagen und fuhr langsam und vorsichtig den Waldweg entlang. Er seufzte erleichtert, als er sich erinnerte, die Schranke nicht hinter sich geschlossen zu haben. So blieb es ihm erspart, erneut aus- und wieder einsteigen zu müssen. Schweiß perlte von seiner Stirn, lief ihm aus den Haaren in seinen Hemdkragen. Selbst seine Hände, die krampfhaft das Lenkrad umklammert hielten, waren schweißnass.

Er fühlte sich krank, richtig krank und wünschte sich ein Bett, um sich darin zu verkriechen. Da das nicht ging, wischte er sich mit dem Ärmel über das Gesicht und fuhr weiter die Landstraße entlang auf Ixheim zu und von dort zielstrebig in Richtung seiner Wohnung. Er sah von weitem die Fahrzeuge mit den kreisenden Blaulichtern und erschrak so heftig, dass er das Steuer verriss. Der schwere Wagen schlingerte einige Male hin und her, bis er ihn wieder unter Kontrolle hatte. Er bremste, starrte angestrengt durch die Windschutzscheibe und erkannte, dass sie nicht nur vor seinem Haus standen, sondern sogar die Einfahrt in die Anliegerstraße blockierten.

Was soll das? Was machen die da, woher haben die meine Adresse? Vielleicht ist Faruk was passiert …

Du Schwachkopf, hör auf mit deinen dämlichen Fragen. Bist du wirklich zu blöd, um zu begreifen, dass dir die Bullen auf den Fersen sind? Du kannst doch nicht ernsthaft glauben, dass die wegen deiner Scheißkatze so einen Aufstand machen. Nein, mein Freund, du hast wieder einmal irgendwo einen Scheißfehler gemacht und der kann uns jetzt teuer zu stehen kommen. Jetzt steh hier nicht länger rum, fahr weiter, nach Hause kannst du nicht mehr. Das solltest selbst du begreifen, dass der Zug abgefahren ist, also mach schon, bevor du die Aufmerksamkeit der Bullen erregst.

Auch wenn er wusste, dass Freddy Recht hatte, zögerte er noch. Es fiel ihm schwer, auf sein Vorhaben zu verzichten, wegen Faruk, aber hauptsächlich, weil er nicht in die Hütte im Wald zurück wollte. Nicht jetzt, nicht, solange ihm Knie und Rücken derart wehtaten. Vielleicht morgen, aber wie sollte er das Freddy erklären und wo sollte er hin? Dann kam ihm ein Gedanke, ein geradezu genialer Gedanke und er haute begeistert mit der Faust aufs Lenkrad.

Ich kann jetzt noch nicht zur Hütte zurückfahren, das wäre viel zu einfach. Sie soll erstmal richtig Angst haben, die ganze Nacht auf jedes kleine Geräusch lauschen. *Sie soll sich in die Hose pissen vor Angst und wenn ich morgen früh komme, glaub mir ...*

Er brach seine Erklärung ab und starrte erneut durch die Windschutzscheibe. Offensichtlich war die Besatzung des Streifenwagens, der seine Straße blockierte, auf ihn aufmerksam geworden.

Los jetzt, gib Gas, verdammt noch mal! Du stehst hier wie ein totaler Idiot mitten auf der Straße. Kein Wunder, dass den Bullen das komisch vorkommt. Jetzt mach und fahr endlich!

Er riss sich zusammen, legte den Gang ein, fuhr los und steigerte sein Tempo nur so weit, dass er die vorgeschriebene Höchstgeschwindigkeit von 50 km/h nicht überschritt. Er schaffte es sogar, den Beamten, die an den Türen ihres Wagens standen, kurz zuzuwinken, während er an ihnen vorbeifuhr.

Ha, hast du das gesehen? Ich war vollkommen cool, habe mich nicht beeindrucken lassen. Im Gegenteil, ich habe höflich gegrüßt, wie es sich für zivilisierte Menschen gehört.

Er stellte das Radio an und drehte sofort auf volle Lautstärke, als „We are the Champions“ erklang. Leider waren es bereits die letzten Töne der Queen – Hymne, bevor sich die Nachrichten meldeten. Er streckte die Hand aus, um abzuschalten, als ihm das, was er hörte, den Atem raubte.

-33-

Kaum hatte ich die Wohnungstür geöffnet, wurde ich von beiden Hunden enthusiastisch begrüßt. Sogar Alli schien sich an mich zu erinnern und hüpfte unter hysterischem Gebell begeistert an mir hoch. Elfie beschränkte sich darauf, mir ihren Riesenkopf in die Seite zu rammen und zu grunzen.

„Ist ja schon gut“, beschwichtigte ich das aufgeregte Duo, „ich weiß, ihr habt ganz lange auf mich gewartet und müsst dringende Geschäfte erledigen, aber jetzt bin ich ja da. Also, was ist? Erst Fresschen, dann nach draußen oder ...“ Der Rest meiner Frage erübrigte sich, denn beide hatten bereits bei „Fresschen“ ihre Liebesbekundungen eingestellt und waren Richtung Küche geeilt. „So viel zur vielbesungenen Liebe der Hunde zu ihrem Herrn“, murmelte ich und stapfte ihnen nach.

Ich füllte zwei unterschiedlich große Näpfe mit Dosenfutter und stellte sie den Vierbeinern auf den Boden. Anderthalb Minuten später waren sie mit ihrem Abendessen fertig und bereit, sich mit mir in das Zweibrücker Nachtleben zu stürzen. Da ich unbedingt nochmal in der Gegend rund um den Rosengarten recherchieren wollte, mir das aber zum Laufen zu weit war, musste Elfie wohl oder übel in den Porsche steigen. Auf die Rückbank passte sie nicht, also tauschte sie den Platz mit Alli, der das wie ein echter Gentleman hinnahm. Nun thronte die große Dame also neben mir und sah interessiert durch die Frontscheibe auf die Straße.

„Ich hoffe, wir werden nicht erwischt, Elfie“, sagte ich zu ihr, „du bist nicht angeschnallt und das ist verkehrswidrig.“

Um mir zu zeigen, wie sehr sie meine Sorge um ihre Gesundheit zu schätzen wusste, drehte sie den Kopf zur Seite und fuhr mir mit ihrer nassen, heißen Zunge einmal quer über das Gesicht.

„Danke, Hund, wirklich, vielen Dank, das habe ich gebraucht", murmelte ich und suchte im Handschuhfach nach einem Papiertuch, und versuchte dann, es Elfie wieder aus den Zähnen zu ziehen, kam aber zu spät; sie hatte es schon runtergeschluckt. Ergeben startete ich den Wagen und fuhr wenige Minuten später auf den Parkplatz direkt neben der Festhalle. Der erschien mir der richtige zu sein, lag er doch genau in der Mitte meiner angestrebten Wege. Ein Blick auf die Uhr zeigte mir, dass es fast Mitternacht war und dementsprechend wenig war auch los. Kein einziger Hundehalter war zu sehen, und nur wenige Autos fuhren noch ihrem jeweiligen Ziel entgegen.

„Na los ihr beiden, bewegt euch, es geht Gassi", ermunterte ich meine Begleiter, die es offensichtlich vorgezogen hätten, ihre vollen Bäuche im Porsche zur Ruhe zu legen. Elfie sprang trotzdem elegant heraus und kotzte mir dann das Taschentuch auf die Schuhe, was Alli so interessant fand, dass ich ihn energisch am Halsband vom Objekt seiner Begierde fortziehen musste. „Du bist kein Dackel, du bist ein Ferkel", schimpfte ich. „Du hast doch gerade erst gefressen, was willst du also mit einem ausgekotzten Taschentuch anfangen, du dummer Hund, du."

Er antwortete mir nicht, richtete sich an Elfie auf und versuchte ihr die Schnauze zu lecken, was aufgrund des Größenunterschieds nicht gelang. Ich nahm die Leinen und setzte mich Richtung City in Bewegung, vorbei am Landesgestüt, aus dem ab und an ein fernes Wiehern erklang. Ich überquerte den Goetheplatz, nickte kurz darauf am Herzogplatz dem Bismarckdenkmal zu und hinderte Alli daran, sein Bein am eisernen Kanzler zu heben. Dann marschierte ich die Rosengartenstraße entlang, schaute nach rechts und links, sah aber nichts Interessantes. Auch der Exe lag in völliger Stille, der Lärm vom Nachmittag war lange verklungen. Nicht einmal ein paar Jugendliche hätte ich bei irgendwas Verbotenem beobachten können. Es war schon fast beängstigend und mein Vorhaben erschien mir plötzlich total bekloppt.

„So wird das nix, ihr Beiden. Ich glaube, ich bringe euch nach Hause und fahre später noch mal her, was haltet ihr davon?" Wieder kriegte ich keine Antwort, aber sie schienen auch nicht sonderlich viel von nächtlichen Spaziergängen zu halten. Auf alle Fälle stiegen beide widerstandslos ein, als wir beim Auto angekommen waren. Zum Losfahren kam ich nicht, ich wurde von einem Streifenwagen gestoppt und erkannte in dem Fahrer Oberkommissar Schwerer, neben ihm einen mir unbekannten Beamten.

„Ach, sieh an, der Herr Menke schon wieder", begrüßte mich ersterer, als er an mein Fenster trat. „Dass sie so unmöglich Autofahren können, dürfte Ihnen bekannt sein, oder? Der Hund sitzt ungesichert auf dem Beifahrersitz. Haben Sie eine Ahnung, was passiert, wenn sie mal scharf bremsen müssen? Das ist wirklich unverantwortlich und, ach nee, da hinten ist ja noch so eine halbe Portion. Herr Menke, ehrlich, nach allem, was ich von Ihnen gehört habe, hätte ich Sie für klüger gehalten. So kann ich Sie unter keinen Umständen fahren lassen. Haben Sie etwas dabei, die Hunde ordnungsgemäß zu sichern? Nein? Nun, dann parken Sie hier und steigen aus. Sie werden das Fahrzeug stehen lassen und zu Fuß gehen müssen. Sie könnten natürlich auch fahren, aber die Hunde eben nicht." Er hatte ganz offensichtlich Spaß an seinem Beruf und im Augenblick besonders viel.

„Ich weiß, es ist nicht korrekt und normalerweise würde ich so mit den Hunden ja auch nicht fahren ..."

„Werden Sie auch nicht, Sie werden ab hier laufen."

„Ja, schon klar, habe ich verstanden, ich wollte Ihnen nur erklären, dass das heute eine Ausnahme war. Meine Verlobte, Oberkommissarin ..."

„Kühn, ich weiß, die hilft Ihnen aber hier auch nicht weiter. Ich kann Sie mit den ungesicherten Hunden im Auto keinen Meter fahren lassen. Stellen Sie sich nur vor, ich täte es und zweihundert Meter von hier krachen Sie in ein anderes Auto oder es läuft ihnen jemand davor und Sie müssen eine Notbremsung machen. Was dann? Der große Hund fliegt gleich durch die Windschutzscheibe und der kleine kommt von hinten wie ein Katapult geschossen. Überleben wird das keiner von beiden. Wollen Sie das wirklich verantworten? Ich glaube nicht. Also nehmen Sie die Vierbeiner und machen Sie sich auf den Heimweg oder wo immer sie gerade hinwollen. Das ist nicht meine Sache, ich verbiete Ihnen nur das Autofahren mit den Hunden."

Ich stieß einen sehr tiefen Seufzer aus, stieg aus, umrundete den Porsche, öffnete die Beifahrertür, um die Hunde rauszulassen. Die waren davon nicht begeistert, wollten endlich ihre wohlverdiente Nachtruhe haben und nicht erneut durch die Gegend latschen. Ich diskutierte noch mit ihnen, als aus dem Funkgerät eine Mitteilung an alle Streifenwagen ertönte. Sie war ganz sicher nicht für meine Ohren bestimmt und Scherer beeilte sich auch, zu seinem Fahrzeug zu kommen, aber bis er eingestiegen war und die Tür hinter sich zugeknallt hatte, wusste ich, dass im Zusammenhang mit der vermutlich entführten Hella Labrius nach einem schwarzen Mitsubishi Outlander ZW - X 312 gefahndet wurde. Den Rest kriegte ich nicht mehr mit.

Vermutlich war das Fahrzeug irgendwo gesichtet worden, denn Scherer kümmerte sich nicht weiter um mich, sondern fuhr eiligst davon. Ich schwöre heilige Eide, ich wollte nicht fahren, ich war bereit, den Porsche stehen zu lassen, um mit den Hunden nach Hause zu laufen. Meine gesetzestreuen Absichten wurden allerdings komplett über den Haufen geworfen, denn keine drei

Meter von mir entfernt, fuhr der gesuchte Mitsubishi Outlander Richtung Autobahn vorbei.

-34-

„... Mit dem amtlichen Kennzeichen ZW – X 312. Meldungen nimmt jede Polizeidienststelle entgegen“, war das letzte, was er von der Meldung noch mitbekam. Den Rest konnte er sich denken.

Na großartig, jetzt haben sie dich am Arsch! Ist dir klar, oder bist du schon so verblödet, dass du nicht begreifst, was diese Suchmeldung bedeutet? Die Stimme war laut, und er zuckte unter jedem Wort wie unter einem Schlag zusammen.

Sein Herz hämmerte und er spürte, wie Schweißperlen von seinen Schläfen über die Wangen liefen. Wie um der Stimme zu entkommen, beschleunigte er den schweren Wagen und raste mit deutlich überhöhter Geschwindigkeit die Hohenfelsstraße entlang.

Fahr langsam, Idiot, so machst du jeden Scheißbullen unnötig auf dich aufmerksam, brüllte die Stimme und klang jetzt wie die seines Vaters. Das war ihm bisher nie aufgefallen, und er schaute erschrocken zur Seite. Dabei verriss er das Steuer, geriet mit einem Rad auf den Bürgersteig und rammte beinahe ein Straßenschild. Nur mit Mühe bekam er den Wagen wieder unter Kontrolle.

Papa? Papa, bist du das? fragte er, keuchend vor Anstrengung, in die Stille des Wagens hinein.

Papa, bist du das?, hörte er die höhnische Stimme, die verstummte, als Freddy sich einmischte.

Hör nicht auf ihn, hör auf mich. Du weißt doch, du bist auserwählt, du bist etwas Besonderes. Du wirst diese Situation meistern. Ich glaube an dich. Fahr vorsichtig zur Hütte und dann tu, was du dir vorgenommen hast. Ich bin bei dir, ich lasse dich nicht im Stich.

Er nickte heftig und bog, immer noch zu schnell, rechts ab in die Saarlandstraße.

Er würde über die Zweiundzwanziger fahren, da war um diese Zeit nicht viel los und Polizeikontrollen gab es dort sicherlich keine. Die Ampel an der Landauer Straße war ausgeschaltet und er fuhr langsam und vorsichtig über die Kreuzung. Den alten Porsche, der ihm mit einigem Abstand folgte, bemerkte er nicht.

-35-

Ich hatte keine Plan, was ich mache sollte, falls der Typ anhielt oder ich ihn aus den Augen verlieren sollte. Ich grub in meinen Taschen nach dem Handy und fand es nicht. *Wo, zum Henker steckst du*, fluchte ich vor mich hin, fummelte mit einer Hand unter dem Sitz und an den Seiten. Ans Handschuhfach kam ich nicht, das blockierte Elfie mit ihrem pelzigen Hintern, konnte mir aber auch nicht vorstellen, warum ich es da reingetan haben sollte. Wann hatte ich es das letzte Mal in der Hand gehabt? Vor dem Krankenhaus, als ich Tabea angerufen hatte? Oder doch danach noch mal? Ich wusste es ebenso wenig wie ich es fand. Ich wünschte mir sehnsüchtig einen Anruf, möglichst von Tabea, damit ich ihr sagen konnte, wo ich war und wen ich verfolgte. Sie tat mir den Gefallen nicht, kein Klingeln durchbrach die Stille im Wagen, nur leises Schnarchen von Elfie und ab und an ein Seufzer von der Rückbank. Leider hatte ich ohnehin nicht die leiseste Ahnung, wo ich überhaupt war, hätte also auch mit Handy Tabea wenig Konkretes sagen können. Gerade fuhr ich langsam durch eine größere Baustelle, aber davon dürfte es auch in Zweibrücken mehr als eine geben. Die Stadt hatten wir ohnehin längst hinter uns gelassen, jetzt sah ich rechts und links nur noch Bäume und ein paar Wiesen. Na super, wo wollte der Kerl hin, er konnte doch Hella unmöglich im Wald versteckt haben, oder doch? In einer Höhle, einem Erdloch, auf einem Hochsitz? Bilder aller möglichen Horrorfilme, die ich im Laufe meines Lebens gesehen hatte, zogen vor meinem geistigen Auge vorbei. Ich riss mich zusammen, konzentrierte mich auf den Mitsubishi, passte auf, ihm nicht so nah zu kommen, dass er mich entdeckte, mich aber auch nicht abhängen zu lassen. Zu allem Überfluss fing es auch noch an zu regnen, so dass ich die Scheibenwischer in Gang setzen musste.

Blütenstaub und Wasser ergeben Schmierseife auf der Straße und das merkte ich sofort. Ich schaltete runter und fuhr noch langsamer. Nach vielleicht drei Kilometern sah ich plötzlich seine Bremslichter aufleuchten und dann war er verschwunden. Fluchend stellte ich die Scheibenwischer höher, um besser sehen zu können und entdeckte ihn gerade noch rechtzeitig, um nicht an der Abbiegung vorbeizufahren. Ein Feldweg zu einem Wanderparkplatz und weit und breit nichts als Natur. Super, auf Hilfe konnte ich also kaum zählen. *Leute, wir müssen das allein hinkriegen,* erklärte ich meinen schlafenden Mitfahrern, aber die interessierte das nicht weiter, keiner unterbrach sein Schnarchen. Irgendwo in der Ferne sah ich die Rücklichter des Mitsubishi und beschloss, meine Scheinwerfer auszumachen, um nicht doch noch entdeckt zu werden. Den Wanderparkplatz hatte ich schon passiert, jetzt führte der Waldweg etwas bergan und war mit Sicherheit weder für den Durchgangsverkehr noch für einen alten Porsche gedacht. Es ging über Äste und verdammt viele Steine, es rappelte und ruckelte und Alli grunzte ungehalten, während Elfie unbeirrt weiterschnarchte. Plötzlich sah ich ein Licht etwa 300 Meter vor mir und stieg auf die Bremse. Angestrengt starrte ich durch die Scheibe in die Dunkelheit, konnte aber nicht erkennen, was da los war. Also fuhr ich im Schritttempo weiter und dann war der Lichtschein plötzlich links oberhalb von mir. Der Typ musste irgendwo abgebogen sein, aber wo? Hier gab es keinen Weg, der abbog oder hatte ich ihn nur übersehen? Zwei Sekunden später sah ich ihn direkt vor mir, ein schmaler Pfad führte nach links, hoch in den Wald. Verdammt noch mal, wo wollte der hin, was gab es hier, außer Bäume und die Einsamkeit des schier endlosen Pfälzer Waldes? Zweihundert Meter weiter fand meine Spazierfahrt durch die Nacht an einer Schranke ihr Ende. Ich fluchte leise, versuchte, irgendetwas zu erkennen, was mir nicht gelang und kletterte aus dem Wagen. „Ihr bleibt hier und wenn ich in einer Stunde nicht zurück bin, ruft ihr die Kavallerie“, wies ich die Hunde an, was mir irgendwie das Gefühl gab, nicht gänzlich allein zu sein. Ich schloss die Tür so leise wie möglich und lief einfach geradeaus den Weg hinter der Schranke weiter. Irgendwo würde der schon hinführen, wozu sonst die Schranke? Natürlich hatte ich für eine Outfdoorwanderung die komplett falschen Schuhe an, stolperte über Baumwurzeln und spürte jedes Steinchen auf dem Weg und davon gab es verdammt viele. Außerdem hatten Reifen von schweren Autos den Weg ausgewaschen und tiefe Rillen verursacht. *Jetzt noch ein verstauchter Fuß und mein Glück ist vollkommen,* dachte ich sarkastisch und bemühte mich, einer tiefen, schlammigen Pfütze auszuweichen, die urplötzlich vor mir aufgetaucht war. In Krimis war bei solchen Unternehmungen des Hauptprotagonisten immer Vollmond, nur bei mir nicht. Es war dunkel wie im Bärenarsch, auch wenn sich meine Augen tatsächlich schon etwas darauf eingestellt hatten. Dachte ich jedenfalls, bis ich plötzlich bis zum Knie in einer Kuhle versank und unverhofft auf dem Bauch landete. Einfach so, platsch. Ich fluchte, ebenso gotteslästerlich wie lautlos und versuchte mein Bein aus der schlammigen Umklammerung zu befreien. Es dauerte, bis es sich mit einem widerlich schmatzenden Geräusch herausziehen ließ. Vorsichtig erhob ich mich und prüfte, ob etwas gebrochen oder sonst wie unbrauchbar war. Glücklicherweise schien alles heil zu sein und ich setzte meinen Weg bergan fort. Nach etlichen weiteren Beinahestürzen sah ich einen Lichtschein durch die Bäume und mein Herz schlug noch schneller, als es durch die ungewohnte körperliche Betätigung ohnehin schon schlug. Ich bemühte mich schneller voran zu kommen, denn ich ahnte, dass der Kerl nicht nächtens hier rumkurvte, um die Landschaft zu bewundern. Nach weiteren 200 Metern sah ich eine Hütte, ein

Fenster war erleuchtet, und davor parkte der Mitsubishi. Ich blieb halbverborgen hinter einem Baum stehen, um erst einmal die Lage zu peilen und wieder ruhig atmen zu können. Was, wenn der Typ nicht allein war, wenn sich weitere Männer im Inneren aufhielten? Was, wenn die bewaffnet waren? Ich war es nicht, das stand fest, ich hatte nicht einmal ein Handy, nur meine beiden Fäuste, die ich allerdings noch nie wirklich auf ihre Kampffähigkeit getestet hatte. Ich war schließlich eher ein Mann des Wortes. Na ja, vieler Worte, aber vielleicht würde mir das hier nichts nützen. Zwei Minuten lang redete ich mir schweigend gut zu, versuchte, mich zu überzeugen, dass das hier nicht der Wilde Westen war, und auch die russische Mafia sicher hier nicht operierte, aber es gelang mir nicht so recht. Am Ende musste ich mir selbst eingestehen, dass ich Angst hatte. Angst vor dem, was mich erwartete, aber auch Angst, etwas zu vergeigen und es dann mit Tabea zu tun zu kriegen. Ich war noch nicht ganz fertig mit dieser Diskussion mit mir selbst, da knallte ein Schuss durch die nächtliche Stille.

-36-

Heinrich Sünder war wütend. Schon lange waren ihm die tiefen Reifenspuren ein Dorn im Auge, die durch seinen Wald führten. Immer wieder hatte er sich vorgenommen, den Verursacher zur Rede zu stellen, ihm ordentlich die Meinung zu sagen. Schließlich war er der Jagdaufseher und wusste, dass das Wild Ruhe und Rückzugsorte brauchte. Schlimm genug, dass tagsüber ganze Horden von unvernünftigen Touristen nicht auf den Wegen bleiben konnten, sondern unbedingt querfeldein marschieren mussten. Damit nicht genug, ließen sie auch noch ihren Müll in der schönen Natur zurück. Aber das hier ging nun endgültig zu weit, das musste aufhören, und zwar sofort. Darum hatte er beschlossen, sich auf die Lauer zu legen, auch wenn seine Frau gesagt hatte, er solle das der Polizei überlassen. Nix da, nur was man selber tat, wurde gutgetan, das hatte schon sein Großvater so gehalten.

Zwei Nächte hatte er schon vergeblich, gut getarnt hinter einem dichten Gebüsch, gewartet. Das fragliche Fahrzeug war nicht aufgetaucht. Vielleicht hatte er es aber auch verschlafen, denn wenn er ehrlich war, so eine Nacht im Wald war ganz schön anstrengend für einen Mann seines Alters. Immerhin ging er auf die 80 zu, war aber immer noch fit, und schießen konnte er, wenn es darauf ankam, wie zu seinen besten Zeiten. Heute hatte er offenbar Glück, denn kaum hatte er seine Position eingenommen, fuhren gleich zwei dieser Halunken den Waldweg hinauf. Er kannte ihr Ziel, die versteckte Hütte, die schon seit über 100 Jahren einer Familie gehörte. Auch das fand er unmöglich, aber niemand war bereit, da irgendetwas gegen zu unternehmen. Man schob die Zuständigkeiten hin und her und nichts passierte. Nun, vielleicht würde sich das ändern lassen, wenn er diesem jungen

Taugenichts, dem die Hütte jetzt gehörte, bei irgendwas Verbotenem erwischte.

Er wartete, bis die Motorengeräusche verklungen waren, startete und parkte seinen Jeep quer hinter dem Porsche, so dass der nicht heimlich still und leise das Weite suchen konnte. Vorsichtshalber notierte er sich noch die Autonummer. DÜW, das wurde ja immer schöner, jetzt kamen die schon von Werweißwoher, um seine Waldwege zu ruinieren. Mit seiner Strategie zufrieden, nicht direkt an der Schranke gewartet zu haben, sondern den Rückweg zu blockieren, stieg er aus, holte sein Jagdgewehr aus dem Kofferraum und wollte sich gerade auf den Weg machen, als er ein merkwürdiges Geräusch aus dem Fahrzeug hörte. War der Fahrer am Ende noch da drin?

Er machte auf dem Absatz kehrt und fasste den Griff der Tür. Erschrocken fuhr er zurück, weil etwas großes, haariges ihm fast auf die Füße fiel, sich aufrappelte und davonrannte. Für einen Augenblick stand er stocksteif da und wusste nicht, was er als nächstes tun sollte. Er begriff, dass es ein Hund gewesen war, der nun zu nachtschlafender Zeit in seinem Wald unterwegs war. Vielleicht eine Rotte Wildschweine aufscheuchen würde und ... er schaffte es nicht, die Konsequenzen zu Ende zu denken, da sprang ihm etwas Rotes über die Füße und verschwand umgehend im Unterholz.

„Hat der eine Hundezucht da im Auto oder was soll das bedeuten? Die Menschen werden immer verrückter, dem muss man Einhalt gebieten. Mein Freund, mach dich auf was gefaßt, jetzt kriegst du es mit mir zu tun.“

Heinrich Sünder war sein Leben lang, trotz seines Namens, ein rechtschaffener Mann gewesen. Auch Feigheit konnte man ihm nicht nachsagen, er vergaß nur hin und wieder, dass er eben nicht mehr ganz jung *war. Man ist so alt, wie man sich fühlt,* war einer seiner oft zitierten Sätze. Leider nützte ihm das heute Nacht wenig.

-37-

„War klar, dass der nicht hier ist“, sagte Tabea zu Burkhardt und Scherer, „wäre ja auch zu schön gewesen.“

Noch bevor einer der beiden antworten konnte, kam ein junger Beamter auf sie zu und berichtete aufgeregt, was er an Neuigkeiten erfahren hatte.

„Der Kerl besitzt eine Hütte im Pfälzer Wald, in der Nähe von Rimschweiler. Er könnte die Frau dorthin gebracht haben.“

„Woher wissen Sie das und wo ist diese Hütte?“, wollte Tabea wissen, aber der junge Beamte zuckte die Schultern.

„Das wusste keiner genau, aber zwei Nachbarn haben das unabhängig voneinander erwähnt.“

„Fragen Sie weiter, klingeln Sie jeden aus dem Bett und fragen ganz gezielt nach dieser Hütte.“ Sie wedelte ungeduldig mit der Hand und der junge Mann spurtete davon. „Wie kriegen wir raus, wo diese Scheißhütte genau ist?“ Tabea sah die beiden Kollegen fragend an und Burkhardt griff zum Telefon.

Nach zehn Minuten, in denen er mehrere Gespräche geführt hatte, hob er den Daumen und packte das Handy weg. „Sie liegt nur Richtung Rimschweiler, ist aber nicht leicht zu finden. Ich habe einen Kumpel vom Forstamt aus dem Bett geklingelt, der mir den Weg, so gut er konnte, beschrieben hat. Wir sollten uns beeilen.“ Er erteilte kurze Anweisungen an die Beamten der Bereitschaftspolizei, dann brachen sie auf.

Tabea saß auf dem Beifahrersitz, Burkhardt fuhr. Sie holte ihr Handy aus der Tasche und drückte Menkes Nummer. Es meldete sich die Mailbox und sie runzelte irritiert die Stirn.

„Stimmt was nicht, Kollegin?“, wollte Burkhardt wissen.

„Keine Ahnung. Mein Verlobter meldet sich nicht, und ich kann mir nicht vorstellen, dass er ins Bett gegangen ist und so fest schläft, dass er das Klingeln nicht hört. Er neigt ab und an zu, wie soll ich sagen, waghalsigen Alleingängen. Er hat zwar versprochen ..." Sie brach ab, schüttelte den Kopf und sagte dann: „Na ja, wird schon alles in Ordnung sein."

Eine Weile sprach niemand, dann sagte Burkhardt unvermittelt: „Erinnern Sie sich an den jungen Kollegen, der meinte, er müsse extra erwähnen, dass die zwei Zeugen, die sich gemeldet hatten, schwul sind?"

„Sicher, warum? Ich fand es sehr gut, wie Sie ihn aufgeklärt haben. Er hat es vermutlich gar nicht böse gemeint."

„Nein, vermutlich nicht, aber es zeigt doch, wie tief es immer noch in den Köpfen als etwas besonders Erwähnenswertes verankert ist. Das sollte endlich aufhören."

Tabea schwieg. Sie spürte, dass Burkhardt noch etwas sagen wollte und nach Worten suchte.

„Sie werden es früher oder später ohnehin erfahren und da wir ja jetzt Kollegen sind, also, mein Sohn war ebenfalls homosexuell und hat sich vor zwei Jahren das Leben genommen. Ich hatte damals seit über fünf Jahren keinen Kontakt mehr zu ihm, weil ich eben auch, na ja, wie soll ich sagen? Also, ich empfand das als nicht normal und wir haben uns darüber furchtbar gestritten. Ein Wort ergab das andere, er ist gegangen und ich war zu stur, mich bei ihm zu entschuldigen. Dann war er tot und es war zu spät."

Bevor Tabea etwas sagen konnte, bremste Burkhardt plötzlich abrupt und bog nach rechts auf einen Feldweg ab.

„Ab jetzt wird es wahrscheinlich ungemütlich, halten Sie sich fest."

Tabea stemmte die Füße in den Boden und umklammerte den Haltegriff. „Lieber Himmel, hier könnten wir wirklich einen Offroader gebrauchen, eine Limousine ist für solche Abenteuer nicht besonders geeignet. Wie lange soll das denn noch so weitergehen?“ Tabea sah angestrengt aus dem Seitenfenster und versuchte, irgendwas zu erkennen.

„Laut meinem Forstamtskumpel etwa drei Kilometer, dann soll zur Linken eine Abzweigung in den Wald hochführen, die mit einer Schranke versperrt ist, dann müssten wir laufen. Wie sieht‘s mit Ihrem Schuhwerk aus, wird das gehen?“

„Zum Glück bin ich nicht der Pumpstyp“, lachte Tabea. „Ich habe zwar keine Gummistiefel an, trage aber solide Sportschuhe, und meine Dienstwaffe habe ich auch dabei, falls wir auf Widerstand stoßen sollten.“

Kurz darauf parkten sie hinter zwei Fahrzeugen und Tabea erkannte mit Entsetzen Menkes Porsche.

„Das glaube ich jetzt nicht, was macht der hier?“, fragte sie Burkhardt und zeigt mit dem Finger auf das Auto?

„Was meinen Sie, kennen Sie den Fahrer etwa?“

„Und ob ich den kenne, es ist mein nagelneuer Verlobter, Detlev Menke, und ich habe nicht die leiseste Ahnung, wie der hierher kommt oder was er hier will.“

„Das werden wir erfahren, wenn wir ihn treffen, aber ich denke, er ist genau wie wir auf der Suche nach Hella Labrius. Wem allerdings der Jeep gehört, das weiß ich nicht. Vermutlich ist der Porsche einem Jagdaufseher übel aufgestoßen. Die haben das nicht so gerne, wenn Touristen mit ihren Autos nachts im Wald spazieren fahren.“

„Menke ist unter keinen Umständen zufällig hier, der hat irgendwie von dieser Hütte erfahren oder jemanden verfolgt. Genau weiß ich das ja nicht, aber ich bin sicher ...“ Tabea kam nicht dazu, den Satz zu beenden ... es knallte ein Schuss durch die nächtliche Stille.

-38-

Lange bist du hier nicht mehr sicher, das dürfte dir doch klar sein, oder? Sie suchen dich und vermutlich sind sie schon hierher unterwegs sind. Überleg dir schnell, was du als nächstes tun willst.

Der Kerl ist viel zu blöd, sich irgendwas zu überlegen. Dieser Wichser kriegt doch nie was auf die Reihe, kennt man doch von ihm.

Fick sie endlich und steht nicht nur blöd rum. So schnell kriegst du eine solche Gelegenheit nicht wieder, jetzt mach schon. Du bist wie deine Mutter, die war auch zu blöd für irgendwas.

Viele Stimmen hallten in seinem Kopf, und alle redeten durcheinander. Einige kannte er nicht, aber die seines Vaters erkannte er. Sie war, wie er sie in Erinnerung hatte, hart und laut. Angsteinflößend und bedrohlich.

Er fuhr sich mit beiden Händen durch die Haare, hielt sich die Ohren zu, versuchte die Stimmen zum Schweigen zu bringen, aber sie redeten unbeirrt weiter.

Tu was, nun mach endlich!

Pass auf, sie kommen!

Du willst das gar nicht wirklich tun.

Was wird dann aus Faruk?

Sie war auserwählt, sie hat dich zurückgewiesen.

Wir müssen sie vergraben, halt die Klappe, hol den Spaten, nun los, mach endlich.

Das war die Stimme seines Vaters und dann sah er das Gesicht in der Fensterscheibe. Klar und deutlich, er konnte sogar erkennen, wie schlecht rasiert er war. Gleichzeitig stieg ihm der Geruch nach billigem Tabak, Bier und Blut in die Nase.

„Vater? Was machst du hier, wie kommst du hierher?“

Frag nicht so viel, hast du den Spaten, wir müssen sie vergraben, bevor deine Mutter nach Hause kommt. Hast du mich verstanden? Mach schon!

„Mutter kommt nicht nach Hause, Mutter ist schon lange tot. Du bist schuld, du hast sie getötet. Aber ich habe nichts gesagt, so wie du es wolltest. Ehrenwort, nichts habe ich gesagt, zu niemanden."

Ja, das war auch gut so, denn nicht ich habe sie getötet, sondern du. Du Irrer hast deine eigene Mutter umgebracht. Ich habe dir nur geholfen, sie zu verscharren.

„Das ist nicht wahr, du lügst, du lügst immer, ich habe Mama geliebt, sie war doch meine Mama. Alle Kinder lieben ihre Mama. Geh weg, ich mag dich nicht, du tust mir weh. Mama, sag doch was. Mama, bitte, der Mann tut mir weh."

„Beruhigen Sie sich, alles ist gut, niemand wird Ihnen etwas tun. Hören Sie mich? Schauen Sie mich an, hören Sie mir einfach zu. Ja, so ist es gut, schauen Sie mich an. Wissen Sie, wie ich heiße? Ich bin Hella, Hella Labrius und wie heißen Sie? Sagen Sie mir Ihren Namen?" Hella sprach zu schnell, obwohl sie sich bemühte, den Tonfall zu finden, den sie immer anwandte, wenn es galt sehr aufgeregte Tiere oder deren Halter zu beruhigen.

Dass einmal ihr Leben davon abhängen könnte, wie sie sprach, hätte sie allerdings nicht für möglich gehalten. Sie konzentrierte sich auf ihre Atmung; nur nicht in Panik geraten, auf keinen Fall Angst zeigen. Sie durfte sich nicht erlauben, über ihre Lage nachzudenken. Es musste ihr gelingen zu diesem Mann durchzudringen, der ganz kurz davor war restlos den Verstand zu verlieren. Sie musste ihn beruhigen, ihn dazu bringen, sie als menschliches Wesen zu betrachten, nicht als ein Opfer. Aufmerksam starrte sie zu ihm hoch, während er schweigend auf sie herab sah.

Was machte die Frau hier und warum lag sie auf dem Fußboden? Er wusste es nicht, er war verwirrt und in seinem Kopf ging alles durcheinander.

„Sagen Sie mir doch bitte Ihren Namen, damit ich weiß, wie ich Sie nennen soll. Ich bin Hella und Sie?“

„Bernie“, kam es krächzend und leise aus seiner Kehle.

„Gut, Bernie, was meinst du, könntest du mich bitte losbinden? Es ist so hart hier unten auf dem Fußboden und mir schlafen die Arme ein. Wir könnten uns doch zusammen an den Tisch setzen und uns unterhalten.“ Sie konnte das Zittern in ihrer Stimme nicht verhindern, und in dem verzweifelten Versuch sich zu schützen, kreuzte sie ihre Beine.

Tu das bloß nicht! Die Fotze verarscht dich nur. Die weiß genau, was sie erwartet. Fick sie, damit sie endlich Ruhe gibt!

„Ich heiße Bernie.“

Ja, du dämlicher Idiot, das weiß ich doch, und jetzt mach schon.

„Sie sieht nett aus und sie ist freundlich, so wie meine Mama.“

Red keinen Scheiß, Idiot. Deine Mama ist tot, dafür hast du gesorgt, weißt du das etwa auch nicht mehr?

„Sie heißt Hella, meine Mama heißt auch Hella.“

Ja, ja, so hieß sie, bevor du sie mit dem Spaten erschlagen hast und jetzt mach schon, bevor sie kommen und dich holen.

„Hella? Meine Mama heißt auch Hella.“

„Ist das wahr? Na, das ist aber ein Zufall. Wo ist deine Mama denn, wohnt sie mit dir hier?“

„Das weiß ich nicht. Er sagt, sie ist tot, aber sie heißt auch Hella.“

„Wer sagt, dass sie tot ist, Bernie? Wer sagt das?“

„Papa sagt das und er sagt noch mehr.“

„Könnten wir darüber reden, nachdem du mich losgebunden hast? Vielleicht können wir dann auch deine Mama zusammen suchen. Was hältst du davon?“

Untersteh dich und mach die Alte los. Die ist gefährlich, die greift dich sofort an oder sie rennt weg und holt die Bullen. Die kommen dann und holen dich, stecken dich ins Gefängnis, und da kommst du nie wieder raus.

Hör nicht auf ihn, hör auf mich. Ich habe dich auserwählt, hast du das vergessen?

Nach der lauten, harten Stimme jetzt Eddy zu hören, erleichterte ihn. Eddy war gut, Eddy liebte ihn. Seine Stimme war nicht laut und nicht hart, niemals, sie war weich und wenn er sang, klang sie wie Samt.

„Was soll ich jetzt tun, Eddy? Sag mir, was ich tun soll.*“*

Erinnere dich daran, warum du sie hergebracht hast. Sie war auserwählt, aber sie war nicht würdig. Sie hat dich gekränkt und zurückgewiesen. Komm, denk dran, wie wütend du darüber warst, wie enttäuscht von ihr.

Langsam nickte er, drehte sich einmal um sich selbst und schaute wieder auf die gefesselte Frau am Boden runter.

„Eddy will nicht, dass ich dir vergebe. Er ist großherzig und gut, aber das will er nicht. Du musst wissen, dass ich dich auserwählt hatte, aber du hast mich abgewiesen, obwohl ich dir Geschenke gemacht habe.“

„Oh, du warst das? Das war nett von dir, ich habe mich doch darüber gefreut. Ich habe dich nicht abgewiesen, ehrlich nicht. Wie denn auch, ich kannte dich doch gar nicht. Oder, nein, warte ... doch, ich kenne dich. Du warst in meiner Praxis. Mit deiner Katze, nein, einem Kater. Faruk, stimmt's? Wie geht es ihm? Wenn du jetzt meine Fesseln losmachen würdest, könnte ich ihn mir ansehen. Er muss untersucht werden, was meinst du, Bernie, kannst du mich jetzt losbinden?“

„Ich soll dich losbinden? Damit du abhauen kannst, genau wie meine Mutter? Mir vielleicht noch den Spaten auf den Kopf hauen, ja? Ist es das, was du planst? Nein, ich werde dich nicht losbinden, ich habe dich hierhergebracht, und ich werde dich töten. Du bist nicht die Auserwählte. Du bist auch nur eine Schlampe, genau wie meine Mutter, das weiß ich jetzt.“

Ja, na endlich. So hört sich mein Sohn an. Kein Gejammer mehr und kein Geheule. Nimm dir die Alte vor und besorg es ihr ordentlich. Wenn du mit ihr fertig bist, vergraben wir sie zusammen hinter der Hütte. Genau wie damals.

„Bernie, bitte, was habe ich dir denn getan? Ich kannte dich ja nicht, und wenn ich dich verletzt haben sollte, dann …“

„Sei still, ich will deine Entschuldigungen nicht hören, dafür ist es zu spät. Hättest du dir früher überlegen müssen, jetzt muss ich dich für deine Überheblichkeit und deine Dummheit bestrafen, denn niemand …“

Ein Schuss unterbrach ihn. Er war laut und es hörte sich an, als käme er direkt aus dem Nebenzimmer.

-39-

Ich war nicht Winnetou, auch kein Tatortkommissar, daher konnte ich anhand eines Knalls nicht ausmachen, aus welcher Richtung dieser kam; außerdem waren da plötzlich noch eine Menge anderer Geräusche. Es war, als hätte jemand den Startschuss gegeben, um den Wald plötzlich zum Leben zu erwecken.

Ein Käuzchen rief, ich glaubte jedenfalls, dass es ein Käuzchen war, hörte Schnauben und Grunzen, brechende Äste und vielstimmiges Quieken. Es musste irgendwo seitlich hinter mir sein, aber erkennen konnte ich nichts. Gleichzeitig war ich mir sicher, aus der Hütte einen Schrei zu hören; einen Schrei aus einer Frauenkehle.

Ich spürte, wie sich die feinen Härchen auf meinen Armen aufrichteten und Adrenalin durch meine Adern gejagt wurde. *Flucht oder Kampf*, schoss es mir kurioserweise durch den Kopf, aber die Entscheidung, was mir lieber war, wurde mir abgenommen. Keine 100 Meter von mir brach eine ganze Rotte Wildschweine aus dem Wald hervor. Ich konnte sie riechen, bildete mir sogar ein, den heißen Atem der voranpreschenden Bache im Gesicht zu spüren und wusste, jetzt war Zeit zum Handeln. Aus dem Stand startete ich in olympiareifen Sprüngen über die Lichtung, verlor beide Schuhe, nahm fast fliegend die drei Stufen zum Haus hoch und krachte im vollen Lauf durch die Eingangstür. Ich landete vor einem Tisch, rappelte mich auf und sah einen Mann, der aufgeregt im Kreis herumlief und mit sich selbst einen Streit auszutragen schien. Jedenfalls sprach er laut und fuchtelte dabei mit den Armen. Hella lag auf dem Boden, die Augen geschlossen, die Beine gekreuzt. Ob sie lebendig oder tot war, konnte ich nicht kontrollieren, denn der Typ beendete abrupt sein Gespräch und ging mit geballten Fäusten auf mich los.

„Hey", sagte ich, „was soll das denn? Ich will Ihnen doch nichts tun. Ich bin nur auf der Flucht vor einer Rotte Wildschweine hierher geflüchtet. Kein Grund für eine Prügelei."

„Du hast meiner Mama wehgetan."

„Ich kenne deine Mama nicht und Frauen tue ich nie weh, glaube mir", versuchte ich ihn zu beruhigen, während ich wie ein Boxer im Ring um den Tisch steppte. Mir gefielen seine Augen nicht, die wirkten, als sei dahinter keiner mehr zuhause.

„Deti, pass auf, der Mann halluziniert. Keine Ahnung, was der schluckt, aber der ist echt total durchgeknallt."

„Habe ich bemerkt, leider habe ich keinen Plan, wie ich den Typen überwältigen soll ..."

Kennen Sie, meine lieben Leser, den Spruch: Wenn du schon denkst, es geht nichts mehr, kommt von irgendwo ein Lichtlein her? Kalenderspruch Nr. 18430 oder so, aber, na ja, manchmal steckt halt ein Körnchen Wahrheit darin, und unser Lichtlein hieß Elfi und konnte fliegen.

Ich war gerade auf der türabgewandten Seite des Tisches, als ein schwarzer Schatten hereingeflogen kam. Zwei haarige Pfoten gruben sich in die Schultern meines Angreifers und brachten ihn dazu, in die Knie zu gehen. Elfie war da und ließ nicht von ihm ab. Ich ergriff die Gelegenheit und ein Messer, das auf dem Tisch lag, um Hella loszuschneiden. Die war schneller auf den Beinen, als ich um den Tisch rum, und warf sich mit einem Wutschrei auf ihren Peiniger am Boden. Genauer gesagt warf sie sich auf Elfie, denn die hatte seinen Rücken bislang nicht verlassen.

„Scheiße, Deti, komm und hilf mir, ich spüre meine Arme gar nicht, die sind wie Pudding", keuchte Hella und ich schnappte mir ein paar Kabelbinder, die praktischerweise ebenfalls auf dem Tisch lagen und verschloss zuerst einmal die Hände des Kerls. Dann zog ich Hella in die Höhe und in meine Arme.

„Komme ich ungelegen?“

Ich hob den Kopf und sah meine Lieblingsverlobte in der Tür stehen, neben ihr meinen Dackel Alli. Der hatte sich offenbar große Sorgen gemacht, allerdings nicht um mich, denn mich übersah er völlig, und stürmte dafür laut jaulend auf seine Freundin Elfie zu.

„Tabea, dich schickt der Himmel, woher wusstest du ... wie kommst du hierher, ich wollte dich natürlich anrufen, aber ...“

„Mach langsam, ich komme nicht mehr mit, außerdem bin ich nicht allein.“ Sie gab die Tür frei und eine Menge Menschen füllten den relativ kleinen Raum.

Mein Blick kreuzte den Scherers und ich sah schnell woanders hin. Als letztes kam ein älterer Typ mit einem Gewehr über der Schulter und sah irgendwie grimmig aus.

„Sind Sie Bernhard Neumorgen?“, wandte Tabea sich an den am Boden liegenden Mann. „Ich nehme Sie vorläufig fest wegen des Verdachts, Urs Mittler erschlagen und Frau Dr. Hella Labrius entführt zu haben.“

Hella stieß einen Schrei aus und warf sich mir erneut in die Arme. Ich war verblüfft, aber dann begriff ich, dass die Erwähnung von Urs Mittlers Tod ein Schock für sie gewesen sein musste. Schließlich konnte sie nicht wissen, dass ihr Peiniger ihren Kollegen ermordet hatte, und außerdem war ihr Nervenkostüm momentan sicher nicht das stabilste.

„Sind Sie der Besitzer des Porsches, der da unten an der Schranke steht?“ Der Typ mit dem Gewehr hatte sich neben uns gestellt und sah unfreundlich aus.

„Ja, warum?“

„Das dürfte teuer für Sie werden, mein Freund. Das Befahren der Waldwege ist für Zivilisten streng verboten. Außerdem haben Ihre beiden Hunde das Wild aufgeschreckt und damit …“

„Herr Menke hat sein Leben riskiert, um das von Frau Dr. Labrius zu retten. Ich denke, das sollte ausreichen, hier mal großzügig zu sein. Außerdem haben schließlich die Wildschweine dazu beigetragen, uns alle schnellstens hierher zubringen. Wären die nicht gewesen, hätten Sie nicht geschossen, wir hätten das nicht gehört und uns sehr beeilt. Wer weiß also, ob das nicht Schlimmeres verhindert hat.“

„Hat es“, log ich geistesgegenwärtig. „Der Kerl hätte Hella oder mich getötet, wäre er nicht zuerst durch den Schuss und später durch Elfie abgelenkt worden. Der war nicht mehr er selbst und höchstgefährlich.“

Der Waidmann war nicht überzeugt, wollte noch etwas sagen, aber Burkhardt kam ihm zuvor. „Lassen Sie‘s gut sein, bitte. Herr Neumorgen wird sicherlich nie wieder die Waldwege zerstören, und auch Herr Menke wird sich künftig nur noch auf den Straßen aufhalten. Außerdem haben die Hunde gar nicht gewildert, sie waren eigentlich ebenfalls auf der Flucht vor der Rotte. Zumindest der Dackel hier ist meiner Kollegin fast auf den Arm gehüpft. Der große Hund war wohl um sein Frauchen besorgt und das ist schließlich nicht verboten. Außer müssten wir uns sonst ja auch genauer mit der Frage befassen, warum Sie auf einen Polizeibeamten im Dienst geschossen haben.“

„Ich habe nicht … ich meine, ich war sicher, auf eine Wildsau gezielt zu haben.“

„Haben Sie aber nicht; Sie hätten beinahe den Kollegen Scherer erlegt. Die Wildsau war gut 25 Meter rechts von ihm. Also, lassen wir das doch einfach ruhen und freuen uns, dass alles gut ausgegangen ist.“

Da niemand Einwände erhob, das Schweigen aber peinlich wurde, sagte ich launig: „Alli, echt. Ich dachte, du bist mutig und zu allem entschlossen, da muss ich mich wohl geirrt haben“, aber Tabea schüttelte den Kopf.

„Das interpretierst du falsch. Er war entschlossen, mich vor den Schweinen zu beschützen, nur darum ist er mir auf den Arm gesprungen. Er hätte schließlich weglaufen und sich in Sicherheit bringen können.“ Um ihren Mund zuckte es und auch ich musste lachen.

„Tja, wenn man es so sieht, hast du sicherlich Recht. Wie geht es jetzt weiter?“

„Nun, Neumorgen wird bereits von Kollege Scherer und zwei Beamten ins Untersuchungsgefängnis gefahren, um den kümmern sich Haftrichter und Staatsanwalt. Ich weiß aber schon etwas über seine Geschichte und die ist tragisch. Vermutlich wird er eher in eine psychiatrische Einrichtung kommen als in den Vollzug. Seine Mutter hat die Familie angeblich wegen der Gewalttätigkeit ihres Ehemannes verlassen, den kleinen Sohn aber nicht mitgenommen. Der war erst fünf Jahre alt, kam zuerst ins Heim, aber irgendwie gelang es dem Vater ihn da raus und zu sich zu holen. Einige Jahre lang gab es wohl keine Zwischenfälle, dann wurde eine Regina Greidt als vermisst gemeldet. Die letzte Spur führte zu Neumorgen Senior. Langer Rede kurzer Sinn, er wurde mehrfach verhört, aber man konnte ihm nichts nachweisen, und eine Leiche wurde nie gefunden. Der Junge war damals etwa zehn Jahre alt und wurde plötzlich verhaltensauffällig. Autoaggression, Depression; Aggression gegen Tiere, das ganze Programm. Es ging so weit, dass er schließlich in eine psychiatrische Jugendeinrichtung eingewiesen wurde. Dort machte er eine Lehre; war kein schlechter Schüler. Er galt als angepasst, ausgesprochen höflich und freundlich.

Erfolgreich resozialisiert, könnte man sagen. Der Vater ist übrigens schon lange tot, hat sich zu Tode getrunken."

„Irgendwas stimmt da nicht." Hella klang nachdenklich.

„Der hat sich die ganze Zeit mit diesem Vater unterhalten. Der hat den Sohn offensichtlich beschuldigt, die Mutter getötet zu haben. Gemeinsam habe man sie dann hinter dem Haus vergraben. Da könnte durchaus was dran sein. Ich meine, okay, der hatte einen Vollschuss, aber, was, wenn da doch was dran ist? Kann man rausfinden, ob der als Junge mal eine Kopfverletzung hatte? Angeblich hat ihm jemand eine Schaufel draufgehauen."

„Dem Jungen? Ja, das müsste in den Akten zu finden sein. Wollen wir doch mal sehen."

Burkhardt griff wieder einmal zu seinem Handy, sprach eine Weile, wartete dann, nickte mehrfach und sagte einige Male „Aha", bevor er das Gespräch beendete.

„Also, der kleine Bernhard wurde in der Uniklinik Homburg wegen eines Fahrradunfalls behandelt. Der Vater gab an, der Junge sei gestürzt und mit dem Hinterkopf auf einem Stein aufgeschlagen. Das Kind selber konnte keine Angaben zum Unfall machen, es erinnerte sich an nichts. Da es eine schwere Gehirnerschütterung hatte, schien das den Ärzten nicht verdächtig. Aber nun haben wir Arbeit vor uns. Hier muss jeder Stein umgedreht werden."

Tabea nickte Burkhardt bestätigend zu.

„Ich fürchte auch, dass wir hier einige Leichen finden werden. Wer weiß, was der arme Junge damals alles erlebt hat, was er mit ansehen musste. Vielleicht sogar den Mord an der eigenen Mutter und der Vater hat ihm auch noch eingeredet, dass er daran Schuld ist. Grauenhaft; trotzdem hat er einen Menschen ermordet und Hella entführt. Außerdem bin ich sicher, dass er auch der Mann ist, der die Köder ausgelegt hat. Das heißt er ist außerdem für viele verletzte und tote Hunde verantworten. Dafür muss er zur Rechenschaft gezogen werden, egal wo."

„Wie ist der denn bloß auf Hella gekommen und was sollte das mit den Hunden?", wollte ich wissen.

„Ich glaube, es war mein Name", sagte Hella leise. „Er hat mir erzählt, dass seine Mutter auch so hieß. Vermutlich hat er das in meinen Steuerunterlagen entdeckt und sich eingebildet, das sei ein Zeichen. Die Geschenke hat er auch erwähnt und dass ich ihn zurückgewiesen habe. Keine Ahnung, wo das gewesen sein soll. Ich kann mich nicht erinnern, den jemals persönlich getroffen zu haben. Ach ja, er hat auch noch einen Freddy oder Eddy erwähnt, der angeblich nicht bereit war, mir zu verzeihen, oder der nicht wollte, dass er mir verzeiht. Genau weiß ich das nicht, es war ein ziemliches Durcheinander."

„Macht nichts, ihr werdet das Puzzle mit der Zeit schon zusammensetzen. Die Hauptsache ist jetzt, dass du in Sicherheit bist, und alle Hundehalter wieder in Ruhe mit ihren Vierbeinern spazieren gehen können. Okay, mein Job ist damit auf alle Fälle erledigt. Ich gehe jetzt noch draußen meine Schuhe suchen und wäre dann sehr froh, wenn jemand in Besitz einer Taschenlampe mir den Weg zu meinem Auto erhellen könnte." Ich wandte mich zu Tabea um und sagte: „Ist es okay, wenn ich Hella mitnehme und wir treffen uns dann alle bei ihr? Ich möchte sie heute Nacht nicht alleine lassen und ich denke, du auch nicht, stimmt's?

„Hättest du es nicht vorgeschlagen, hätte ich es getan. Aber ich fände es sehr viel besser, Hella ginge zuerst einmal zurück ins Krankenhaus, um sich gründlich untersuchen zu lassen. So eine Entführung ist ja schließlich kein Spaziergang und könnte durchaus zu einer posttraumatischen Belastungsstörung führen."

„Das vergiss aber mal ganz schnell wieder! Ich gehe in kein Krankenhaus und habe auch keine Belastungsstörung. Ich gebe zu, der Typ hat mir kurzzeitig mächtig Angst gemacht, aber das ist jetzt vorbei. Ich will wieder arbeiten, den Irren ganz schnell vergessen und mein Leben zurück. Ich habe nichts dagegen, dass ihr heute Nacht in meinem Gästezimmer schlaft, immer vorausgesetzt, ihr seid nicht so laut, aber ab morgen will ich euch nur noch von hinten sehen." Hella hatte energisch geklungen, aber, wer sie kannte, der wusste, dass sie insgeheim dankbar war, diese erste Nacht nicht alleine sein zu müssen.

„Einverstanden, ich werde die Zeit damit verbringen, dir meine Rechnung zu schreiben. Das macht keinen Lärm", erwiderte ich und sie tippte sich vielsagend an die Stirn.

„Okay, dann können wir hier fürs Erste verschwinden. Die Spurensicherung wird gleich hier sein und auch sein Auto unter die Lupe nehmen. Ich bin sicher, dass hier noch einiges zutage gefördert wird."

Burkhardt klang müde, drehte sich dann zu mir um und hob die Hand. „Ach ja, Herr Menke, Kollege Scherer hat mich darüber informiert, dass Sie, trotz Verwarnung, mit zwei ungesicherten Hunden im Auto gefahren sind. Was sagen Sie dazu?"

„Ich bekenne mich schuldig", nickte ich, „glaubte aber keine andere Wahl zu haben, da Gefahr im Verzug war. Das hat sich doch schließlich auch bestätigt."

„Nun, die ist jetzt vorbei. Bleibt die Frage, was wird mit den Hunden? Ich kann Sie nicht noch einmal so losfahren lassen."

Ich schaute hilfesuchend Tabea an, aber die zuckte mit den Schultern. „Mein Kollege hat Recht, das ist total gefährlich. Am besten wird sein, du rufst dir ein Taxi, dass für Tiertransporte zugelassen ist."

„Aber das wartet unten auf dem Wanderparkplatz, damit das klar ist!" Der Waidmann war offenbar immer noch sauer auf mich.

„Okay“, seufzte ich resigniert, „wenn ihr mich auch noch dafür bestrafen wollt, dass ich Hellas Leben gerettet habe ...“ Weiter kam ich nicht, denn Tabea und Burkhardt brachen beide in lautes Lachen aus.

„Komm schon, mein Held, das war Spaß. Du hast Hella wirklich vermutlich das Leben gerettet und dafür darfst du mit beiden Hunden in Burkhardts Dienstwagen mitfahren. Den Porsche musst du dann halt stehenlassen und wir holen ihn morgen ab.“

„Da habe ich eine viel bessere Idee.“ Hella streckte mir die offene Hand entgegen. „Her mit dem Schlüssel, ich wollte immer schon mal so einen alten Porsche fahren; jetzt ist die Gelegenheit dazu.“

Ich zögerte. Immerhin war sie ein Entführungsopfer. Wer weiß, ob sie in der Lage war, mein geliebtes Auto heile aus dem Wald und bis nach Hause zu fahren.

„Nun mach schon, ich bin fit und deinem Schätzchen wird nichts passieren, versprochen. Wir treffen uns bei mir zu Hause und dann gibt‘s mindestens Champagner. Ihr seid alle eingeladen.“

ENDE

Na ja, noch nicht ganz. Vielleicht hat der eine oder andere darauf gehofft, endlich zu erfahren, wie man auch den gefräßigsten Hund daran hindert, alles zu fressen, was ihm vor die Schnauze kommt. Um es gleich vorwegzusagen, nur mit sehr viel Geduld und noch mehr Konsequenz. Über den besten Weg streiten sich Experten und nicht jeder ist für jeden Hund geeignet. Trotzdem sollte man es ernsthaft versuchen, es kann

einem Tier das Leben retten. Wer es versuchen möchte, findet im Internet Tausende von Video dazu.

Auch das erwähnte Xylit ist - im Gegensatz zu Erythrit - eine sehr reale Gefahr und sollte im Haushalt von Hundebesitzern besser nicht verwendet werden.